柿本人麻呂の詩学

西條　勉
Saijo Tsutomu

翰林書房

柿本人麻呂の詩学◎目次

記憶《とき》を消す闇は立ちこめカイの河茫々として地の果てに逝く（一九七五年冬　作）

一　天武朝の人麻呂歌集歌

1　はじめに

よく知られているように、人麻呂歌集歌を詩体／常体に区別した真淵は、そのいずれもが人麻呂没後の天平期に入ってから筆録・制作されたものとみた（「柿本朝臣人麻呂歌集之歌考」）。現在でもこの立場をとる見解があるが、歌集歌と作歌の連続性からみて、人麻呂の関与はほとんど疑いえないであろう。真淵の唱えた詩体／常体の二類は、阿蘇瑞枝が略体／非略体の概念を導入したことで[*1]飛躍的に精緻な分析が加えられ、さらに、稲岡耕二の古体／新体説[*2]が出されるに及んで、歌集歌の二類に表記史的な位置が与えられるようになっている。

稲岡は人麻呂の作歌活動を略体→非略体→作歌の順に区切り、「庚辰年作之」（10二〇三三）の七夕歌によって略体から非略体への転換を天武九年に、そして「日並皇子挽歌」をめやすにして、非略体から作歌への展開を持統三年ごろに想定した。明快な図式であるが、略体と非略体を截然と区分けしたこと、および、非略体の下限を持統初期までに限定したことの是非をめぐって批判が出されている[*3]。もっとも、稲岡説の主眼は人麻呂の作歌活動を口誦から記載への展開において捉えようとしたことであり、この点は従来の人麻呂歌集論にない視点であった。稲岡説の意義は、書くことの問題を前面に出したことである。

本考察では、近時、飛鳥池遺跡から出土した木簡や、先年、話題になった長屋王家木簡などに照らして、人麻呂歌集のなかから天武朝のものと思われる歌を探り出して、略体／非略体の概念を見直してみたい。

2　木簡の示す事実

稲岡が略体を非略体に先行させたのは、付属語を書かず自立語だけを和語の語順に訓字で羅列する略体歌の表記を、宣命大書体で書かれる非略体の前段階に位置づけたためであった。略体表記は、和語を詞／辞のレベルで分節する以前の原始的な文字法とみるのである。しかし、付属語を書くには字音表記するほかないので、この説は、少なくとも天武九年頃までは字音表記が一般化していなかったことを前提とする。字音表記が天武朝に行われていた可能性については、これまでにいくつか指摘されており、近年も工藤力男がこれを論じて、稲岡とのあいだで論争が交わされている。[*4] しかし、いずれも、限られた資料に基づくもので、ことの是非は決着がつけがたいように思われた。

ところが、つい最近、飛鳥池遺跡から出土した七千点余の木簡のなかに、天武朝のものとみられる木簡がかなり確認されたことで、事態は急転回したようだ。従来、天武朝の木簡はその出土数がごくわずかであったため、文字表記の実態についても憶測が先行しがちだったが、ようやく客観的な議論ができる段階を迎えたわけである。飛鳥池木簡の出現はまったく衝撃的であった。そのいくつかを『飛鳥・藤原宮発掘調査出土木簡概報十三』（一九九八年九月）から引いてみよう。

A

①又五月廿八日飢者賜大俵一（性道）　六月七日飢者下俵二受者道性女人賜一俵
②白馬鳴向山　欲其上草食
　女人向男咲　相遊其下也
③□不能食欲白

B

④大徳御前頓首□
⑤白法華経本借而□□□
⑥此牛価在

C

⑦世牟止言而□
　□本止飛鳥
⑧□尓者瘡

D

⑨恵伊支比乃
⑩止求止佐田目手□□
⑪□久於母閉皮

『概報』によれば遺跡の年代は七～八世紀初とされている。右に示した木簡は「丙子（天武五）」「丁丑年（天武六）」などの干支をもつ木簡と一緒に出土したことから、天武朝のものであることはほぼ確かで、紀年木簡を含まないグループについても、天武朝末におさまる可能性が強いとされている（ただし、④と⑨は出土状況からなお検討中という）。Aは返読形式をとる変体漢文体、Bは訓字を和語の語順に羅列する和文体、Cは音訓交用体、そしてDは字音表記体である。

すこし詳しく見てみると、まず、A②の漢詩(?)は対句に整えてはいるが、かなり稚拙な漢文で、内容も筆のすさびに戯れた体のものである。この類の木簡はこれまで例がなかった。Bの④〜⑥はいずれも付属語を書かずに訓字表記するケースで、⑤「白シケラク、法華経ノ本ヲ借リ而《て》」に而が書かれているが、略体的な表記とみてよい。⑥「此牛価在(此ハ牛ニ価《あた》ヒ在《せり》)」の「〜在《せり》」は、古事記にも「病臥在《やみこやせり》」の例がみられる。和化漢文がかなり一般化していた状況を想像することができる。このような表記法は、これにこれまでにも、次にあげるa「上野国山名村碑文＝山ノ上碑文」(天武十年)や、b滋賀県中主町森ノ内遺跡出土木簡(天武中期)などが知られていた(便宜的に句読点を入れた)。

a辛巳歳、集月三日記、佐野三家定賜、健守命孫黒賣刀自、此新川臣児、斯多々彌足尼孫、大児臣娶生児、長利僧、母為記定文也。

b椋□□之我□□稲者、馬□得故、我者反来之。故汝トマ、自舟、人率而、可行也。其稲在處者、衣知評、平留五十戸旦波博士家。

稲岡は、これらに基づいて略体歌を天武朝に位置づけている。右のような表記例が飛鳥池木簡(B④〜⑥)にもみられたことから、その根拠は強められたかに思われるが、今回は、天武朝の文字法を示す材料として、あらたにC⑦⑧、およびD⑨〜⑪の字音表記体が加えられたのである。⑦「世牟止言而□／□本止飛鳥」(二行書きの断片)は音訓交用で書かれており、後半「□本止飛鳥」の「止」は『概報』の写真でもはっきり細字であることが確認できる。宣命小書体の事例としては、これまで出土していた藤原宮木簡よりも古く、きわめて注目すべきものである。⑧「□尓者瘡」は判読不能であるが、「～尓者」を「～ニハ」と訓むことができるとすれば、今のところ宣命大書体で「尓」が用いられる最古の事例になる。Dの⑨～⑪はきれいに一字一音で表記されており、⑩「止求止佐田目手（早《と》くと定めて）」の訓仮名が目を引く。

従来、天武朝に字音表記が行われていたかどうかは、古事記の歌謡が筆録された年代を決める上でも大きな争点になっていた。飛鳥池木簡とともに、最近、やはり七世紀後半の木簡を出土する観音寺遺跡（徳島県国府町）からも「奈尓波ツ尓作久矢已乃波奈」という和歌木簡が出てきた。これらによって、歌謡の安万呂書き改め説は、ほぼ根拠をなくしたとみてよい。天智朝とされる北大津遺跡から出土した「賛／田須久」「體／ツ久羅不」「誣／阿佐ム加ム移母」なども、和語が字音で表記された初期の事例であることは確実である。ただし、これは音義木簡と称されるように、あくまでも漢籍の訓み方を記したものである。近江朝の時代に漢文訓読が行われていたことを示すきわめて貴重な物証ではあるが、この木簡そのものから、当時すでに和語が字音で書かれていたことが確認できるわけではない。字音表記の一般化がどのあたりまでさかのぼるのか、今後の出土報告をまつしかないが、いずれにしても、固有名詞以外の字音表記は訓字表記に遅れる、という常識を改めねばならないことだけははっきりしたといえる。

右にあげた飛鳥池木簡は、大きくみると、訓字のみの表記と字音のみの表記に分けられるが、いくらか音訓交用の表記がみられる。このような状況は、表記史的にはどのように捉えられるであろうか。飛鳥池木簡の表記史的な位相を鮮明にするために、藤原京時代の和文体（宣命体）木簡と比較してみよう。

①乙酉年二月□□□□□御□久何沽故
□御調矢本為而私マ政負故沽支□者（伊場遺跡出土木簡）

②□御命受止食国々内憂白（藤原京木簡）
③卿尓受給請欲止申（〃）
④□詔大命乎伊奈止申者（〃）
⑤二斗出買□御取牟可（〃）
⑥時尓和（〃）

これらは①～④が宣命大書体、⑤と⑥が小書体になっている。伊場木簡の①「乙酉年」は天武十四年であるが、二字目が不鮮明で「乙未年」と判読されることもあり、そのばあいは持統九年となる。ヲに矣を当てるのは、古事記の事例に照らして、ヲを析出する初期のかたちと思われ、④の乎などよりも早い時期とみることもできる。いずれにせよ、宣命大書体の初期形態をとどめたものであろう。飛鳥池木簡の宣命体は、小書体の「□本止飛鳥」と大書体の「□尓者瘖」である。判読しにくい後者はとりあえず措くとして、前者で引用格助詞のトが析出されているのは注意すべきである。というのも、藤原木簡で附属語の表記率がもっとも高いのは止／トであり、古事記でも格助詞のトを分節するケースが数例みられるが、これは、他の格助詞が析出されないなかでは異例に属するからである。[*5]

飛鳥池木簡は、全体的にみれば宣命体以前の段階を示すと考えられる。「世牟止言而□」の「世牟止」はセムトをひとかたまりに字音で表記しているので、書き手にトを分節する意識はない。他の字音表記もまったく同様に、付属語が形態素として析出されているわけではない。いわゆる非分析的文字法の原理である。[*6]すべてを訓字で表記するケースについても、そのことはいえるであろう。たとえば「此、牛、価在」は「コハ、ウシニ、アタヒセリ」というように、詞／辞が未分節のかたまりのまま訓字で表記されているだけである。これは、北大津木簡の「詎／阿佐ム加ム移母」と同じ位相にあると考えられる。「詎」という字の訓み方が「アザムカムヤモ」というように、やはり詞と辞がひとかたまりで捉えられている。

この音義木簡に象徴されるように、訓字表記と字音表記はちょうど表裏の関係にあって、ともに非分析的な文字法なのである。字音と訓字を並行させる「世牟止、言而□」は、たまたま出土したとはいえ、奇しくもそうした書き方の実例となっている。飛鳥池木簡の文字法は、一応、宣命体以前の段階にあるとみることができるわけであるが、「□本止飛鳥」は、そうした段階から、付属語を分節する文字法がまさに出現する様を示すものと思われる。

さて、右に述べたような飛鳥池木簡を基準にして、人麻呂歌集を捉えるにはどのようにすればよいであろうか。まず、天武朝にはまだ字音表記が行われていないことを前提にして立てられた稲岡の略体＝古体説は、飛鳥池木簡によってその前提が揺らいだとみてよい。ならば、略体歌はどの時期に位置づけられるのであろうか。稲岡は、付属語の類を書かない略体表記を、宣命体以前の原始的な文字法とみている。ところが、略体的な表記は天武朝にのみ特有であったわけではなく、以後も継続して行われた文字法だったのである。稲岡説ではこの点が見逃されているので、長屋王家木簡等で確かめておく。

①椽煮遣絁卌匹之中、伊勢絁十匹、大服煮。今卅匹、宮在加絁十匹、并卌匹煮、今急々進出。（長屋王家木簡）
②当日廿一日、御田苅竟、大御飯米倉古稲移依而、不得故、卿等急下坐宜。（〃）
③山処中、彼塩殿在米、四斗二升、所給進上。（〃）
④此取人者、盗人妻成。（〃）
⑤右人、所盗依豎、子放依状注坊令等宣令知。（平城京木簡　天平八年）

⑥件馬、以今月六日申時、山階寺南、花園池邊而、走失也。若有見捉者、可告来。（平城京木簡　九世紀初）

⑦告、稲事者、受食白。（大宰府木簡）

⑧□家之韓藍花今見難写成鴨（正倉院文書紙背洛書和歌　天平勝宝元年以降）

いずれも奈良時代の木簡で、字音表記がみられないものを示した。長屋王邸から出土した膨大な木簡をみると、宣命書きのものは意外に少なく、ほとんどが右のように訓字をほぼ和文の語順に羅列したものである。いわゆる略体であるが[*7]、なかでも特筆すべきは①で、『長屋王家木簡概報一』（一九八九年五月）の巻頭を飾った百字を超える長文の和文木簡の一部であり、②③④も、和文の表現に訓字を当てて書き出した文書木簡である。⑥はずっと時代が下って九世紀初頭、往来に立てられた告知札である。平城京木簡にも、⑤のような略体的な表記はごく普通にみられる。長屋王家木簡の特色は、邸内の部署間でやり取りされた文書類を大量に含むことであるが、そうした文書のほとんどは略体的な表記で書かれている。⑧は「（妹ガ？）家之韓藍ノ花今見レ者写シ難クモ成リニケル鴨」という和歌が略体的に書かれているが[*8]、奈良時代には、こうした表記法が、日常生活のなかに広く浸透していたのである。

これらによって、略体的な表記は文字時代の幕開けである天武朝以来、一貫して、和語を書くもっとも簡便な表記法として定着していたことが分かる。先に触れたように、稲岡説では、山ノ上碑文や森ノ内遺跡出土の木簡にもとづき、人麻呂歌集の略体歌が天武朝に位置づけられている。しかし、これらの表記は、日常レベルでは平安初期に至るまで継続するわけであるから、略体歌はいずれの時代に筆録されてもよいことになる。木簡の示す事実からすれば、それが天武九年前でなければならない必然性はどこにもない。要するに、略体歌の筆録時期に関しては、表記史的な角度からは決定できないのである。

そこで、視点を転じてみると、人麻呂はその作歌活動の晩年になって、略体的な表記をとる作品を制作していること、および、人麻呂歌集旋頭歌で略体表記をとる歌のなかに、新型の旋頭歌がふくまれていることが注意される。

①八隅知之　吾大王　高輝　日之皇子　茂座　大殿《ノ》於《ニ》　久方《ノ》　天伝来　白雪仕物　往来乍　益及常世（3二六一　献新田部皇子歌）

②矢釣山　木立《モ》不見　落乱　雪《ニ》驪《ル》　朝楽毛（3二六二　同反歌）

③衾路《ヲ》　引出《ノ》山《ニ》　妹《ヲ》置《テ》　山路念邇　生刀毛無（2二一五　泣血哀慟歌「或本歌」反歌）

④山際従　出雲《ノ》児等者　霧有哉　吉野《ノ》山《ノ》　嶺《ニ》霏霺（3四二九　溺死出雲娘子火葬吉野時）

⑤八雲刺　出雲《ノ》子等《ガ》　黒髪者　吉野《ノ》川《ノ》　奥《ニ》名豆堀（3四三〇　同）

⑥息《ノ》緒《ニ》　吾《ハ》雖念　人目多《ミ》社　吹風《ニ》　有《バ》数々　応相物《ヲ》（11二三五九　人麻呂歌集旋頭歌）

⑦人《ノ》祖《ノ》　未通女児居《テ》　守山辺柄　朝々　通《シ》公《ガ》　不来《バ》哀《モ》（11二三六〇　同）

これらは、いずれも付属語を極度にはぶき、訓字を羅列する書き方をとっている。新田部皇子献歌は、人麻呂が皇子の成人を祝したものと思われる。新田部皇子は天武天皇の末子で、天武十年ごろの出生とみられるので[*9]、初叙位の文武四年前後に作られた祝賀の歌と考えられる。③④⑤は火葬のことから文武四年以降（⑤の或本歌の長歌に「念之妹我灰而座者」とある）の作であろう。人麻呂の作歌活動の最晩年にあたるとみてよい。⑥⑦の旋頭歌も、それと矛盾するものではない。というのも、この二首は、旋頭歌の基本である上下句の対立構造が連接型に崩れており、古歌集の旋頭歌（11二三六三～二三六七）と変わらないかたちだからである[*10]。非略体の旋頭歌には、このような新型はひとつもない。古歌集は奈良朝初期の成立とみられているので、略体の表記をとる人麻呂歌集旋頭歌の制作もその時期に近いと思われる。稲岡説では、⑥⑦のような略体旋頭歌を天武朝に位置づけているが、[*11] いささか強引といわざるをえない。

3　極初期宣命体の歌

いずれにしても、二百首にものぼる略体歌の制作時期を表記史的な観点から特定するのは困難であろう。そこで、先に示した飛鳥池木簡や伊場・森ノ内木簡等、持統朝以前と思われる七世紀代の木簡を総覧して、現時点において想定しうる天武朝の文字法の特色を具体的に把握してみる必要がある。それを基準にして、人麻呂歌集のなかのどのような歌が、天武朝のものと認定できるのかを見定めていく手順になろう。あえて持統朝以前といったのは、持統朝になると宣命体の文字法が一般化することが、すでに藤原京木簡によって明らかになっているからである。

もっとも、これまで、宣命体の起源は藤原京の時代に入ってからとみられてきたが、今回の飛鳥池木簡によって、天武朝後半にすでに宣命書きが行われていた可能性が強まったことは事実である。[*12] おそらく、天武朝後半から持統朝にかけて、和語を書く、より合理的な方法として宣命体が自覚されていったものと思われる。和文の意味上のまとまりを詞／辞の単位で捉え、声のことばを形態素のレベルから書き出していくのは、和語の構造に即したもっとも合理的な文字法であった。こうした文字法は一朝一夕に発見されるものではない。和語を書くことの多様な実践のなかから、選び取られていったものと考えるべきであろう。

天武朝後半から持統朝にかけての数年間は、おそらく、そうした前宣命体から宣命体への過渡的な時期であった。この時期の文字法は前宣命体でありつつ、同時に、それ自体のなかに宣命体の萌芽をはらむものとみなければならない。そのような文字法を、かりに〈極初期宣命体〉と呼ぶことにしよう。先にあげた木簡類を念頭に置いて、とりあえず、その特色をいくつかあげてみる。

I 助詞ニ・ヲを字音表記しないが、まれにトを分節することがある。
II 而（テ）、之（ノ）、矣（ヲ）、者（ハ・バ）などの漢文助字を活用する。
III 文節を形態素に分析せず、まるごと字音表記することがある。
IV 訓字を和文の語順に配列する。
V 文成分単位で和文の文字構文を組織する。

簡略に説明を加えると、Iにニとヲをあげたのは、このふたつの助詞が書き出されるか否かは、その文字列が宣命体であるかどうかを判断するもっともわかりやすい目安になるからだ。飛鳥池木簡では、訓読のむずかしい「□尓者瘡」が微妙であるが、今のところニを字音表記する確例はみられず、森ノ内・伊場木簡にもなかった。それが藤原京木簡になると、かなり頻繁に現れてくる。直接引用の格助詞トについては、すでに触れているように、形態素レベルではもっとも早く析出される語である。IIは天武朝木簡の全般的な特色として、容易に気づくところであろう。矣は伊場木簡の「御調矣本為而」にその例をみる。

IIIについては、天武朝代では今回の飛鳥池木簡ではじめて確認できたもので、音訓交用で書かれる「世牟止言而」がその注目すべき事例である。字音表記の「止求止佐田目手□□」「□久於母閉皮」も同様である。IVは「大徳御前頓首□」「此牛価在」「法華経本借而」などのケースで、むろん、山ノ上碑文や森ノ内木簡もその事例に加えてよい。これらは、しばしば人麻呂歌集の略体表記と同一視されるが、違いは後者に而・之が書かれないことである。これは、略体歌の表記が漢詩を意識したものであることを示す。[*13] Ⅴは漢字で和文を書くときの、書き手の意識にかかわる。たとえば、「世牟止言而」でいえば、「セムトーイヒテ」の区切りが字音と訓字の区別に対応するが、これは、ひとつの文をいくつかのかたまりごとに区切る意識がはたらいていることを示している。書くことは、声のことばを再組織することであるが、それは、ひとつづきの音声をいくつかのかたまりに区切り、そのまとまりが表記上の単位になるようにして文字列を構成することである。書き手のそうした意識は、宣命体の原理が発見される不可欠の前提であった。

宣命体のばあい、そのような単位は、基本的に［訓字（詞）＋字音（辞）］のかたちでに表記されるが、宣命体が自覚される以前の段階では、Ⅰ〜Ⅴの範囲で可能な書き方が自在に選択されるのである。それが天武朝後半にあらわれた〝極初期宣命体〟の特徴であった。人麻呂歌集のなかで、このような書き方をとるのは、いったいどのような歌であろうか。幸い、「庚辰年作之」の七夕歌は、天武朝に書かれたことを確実視できるので、まず、それをみてみよう。

天漢安川原定而神競者磨待無（10二〇三三）

下二句に定訓をみないが、定型音数律に基づいて「天漢　安川原　定而　神競者　磨待無」の五句のまとまりを予測してよい。五音七音のまとまりは、定型音数律のいわば文成分単位に相当するもので、当然、それは文字構文の単位として機能する（Ⅴ）。単位内の表記をみると、この歌のばあいは字音がなく、すべて訓字で書かれており（Ⅳ）、而・者などの助字を活用する（Ⅱ）。要するに、極初期宣命体と認定してよいわけである。略体／

非略体の観点からは「～定而」によって非略体に類別されている。しかし、略体／非略体の概念を適用すれば、この歌の表記は略体でもなく非略体でもない。略体に対立するものとしての非略体は、音訓交用の宣命体を指すことになるが、右の表記にはまったく字音がないからである。稲岡説では、この一首が略体から非略体への転換点に位置づけられる。しかし、それは、この歌の前段に略体の表記を想定してのことであって、そうした憶測なしにこの表記そのものを直視すれば、極初期宣命体とみるほかない。そして、それは、天武九年という年次にいかにもふさわしいのである。

ちなみに、この一首の訓解を示してみよう。諸本に「磨待無」とある結句は、元暦本に「磨」を「磨」に誤る例がみられるので、[*14]「磨待無」に改めてみると、「天の川安の川原に定まりて神し競《きほ》へば磨《まろ》も待たなく」（注釈・全注）と訓むのが、もっとも無理がない。マロは、人麻呂歌集歌「松反《まつかへ》し強ひてあれやは三つ栗の中上り来ぬ磨と言ふ奴《やっこ》」（9一七八三）に用例があるが、この歌は戯笑歌である。[*15] マロは真面目な人称語のほかに、自他を戯れていうことがあるらしく、その勢いで解釈すれば、「天の川の安の川原で、毎年きまって神さまが先を急いで船出するのだから、オイラだってもう待ちきれない」といった内容になる。「磨も待たなく」には、天上の彦星・織女の逢瀬にかこつけて地上の恋を歌う趣があり、一首のねらいも機転のきいた即興的な戯笑歌の類とみるべきであろう。従来、定訓がえられなかったのは、あまりしかつめらしく解釈し過ぎたためではないか。

それはさておき、右の「庚辰年作之」の七夕歌から分かるように、極初期宣命体は、従来の略体／非略体の概念にはおさまりきらない要素を含むことに注意しなければならない。そこで、略体／非略体の認定で議論の多い巻九人麻呂歌集歌一六八二番歌から一七〇九番歌の一群二十八首に目を向けてみると、極初期宣命体で書かれていると思われる歌を多数拾い出すことができる。それらを三つのグループに区別し、各歌を句ごとに分け付属語を書き添えて列挙してみよう。

【A類】 非分析的（ニ・ヲを分節しない）

①常之倍尓　夏冬往哉　裘　扇不放　山ニ住人（一六八二）
②妹が手ヲ　取而引与治　掬手折　吾刺可　花開鴨（一六八三）
③高嶋之　阿渡川波者　驟鞆　吾者家思　宿加奈之弥（一六九〇）
④玉匣　開巻惜　恡夜矣　袖可礼而　一鴨寐将（一六九三）
⑤妹ガ門　入出見川乃　床奈馬尓　三雪遺リ　未冬鴨（一六九五）
⑥金風ニ　山吹ノ瀬乃　響苗ニ　天雲翔　鴈ニ相ル鴨（一七〇〇）
⑦妹ガ当　茂苅ガ音　夕霧ニ　来鳴而過去　及乏（一七〇二）
⑧雲隠　鴈鳴時ハ　秋山ノ　黄葉片待　時者雖過（一七〇三）
⑨黒玉ノ　夜霧ハ立ヌ　衣手ヲ　高屋ノ於ニ　霏霺麻天尓（一七〇六）
⑩山代ノ　久世乃鷺坂　自神代　春者張乍　秋者散来（一七〇七）
⑪御食向　南淵山之　巖ニ者　落シ波太列可　削遺有（一七〇九）

これらは、すべて非分析的な文字法で書かれている。顕著なところでいえば、助詞のニで、「常之倍尓」「床奈馬尓」「霏霺麻天尓」の三例は、いずれも字音で非分析的にひとかたまりで表記されている。形態素のニが単独で書き出されることはなく、右に書き添えたようにすべて無表記なのである。そのほか字音表記をとる「引与治」「宿加奈之弥」「袖可礼而」「落シ波太列可」なども、飛鳥池木簡の「世牟止言而」と同じく、詞／辞の構造で表記される宣命体ではない。まったく非分析的な文字法になっている。而・之・矣の活用も一目瞭然であろう。先の基準でいえばこれらは典型的な極初期宣命体であるが、極初期宣命体というのは、あくまでも前宣命体と萌芽期の宣命体を連続的に捉えた概念である。右の十一例に関しては前宣命体とみてよく、こうした非分析的な音訓交用は、必ずしも非略体の概念には当てはまらないのである。

【B類】　二音助動詞を表記する（ニ・ヲを分節しない）

①巨椋乃　入江響奈理　射目人乃　伏見何田井尓　鴈渡良之（一六九九）
②佐宵中等　夜者深去良斯　鴈ガ音ノ　所聞空ニ　月渡見（一七〇一）
③捄手折　多武ノ山霧　茂ミ鴨　細川ノ瀬ノ　波ノ驟祁留（一七〇四）
④春草ヲ　馬喰山自　越来奈流　鴈ノ使者　宿過奈利（一七〇八）

この四首は、字音表記されるのが助動詞のナリ・ラシ・ケリであり、ニ・ヲは無表記になっている。①の「伏見何田井尓」はA類のケースで、非分析的な表記である。また②「佐宵中等」のトはもっとも早く析出される格助詞であった。問題は二音の助動詞であるが、これらは、書き手の分析的な意識による表記か、いくつかの音群が非分析的に表記されているA類に準じてよいのか、判断に迷うところである。古事記にも「不死有祁理」「天皇坐那理」「不平良志」など、同類の書き方がみられる。右の四首では、ニ・ヲが分節されていないので、前宣命体とみておく。したがってこのケースも非略体とはみなしがたい。

【C類】　宣命体の萌芽（ニ・ヲの表記率が低い）

①春山者　散過去鞆　三和山者　未含　君待勝尓（一六八四）
②河ノ瀬ノ　激乎見者　玉鴨　散乱而在　川ノ常鴨（一六八五）

③孫星ノ　頭刺ノ玉之　嬬恋ニ　乱ニ祁良志　此川ノ瀬尓　（一六八六）
④白鳥ノ　鷺坂山ノ　松影ニ　宿而往奈　夜毛深往乎　（一六八七）
⑤焱干　人母在八方　沾衣乎　家ニ者夜良奈　羈ノ印ニ　（一六八八）
⑥在衣辺ニ　著而榜サ尼　杏人ノ　浜ヲ過者　恋布在奈利　（一六八九）
⑦客在者　三更ニ判而　照月ノ　高嶋山ニ　隠ク惜毛　（一六九一）
⑧吾恋　妹ハ相佐受　玉ノ浦丹　衣片敷　一鴨将寐　（一六九二）
⑨細比礼乃　鷺坂山ノ　白管自　吾尓尼保波尼　妹尓示ム　（一六九四）
⑩衣手乃　名木之川辺乎　春雨ニ　吾立沾等　家念良武可　（一六九六）
⑪家人ノ　使ニ在之　春雨乃　与久列杼吾等乎　沾ク念者　（一六九七）
⑫焱干　人母在八方　家人ノ　春雨須良乎　間使尓為　（一六九八）
⑬冬木成　春部ヲ恋而　植シ木ノ　実ニ成時ヲ　片待吾等叙　（一七〇五）

先に述べたように、宣命体と前宣命体の境界はニとヲの表記にあると考えられるので、一首のなかでニとヲのいずれかを字音表記するケースを並べてみた。ただし⑥⑦と⑬はニ・ヲを析出せず、ネ・モ・ゾなどが表記されている。これらを含めて、右の十三首は、分析的な文字法になっており、非略体の範疇に入れてよい。しかし、付属語の析出が書き手によって自覚的に実行されているかといえば、どうも疑わしいようだ。各歌の読み添えをみればわかるように、むしろ、無表記の方が多いからである。A類・B類の文字法の範囲で、たまたま、ニ・ヲなどの助詞が表記されることもありうる。これらは、書き出された文字列は宣命体のかたちをとるが、書き手がとくに意識しないで行うのであれば、無自覚的な萌芽期の宣命体とみなすべきであろう。

宣命体が成立する過程を理論的にみるならば、A・B類からC類への展開は不可逆的でなければならない。しかし、そのように捉えるのは、宣命体の書き方を当たり前のごとく考えるわたしたちの偏見である。現実には、これらの三類は混在しており、ほとんど同時的であったろう。宣命体が一般化する以前の段階で、書き手に許されるいくつかの技法を使って和歌が書き出された結果とみるべきなのである。右に便宜的に区分けした三類は、「庚辰年作之」の七夕歌と同様、人麻呂が、天武朝の後半期において、あらゆる手段を駆使しながら、和歌を漢字で書くことの可能性を追求した貴重な形跡である。こうした試行錯誤的な努力がどのような方向をたどったかは、次の歌群をみれば明らかであろう。

【D類】　宣命体の自覚（ニ・ヲの表記率が高い）

①馬屯而　打集越来　今見鶴　芳野之川乎　何時将顧（一七二〇）
②辛苦《モ》　晩去日鴨　吉野川　清河原乎　雖見不飽国（一七二一）
③吉野川　河波高見　多寸能浦乎　不視歟成嘗　恋布真国（一七二二）
④河蝦鳴　六田乃河之　川楊乃　根毛居侶雖見　不飽河鴨（一七二三）
⑤欲見　来之久毛知久　吉野川　音《ノ》清左　見二友敷（一七二四）
⑥古之　賢人之遊兼　吉野《ノ》川原　雖見不飽鴨（一七二五）

これらは、巻九で先の二十八首に継いで記載されている人麻呂歌集歌である。読み添える語がわずかしかなく、C類に比べると一瞥して付属語の表記が進化していることがわかる。詞／辞の構造を形態素のレベルで析出する自覚なくして、このような表記は不可能であろう。これらの歌群には、「元仁」「絹」「嶋足」「麿」といった簡略な作者名がつけられており、いずれも吉野川のほとりで詠まれている。その場所は滝宮ではなく（③）、六田の大淀である（④）。行幸の帰路にでも立ち寄ったのであろうか。四人は親しい間柄と思われ、気軽に詠んだ歌を人麻呂が書き取ったものであろう。

ところで、これらの六首はまちがいなく持統朝になってからの歌とみてよい。天武朝の末期に、吉野行幸が行われた可能性はほとんどないからだ。持統の吉野行幸は即位四年後から始まるが、右の歌群もそれからのものであろう。かりに、持統四年の作としても、すでに宣命体が一般化している時期なので、六首の表記はそうした背景とぴったり重なり合う。A～C類とD類のあいだに存する差異は、分析的な書き方が萌芽する天武朝後半の過渡期から、宣命体が自覚される持統朝にかけて、和語を書くことの文字法がどのように展開したか、その様を具体的に示すものになっている。

極初期宣命体としてA～C類の示す特徴をクローズアップするには、格助詞ニ・ヲの表記率に注目するのが簡便であろう。繰り返し述べているように、ニとヲは宣命体が自覚される指標となりうるからだ。そこでⅠ巻九・一六八二～一七〇九（A類～C類）、Ⅱ巻十・一九九六～二〇三三（人麻呂歌集七夕歌）、Ⅲその他の人麻呂歌集非略体歌、Ⅳ巻十・一八一九～一八八九（作者未詳の夏雑歌）、Ⅴ巻一全歌、Ⅵ巻八全歌をサンプルにして、ニとヲの表記率を比較してみよう。また、前宣命体はどの時期においても出現する可能性があるので、それぞれのサンプル中でこの文字法が出現する比率を計ってみる。なお、ⅠではA類とB類を極初期宣命体とし、この基準で比較する。％の数字は概数である。

	ニの表記率	ヲの表記率	極初期宣命体の比率
I	16%（5―30）	42%（5―12）	54%（15―28）
II	43%（15―35）	57%（4―7）	32%（12―38）
III	72%（34―47）	88%（15―17）	20%（12―59）
IV	76%（56―74）	67%（16―24）	10%（7―71）
V	86%（87―101）	82%（42―51）	0.05%（4―84）
VI	71%（183―257）	97%（69―71）	0.06%（15―246）

この数値をみると、多少の誤認があったとしても、巻九人麻呂歌集のA~C類がいかに特異な表記をとっているか一目瞭然であろう。この歌群のニ・ヲの表記率の低さと、極初期宣命体の比率の高さは連動しており、人麻呂歌集七夕歌（II）とその他の人麻呂歌集歌（III）がややこれに準ずるが、A~C類を非略体で一括するには、IとII IIIのあいだには質的なひらきがある。作者未詳歌（IV）や作者明記歌（V VI）は、Iと対称的にニ・ヲの表記率が高くて極初期宣命の比率が低い。とくに作者明記歌のばあい、極初期宣命体で書かれるのはきわめて稀で、偶然そのようなかたちになっただけとみてよいだろう。

以上の結果から、巻九人麻呂歌集一六八二～一七〇九の二十八首は、C類も含めて、すべて天武朝の後半に人麻呂によって筆録されたものとみてよいと思われる。「庚辰年作之」の一首によって、天武九年ごろから、人麻呂は和歌の筆録を試み始めたらしいが、それは、書くことによる創出というよりは、即興の歌を記録する行為だったようだ。先に触れたように、庚辰年の七夕歌は、その場の雰囲気に合わせて即興で歌われた体のものである。

天武朝の後半は、飛鳥池木簡で明らかになったように、あたかも宣命体の萌芽期であり、宮廷官人のあいだに、文字の使用が急速に広まった時期であった。詠歌の才にめぐまれた若き人麻呂（推定年齢二十代前半）は、文字の時代の申し子でもあったわけである。

この時期、人麻呂の歌才は王家のサロンで盛んにもてはやされていたらしく、巻九の人麻呂歌集二十八首のなかには、「献忍壁皇子歌」（一六八二）、「献舎人皇子歌」（一六八三～一六八四・一七〇四～一七〇五）、「献弓削皇子歌」（一七〇一～一七〇三・一七〇九）等、天武系諸皇子への献歌が多数みられる。それらは、折々、皇子たちから歌詠を命じられ、それに応えて献上したものであろう。それだけ人麻呂の歌才がず抜けた評判をえていたわけである。そのような環境のなかで、人麻呂は書くことで歌を制作する技術を習得していったのではないか。緊密な構成のもとに一大歌群を形成する歌集七夕歌は、おそらく、そのような技術と方法の集成であったろう。

4　おわりに

人麻呂歌集から採録された三百余首の歌は、天武朝後半から開始された人麻呂の作歌活動を示す貴重な軌跡である。これらの歌群を、表記形態から略体と非略体に識別した阿蘇説は、人麻呂歌集の解明に飛躍的な成果をもたらした。けれども、二類の区別が人麻呂の作歌活動の始まりにさかのぼって適用されると、厄介な混乱が生じることになる。略体／非略体の概念が有効なのは、さしあたり研究者側の作業仮説としてであって、人麻呂の作歌活動の軌跡に接近するにはいくつかの手順を経なければならないからだ。

略体歌についていえば、先に触れたように、付属語を省いて訓字を和語の文脈に配列する略体的な表記は、今日、長屋王家木簡などによってかなり大量に確認できるようになった事実を考慮しなければならない。略体表記は、簡便で日常的な書法として古くから宣命体と並行して用いられたのであろう。万葉集の略体歌群の成立を解く鍵は、略体的かつ非略体的な傾向をもつ人麻呂歌集旋頭歌にあると思われる。略体歌の表記は、人麻呂が、旋頭歌を収集筆録もしくは制作するなかで、当時の簡便表記に詩的な内実を与えるねらいのもとに、自覚的に採用された文字法として位置づけることができるはずである。[*16] 一見、訓字を羅列するだけの非分析的な書き方にみえるが、渡瀬昌忠が明らかにしたように、略体歌は、文脈や構文を確定する最小限の助辞を文字化するというきわめて綿密な分析意識で書かれており、[*17] とても原始的だとか古体的といえるような書法ではない。

身﨑壽は、表記論とはべつに、宮廷社会における和歌文学の成熟という観点から、略体歌集の成立を人麻呂の作歌活動の末期に推定している。[*18] 略体歌の文学史的な位置付けについては身﨑説がもっとも明解であると思われるが、稲岡の提示した歌を漢字で書くことの問題を見据えて、詳しくは今後の課題ということにしたい。

注

＊1　阿蘇瑞枝『柿本人麻呂論考』一九七二年十一月。
＊2　稲岡耕二『万葉表記論』一九七六年十一月。
＊3　橋本達雄『万葉宮廷歌人の研究』一九七五年二月。
＊4　工藤力男「人麻呂の表記の陽と陰」一九九四年六月『万葉集研究』第二十集。稲岡耕二「総訓字表記への志向とその転換（上）」一九九七年三月『万葉集研究』第二十一集・同（下）一九九八年七月『万葉集研究』第二十二集。
＊5　西條勉「「於」～の構文と、その表記史的位相」一九九二年三月、『古事記の文字法』所収。
＊6　河野六郎「文字の本質」一九七七年三月、『河野六郎著作集3』及び『文字論』に所収。
＊7　東野治之「日本語論」一九九三年四月、『長屋王家木簡の研究』所収。
＊8　武田祐吉『国文学研究柿本人麻呂攷』（一九四三年五月、『武田祐吉著作集第七巻』所収）に紹介されたもので、平凡社書道全集第九巻（一九五四年十二月）に写真が転載されている。

＊9　寺西貞弘「天武天皇所生皇子生年考証」一九八一年一二月『古代天皇制史論』所収。
＊10　森朝男「柿本人麿歌集様式論考」一九九三年五月『うたの発生と万葉和歌（和歌文学論集1）』所収。
＊11　稲岡耕二前掲注2書、及び『人麻呂の表現世界』一九九一年四月。
＊12　小谷博泰『木簡と宣命の国語学的研究』（一九八七年十一月）。
＊13　西條前掲注5論文。
＊14　澤瀉久孝『萬葉集注釋巻第十』当該歌の項に「九一七七六題詞」の「播磨娘子」を紀州本・細井本が「播磨娘子」に誤るケースが指摘されている。元暦本では、9一七八三左注「右二首柿本朝臣人磨之歌中出」や一七九四左注「右三首田辺福磨之歌集出」などの誤りがあり、磨が麿に誤写されやすかったのは事実である。磨のままでトギ（伽）と訓む説もあるが（後藤利雄『人麿の歌集とその成立』）、上代におけるトギの語例が確認できず、また解釈も難しい。
＊15　渡瀬昌忠『柿本人麻呂研究　歌集編（上）』一九七三年十一月。
＊16　西條勉「人麻呂歌集旋頭歌の略体的傾向―詩体への志向―」一九九九年十月『美夫君志』五十九号、本書所収、二「人麻呂歌集旋頭歌の略体的傾向」。
＊17　渡瀬昌忠「人麻呂歌集略体歌の表記法――係助詞「は」の文字と読添え――」一九九七年十月、『実践国文』第五十二号・「人麻呂歌集略体歌における助詞「を」の表記法――その文字化と読添え――」一九九八年三月、『実践国文』第五十三号。いずれも『渡瀬昌忠著作集　第一巻　人麻呂歌集略体歌論　上』所収。
＊18　身﨑壽「人麻呂歌集の位置―略体歌を中心に―」一九七八年六月『日本文学』所収。
（付記）　本稿に引用した木簡で、特に資料文献を記さなかったものは『日本古代木簡選』（木簡学会編）・『上代木簡資料集成』（沖森卓也・佐藤信著）による。なお飛鳥池木簡については、奈良国立文化財研究所の渡辺晃宏氏・寺崎保広氏に資料提供等でお世話になった。記して深謝する。

二　人麻呂歌集旋頭歌の略体的傾向

1　はじめに

人麻呂歌集の表記をめぐる厳しい論戦において、旋頭歌の問題はいつも周辺に置かれ、議論の核心に据えられることはなかった。人麻呂歌集の旋頭歌が三十五首（巻七に二十三首、巻十一に十二首）しかなく、また六句体という万葉集にあってはマイナーな歌型であることからすれば、これが歌集表記論の中心になりえなかったのはむしろ当然であろう。

そうした成り行きに抗して、人麻呂歌集旋頭歌の表記をはじめて本格的に俎上にあげたのは後藤利雄である。[*1] 後藤説では、これを第一部（非略体）にも第二部（略体）にも属さない第三部の書法とするものであった。森淳司は、後藤説を批判するかたちで歌集旋頭歌の表記を略体に帰属させたが、[*2] 橋本達雄は、歌集旋頭歌の表記は略体と非略体の両面をもつことを主張した。[*3] こうして歌集旋頭歌の表記に関心が寄せられるなかで、稲岡耕二は歌集旋頭歌も略体と非略体に二分できることを具体的に示し、自身の構想する〈略体から非略体へ〉という図式のなかに歌集旋頭歌の二類を位置づけ、旋頭歌の表記論に新地平を拓いていった。[*4]

けれども、橋本は稲岡の新見を考慮しつつも、歌集旋頭歌が全体として略体的な傾向が著しいことを指摘、略体と非略体の区別は短歌におけるほど明瞭なものではないとして、両群の重なり合いを改めて重視した。[*5] 渡瀬昌忠も、森説であげられた略体的な用字をもつ旋頭歌の多くが、稲岡の分類した非略体歌になっていることに触れ、このことは「旋頭歌の性格のみならず略体歌と非略体歌との相互関係を検討していく上で、重要な事実と思われる」と述べた。[*6] 渡瀬の指摘は橋本の再論でも確認されているが、人麻呂歌集旋頭歌の非略体が略体的な傾向をもつというねじれ現象については、その後の歌集表記論ではあまり注意が向けられていない。

2　表記と用字

後藤の第三部説、森の略体説、橋本の連続説、稲岡の略体／非略体説は、どれか一説をとれば他説が排除されるような関係にある。けれども、それぞれに人麻呂歌集旋頭歌の表記形態の一面を捉えており、それなりの根拠をもっている。

このように問題が錯綜するのは、右の諸説がいずれも略体／非略体の枠組みを前提として立てられているところに原因があるといってよい。人麻呂歌集の表記を分析するさい、略体・非略体の概念が有効であることは言うまでもないが、それはあくまでも作業仮説であって、表記の実態は三百余数にのぼる短歌体はもとより、三十五首にすぎない旋頭歌においてもかなり複雑な様相をみせている。略体／非略体の分類は、そうした多面的な表記の実態を解きほぐすための最初の作業手順なのである。そこで、三十五首の旋頭歌についても、とりあえず略体と非略体に区別することから着手してみよう。次に掲げる1〜23は巻七（一二七二〜一二九四）、24〜35は巻十一（二三五一〜二三六二）の旋頭歌で、傍線を付けたのは非略体、付けないのは略体の表記をとるものである。なお、非略体歌については、ノ・テ・ニ・ヲの表記状況を下に書き出しておいた（無表記はカタカナ、表記は漢字。訓みは塙本に基づく）。

1｜劔ノ後　鞘ニ納野迩　葛引吾妹　真袖以　著点等鴨　夏草苅母（一二七二）　ノ・ニ・迩

2｜住吉ノ　波豆麻ノ公之　馬乗衣　雑豆臈　漢女乎座而　縫ル衣叙（一二七三）　ノ・ノ・(之)・乎・而

3｜住吉ノ　出見ノ浜ノ　柴莫苅曽尼　未通女等ガ　赤裳ノ下ニ　閏テ将往見（一二七四）　ノ・ノ・ノ・ノ・ニ・テ

4|	住吉ノ 小田ヲ苅為子 賤鴨無 奴雖在 妹ガ御為ト 私田苅 （一二七五）	ノ・ヲ
5|	池ノ辺ノ 小槻ガ下ノ 細竹ナ苅嫌 其ヲ谷 公ガ形見尓 監乍将偲 （一二七六）	ノ・ノ・ノ・ヲ・尓
6|	天ニ在 日売菅原ノ 草莫苅嫌 弥那ノ綿 香黒髪ニ 飽田志付勿 （一二七七）	ニ・ノ・ノ・ニ
7|	夏影ノ 房之下迩 衣裁吾妹 裏儲テ 吾為裁者 差大ニ裁 （一二七八）	ノ・(之)・迩・テ・ニ
8|	梓弓 引津ノ辺ニ在 莫謂ノ花 及採ニ 不相有目八方 勿謂ノ花 （一二七九）	ノ・ニ・ノ・ニ・ノ
9|	撃日刺 宮路ヲ行丹 吾裳ハ破ヌ 玉ノ緒ノ 念妄テ 家ニ在マシ矣 （一二八〇）	ヲ・丹・ノ・ノ・テ・ニ
10|	公ガ為 手力労 織在衣服叙 春去バ 何色ニ 揩テ者吉ム （一二八一）	ニ・テ
11	橋立ノ 倉橋山ニ 立ル白雲 見マク欲 我為苗ニ 立ル白雲 （一二八二）	
12|	橋立ノ 倉橋川ノ 石ノ走者裳 壮子時ニ 我度テ為 石ノ走者裳 （一二八三）	ノ・ノ・ノ・ニ・テ・ノ
13|	橋立ノ 倉橋川ノ 河ノ静菅 余苅テ 笠裳不編ク 川ノ静菅 （一二八四）	ノ・ノ・ノ・テ・ノ
14	春日尚 田ニ立羸 公ハ哀モ 若草ノ 孋無公シ 田ニ立羸 （一二八五）	
15	開木代ノ 来背ノ社ノ 草勿手折ソ 己時ト 立雖栄 草勿手折ソ （一二八六）	
16	青角髪 依網ノ原ニ 人モ相ヌ鴨 石走 淡海県ノ 物語為 （一二八七）	
17	水門ノ 葦ノ末葉ヲ 誰カ手折シ 吾背子ガ 振手ヲ見ムト 我ソ手折シ （一二八八）	
18	垣越ニ 犬召越テ 鳥猟為公 青山ノ 葉茂山辺ニ 馬安公 （一二八九）	
19|	海ノ底 奥ツ玉藻之 名乗曽ノ花 妹与吾ト 此何有跡 莫語之花 （一二九〇）	ノ・之・ノ・之
20	此岡ニ 草苅小子 勿然苅ソネ 有乍モ 公ガ来座ム 御馬草ニ為ム （一二九一）	
21|	江林ニ 次ル完也物 求ニ吉 白栲ノ 袖纏上テ 完待我背 （一二九二）	ニ・ニ・ノ・テ
22	丸雪降 遠江ノ 吾跡川楊 雖苅 亦モ生ト云 余跡川楊 （一二九三）	

23 朝月ノ 日向ノ山ニ 月立リ所見 遠妻ヲ 持在ム人シ 看乍偲ム (一二九四)
24 新室ノ 壁草苅迩 御座給根 草ノ如 依逢未通女者 公ガ随ニ (二三五一)
25 新室ヲ 踏静子之 手玉鳴裳 玉ノ如 所照公乎 内ニ等白世 (二三五二)
26 長谷ノ 弓槻ガ下ニ 吾隠在妻 赤根刺 所光月夜迩 人見点鴨 (二三五三)
27 健男之 念乱而 隠在其妻 天地ニ 通雖光 所顕目八方 (二三五四)
28 恵得 吾念妹者 早裳死ヌ耶 雖生 吾迩応依ト 人ノ云名国 (二三五五)
29 狛錦 紐ノ片叙 床ニ落迩祁留明ノ夜志 将来得云者 取置テ待ム (二三五六)
30 朝戸出ノ 公ガ足結乎 閏露原 早起 出乍吾毛 裳下閏奈 (二三五七)
31 何為ニ 命ヲ本名 永欲為ム 雖生 吾念妹 安不相クニ (二三五八)
32 息ノ緒ニ 吾ハ雖念 人目多ミ社 吹風ニ 有バ数々 応相物ヲ (二三五九)
33 人ノ祖ノ 未通女児居テ 守山辺柄 朝々 通シ公ガ 不来バ哀モ (二三六〇)
34 天ニ在 一棚橋 何カ将行 穉草ノ 妻所ト云バ 足壮厳セム (二三六一)
35 開木代ノ 来背ノ若子ガ 欲ト云余 相狭丸 吾ヲ欲ト云 開木代ノ来背 (二三六二)

ノ・迩・ノ・ニ
ヲ・(之)・ノ・乎・ニ
ノ・ニ・迩
之・而・ニ
迩・ノ
ノ・ニ・迩・ノ・テ
ノ・乎

字音表記の有無を基準にして略体/非略体に区別すると右のようになる。ほぼ稲岡説に沿うが、4は「小田苅為子」により非略体とし(稲岡は略体)、11は字音表記がないので略体とした(稲岡は「橋立倉橋」を共有する11~13をすべて非略体とする)。傍線を付けない十四首は付属語の字音表記がないので、稲岡の基準によれば、たしかに略体表記と認めることができる。三十五首中、略体が十四首、非略体が二十一首となる。人麻呂歌集旋頭歌の表記を問題にするばあい、この事実はやはり押さえておく必要がある。

その点で後藤・森説は不十分であったといえるが、傾聴すべき指摘があったことも忘れてならない。後藤が旋頭歌の表記を第三部としたのは、略体的要素と非略体的要素の双方を的確に捉えながら、なおかつ、旋頭歌にみられる特殊用語を重視したからであった。一方、森は、旋頭歌の平均字数が五句体に換算すると非略体よりも略体歌に近似する事実に着目し、さらに用字の面から略体歌との共通性を具体的に検証して、旋頭歌の表記を非略体よりも略体に帰属させる方がより実情に即しているとみたのである。

むろん、森のように旋頭歌の表記を全体として略体に帰属させてしまうと、右に傍線を付けた二十一首に付属語を字音表記する書き方の説明がつかなくなってしまうので、「略体・非略体という表記の区別を論ずることの意味はほとんどなくなる」という稲岡の批判はまぬがれない。しかし、森説で略体歌と共通する要素としてあげられた事例の多くが、非略体の旋頭歌にあらわれるというねじれ現象は無視できない。繰り返していえば、すくなくとも旋頭歌に関する限り、三十五首を略体／非略体に分類するのは当面の作業手順にすぎない。こうした措置を施すことで、ねじれ現象がクローズアップされてくるのであるが、問題はそこからなのだ。

個別的な用字に先立って、まず文字数の問題を検討してみよう。橋本の調査によれば、[*7] 非略体旋頭歌の平均字数は十九・四字、略体旋頭歌のそれは十七・六字で、その差は一・八字であるが、この数値は歌集短歌の五字前後に比べていちじるしく接近している。また、助詞省筆は、非略体旋頭歌三・三字、略体旋頭歌五・一字で、その差が一・八字であるのに対し、歌集短歌が三字前後と、やはり接近した数値になる。つまり、歌集旋頭歌は全体として字数が少なく、非略体においても助詞の省筆率がかなり高いわけである。ちなみにニ・ヲの表記率でみると、旋頭歌のばあい、ニは36％（8―22）、ヲは42％（3―7）であるが、歌集短歌ではそれぞれ72％（34―47）、88％（15―17）となる。訓み方で多少前後したとしても、助詞の表記に関しては、おなじ非略体でも旋頭歌と短歌で大きな違いがあるのは明らかであろう。むろん、低いとはいえ字音表記がおこなわれているので、非略体旋頭歌を略体に帰属させることはできないが、旋頭歌の表記の特殊性を無視してよいわけでもない。

付属語の表記でとりわけ目を引くのは「之」と「而」である。非略体旋頭歌で、之は2｜「波豆麻公之｜馬乗衣」・7｜「房之下」・19｜「玉藻之」「莫語之花」・25｜「踏静子之手玉」・27｜「健男之念乱而」のわずか六例にすぎない。しかも、このなかで確実にノで訓まれるのは19｜(二例)と27｜の三例だけで、他はガと訓まれており、ノの読み添えは実に三十八例にものぼる(表記率3―41、7%)。非略体旋頭歌において、ノはほとんど無表記といってよいのである。而も2｜「漢女乎座而」・27｜「念乱而」のみで、読み添えは八例である(2―10、20%)。このような省筆が非略体旋頭歌の字数を少なくし、略体的な傾向をみせる要因のひとつになっている。

次に用字の面で吟味してみると、歌集旋頭歌にみられる略体的な用字は、森淳司のあげた「納」「閏」「完」「纒」「矣」「公」「雖」「在」などであるが、注意しなければならないのは、すでに触れているように、これらの略体的な用字が、歌集旋頭歌においては非略体の方にあらわれることである。

1｜　鍜後鞘｜納野迩↓百積船潜納｜(11二四〇七　略体)／入

3｜　赤裳下閏｜将往見・30　閏｜露原〜裳下閏｜奈↓裳欄潤｜(11二四二九　略体)／湿・霑・漬

9｜　家在矣｜↓花矣｜(7一三〇六　略体)・事矣｜(12二八五五　略体)等／乎

21｜　次完也物〜完｜待我背↓峯行完｜(11二四九三　略体)／鹿・鹿猪

21｜　袖纒｜上↓手纒(7一三〇一　略体)・吾纒｜哉(11二四五一　略体)等／巻・枕

24｜　依｜逢未通女者・28｜　吾迩応依｜↓縛依｜(11二四四八　略体)・心依｜(11二四八二　略体)／因・縁・寄

スラッシュ（／）の後に示したのが、非略体を含めた一般の用字である。森は右の他に8｜「及〜」・27｜「健男之」・29｜「狛錦」などもあげているが、やはり非略体旋頭歌にみられる用例である。こうした非略体旋頭歌の略体的傾向を、略体旋頭歌との照合によってより全般的に示されるのが、キミ、ド／トモ、リ／タリの用字である。歌集旋頭歌において、これらは、略体・非略体を問わずすべて「公」「雖」「在」が宛てられているが、非略体短歌のばあい、キミは君＝六例／公＝一例、対して略体短歌では君＝八例／公＝十六例であり、非略体に「君」、略体に「公」を用いる傾向が強い。非略体旋頭歌に「君」が一例もないのは、略体的な傾向を顕著に示すものといえる。

逆説の接続助詞ド／トモは、略体短歌では三十二例あり、すべて「雖」が用いられる。非略体短歌では十九あるが、「雖」は十例であり、他は「〜友」「〜鞆」「〜常・杼」などである。歌集旋頭歌には七例あり、うち三例が非略体であるが、いずれも「雖」であり、非略体短歌に用いられる「〜鞆」や「〜友」はひとつもみられない。また、旋頭歌にみられる完了の助動詞リ／タリは、10｜「織在｜衣服叙」・23「持在人｜」・26｜「吾隠在｜妻」・27｜「隠在｜其妻」で、三例が非略体であるが、非略体短歌のリ／タリに「在」が当てられるのは「乱而在｜」（一六八五）のみであり、他は「削遺有｜」（一七〇九）・「立流｜」（一八一三）・「尓宝比始」（二一七八）などで、「在」はひとつもない。一方、略体短歌には十四例あって、「開在｜」（二二四八）・「未座在｜」（二四二四）・「結在｜」（二四九六）・「惑在｜」（一八九二）などで書かれ、このかたち以外では「隔有｜鴨」（二四二〇）・「思始為｜」（二四三〇）があるだけである。

このように、人麻呂歌集の旋頭歌が、表記の面から略体と非略体に区別できるのはたしかであるが、付属語や而・之の助字の表記、および公・雖・在等の用字に関しては、短歌における略体／非略体とまったく対照的な面があり、しかも、このばあいにおいても、非略体旋頭歌はきわめて略体的な傾向をもつのである。いったい、こうしたねじれ現象は、どのように理解すればよいのであろうか。

周知のように、稲岡は略体表記を非略体表記の前段階に位置づけ、表記の形態が略体から非略体に進化するという認識のもとに《略体短歌→略体旋頭歌→非略体旋頭歌→非略体短歌》という図式を示した。これによれば、非略体旋頭歌の略体的な傾向は、前段階の略体表記を引きずったものとして合理的に説明できるであろう。つまり、人麻呂歌集の表記は、旋頭歌を仲立ちとして、略体から非略体に変化したということになる。ただし、稲岡説では、略体から非略体への転換が天武九年頃に想定されているので、人麻呂歌集旋頭歌も、おのずからその前後に製作されたと推定されているわけである。この前提は、はたして成り立つであろうか。

3 形式とモチーフ

人麻呂歌集旋頭歌の作られた時期を見定めるのは難しいが、万葉集には他にも、古歌集旋頭歌（六首）、作者未詳旋頭歌（十三首）、作者明記旋頭歌（八首）があり、これらとの比較を通してある程度の推定は可能かと思われる。

右のうち、短歌五十七首を収録する古歌集は聖武朝以前、奈良朝初期の成立と考えられている。[*8] 六首の旋頭歌もその範囲内のものであろう。作者明記の旋頭歌は、坂上郎女・憶良・藤原八束・虫麻呂・家持などの歌で、いずれも天平年間のものである。作者未詳の十三首には、巻十三の一首（三二三三）と能登国歌（16三八七九）・越中国歌（16三八八二）を含むが、形式やモチーフなどの面では、作者明記の旋頭歌と類似する。しかし、人麻呂歌集の旋頭歌は、それらと比較してかなり目立った違いが認められる。その点を具体的に示してみよう。

旋頭歌の形式については、脇山七郎の分類がある。[*9] 脇山は、旋頭歌をA問答型・B呼びかけ型・C呼びかけ型の変形・D繰り返し型、Eその他、に区別した。これに従って分類してみると次のようになる。

A＝4|・17（二例）
B＝3|・5|・6|・7|・20・24|・25|（七例）
C＝1|・2|・10|・21|（四例）
D＝8|・11・12|・13|・14・15・18・19|・22・35（十例）
E＝9|・16・23・26|・27|・28|・29|・30|・31・32・33・34（十二例）

この基準をそのまま古歌集旋頭歌と作者未詳旋頭歌、および作者明記旋頭歌に適用してみると、古歌集ではB＝二例（11二三六三・11二三六四）・E＝四例（7一二六七・11二三六五〜11二三六七）、作者未詳ではC＝一例（16三八五二）・D＝三例（13三三三三・16三八七九・16三八八二）・E＝七例（7一二九五・7一四〇三・10一八八七・10一八八八・10二三一〇・10二三一一・16三八八四）、作者明記ではB＝一例（5五二九）・D＝二例（6一〇一八・8一六一〇）・E＝八例（8一五三八・8一五四七・8一五四九・9一七四四・15三六一二・15三六五一・15三六六二・17四〇二六）となる。まとめて表示すると、次のようになる（「資料甲」53頁参照）。

	人麻呂歌集	古歌集	作者未詳	作者明記
A	2	0	0	0
B	7	2	0	1
C	4	0	1	0
D	10	0	3	2

	E
35	12（34%）
6	4（67%）
11	7（64%）
11	8（73%）

これを見ると、人麻呂歌集では呼びかけ型（BC）・繰り返し型（D）・その他（E）がほぼ同じ割合であるのに対して、古歌集以下は、おおむねE「その他」に集中する傾向がみられる。人麻呂歌集旋頭歌の形式は、全体として、古歌集等の二十七首とは異質な性格をもっているのだ。奈良朝初期から天平期の旋頭歌が、呼びかけ型や繰り返し型は少なくなっていることが一目瞭然であろう。その分、「その他」の割合が多くなっているわけであるが、そもそも、脇山が「その他」に一括した形式とはどのようなものなのであろうか。

脇山がAの問答型を旋頭歌の原初形としたのは、旋頭歌の起源を記紀歌謡の片歌問答に求める通説[*10]にもとづいたからであった。しかし、このような見方は田辺幸雄[*11]や山路平四郎[*12]などによって批判されており、旋頭歌の本来の形式はむしろ繰り返し型であるとされている[*13]。これは記紀歌謡の六句体（記49・65・80・紀99）がすべて上下三句を反復する繰り返し型であることや、民間歌謡から採集されたと思われる巻十六の能登国歌（三八七九）と越中国歌（三八八二）がいずれも繰り返し型になっていることからも、妥当な見方であると考えられる。人麻呂歌集に二首みられる問答型も旋頭歌らしい形ではあるが、これを旋頭歌の基本形とするのは再考を要する。もっとも、問題は旋頭歌の起源にかかわるのでそう簡単には済ませない。

旋頭歌の歌体を分析した森朝男は、旋頭歌の源流を、上下句が掛け合い的に反復する対立構造（共時的）にもとめ、これが変形して上下句が意味的に繋がる連接構造（通時的）を生じるとした[*14]。そして、こうした旋頭歌の質的な変形が、短歌における正述心緒の形式を意識させ、さらには寄物陳思の表現方法を自覚させていくのだという見通しを立てている。これは和歌様式の生成を理論的に解き明かそうとする考察であるが、当面する問題を捉えるうえでも有益ではないかと考えられる。というのも、森のいう連接構造をもつ旋頭歌というのは、ほぼ、脇山が「その他」に分類したものに該当するからである。一方、A～Dは五七の三句でひとまず叙述が終結し、上下句が対立的もしくは並列的に呼応し合う関係になっている。問答・呼びかけ・繰り返しは、いずれも対座で歌い合う詠出形態を予想させるものであり、上下句が共時的な関係をなす点では、同一の形式で括ることができるであろう。もともと、六句体の旋頭歌は集団的に唱詠されたはずであるから、上下句は対詠的な関係をなすのが基本である。A～Dには、そうした歌謡としての性格が残存しているといえる。

そこで、人麻呂歌集の旋頭歌を大きく対立型（A～D）と連接型（E）に二分して、より新形とみられる連接型の比率を調べてみると、略体グループでは十四首中の六例（16・23・31・32・33・34の43％）が連接型、非略体では二十一首中の六例（91・26・27・28・29・30の29％）が連接型となり、略体表記をとる方に新形が多いことが分かる。もっともその差はさほどではなく、非略体の表記をとる方にも連接型がかなり含まれていることは事実であるが、略体の旋頭歌を古体とする稲岡説は、かなり成り立ちにくいものとなる。とくに、略体旋頭歌には、次にあげるような歌がみられることに注意しなければならない。

32　息《ノ》緒《ニ》　吾《ハ》雖念　人目多《ミ》社　吹風《ニ》　有《バ》数々　応相物《ヲ》（二三五九）

33　人《ノ》祖《ノ》　未通女児居《テ》　守山辺柄　朝々　通《シ》公《ガ》　不来《バ》哀《モ》（二三六〇）

この二首は上句に文の終止をもたず、そのため上下句の対立がまったく消滅している。森朝男が連接型のいっそう進んだケースとして取り上げたもので、旋頭歌の構造が内側から崩壊していく様相をみせている。古歌集の旋頭歌にも「うちひさす宮道に逢ひし人妻故に　玉の緒の思ひ乱れて寝る夜しそ多き」（11二三六五）という同種の歌があるので、人麻呂歌集の32・33は、どうみても初期の旋頭歌とは考えにくい。このように、旋頭歌においては略体表記で書かれるものに奈良朝の旋頭歌との連続性がみられるのである。もっとも、だからといって、非略体の旋頭歌が全体として古体であるとも言えないことはすでに示した通りである。前節で、表記と用字の面から、非略体旋頭歌の略体的な傾向を指摘したが、形式の面からみても、略体と非略体は、人麻呂歌集の短歌群ほどには判然と区別できない。

しかし、これを全体としてみるならば、人麻呂歌集旋頭歌の三十五首は、古歌集や作者未詳および作者明記の旋頭歌群とは明らかに一線を画しており、対立型の割合がきわめて多いのである。これと連動する側面を、もうひとつ指摘することができる。それは歌の題材であって、人麻呂歌集の旋頭歌は、万葉集には意外に少ない労働モチーフをかなりふんだんに含んでおり、次にあげる十七首をピックアップすることができる（非略体十三首・略体四首）。

〈草刈り〉＝1・3・4・5・6・13・20・22・24
〈機織り〉＝2・7・10
〈田作り〉＝14
〈橋作り〉＝12
〈山狩り〉＝18・21
〈室造り〉＝24・25

これを他の旋頭歌と比べてみると、古歌集には労働モチーフがひとつもみられず、作者未詳歌に〈薪伐り〉

（7一四〇三）、作者明記歌に〈草刈り〉（5五二九・坂上郎女）・〈船木伐り〉（17四〇二六・家持）が歌われるだけである。しかも、郎女歌は人麻呂歌集の模倣であり、家持歌の「鳥総立て船木伐るといふ能登の島山～」は伝聞のかたちをとる表現で、家持のオリジナルではない。

一般に労働モチーフを含む歌は、民間歌謡の性質をもつといってよいが、万葉集全体でもさほど多いというわけではない。ざっと見渡してみても作者未詳歌に偏在し、巻七に十六例、巻十に八例、巻十一に十九例、巻十二に六例、巻十四に二〇例ばかりみられるが、作者明記の短歌にはわずかに十数例しかない（「資料乙」54頁参照）。人麻呂歌集では、非略体歌には一例しかなく、略体歌に五例みられる。これは、非略体がもっぱら宮廷生活の歌であり、略体の方には民間歌謡が含まれるという従来の研究[*15]に合致するものであるが、旋頭歌のばあいは、右に示したように、労働モチーフは非略体の方にむしろ多い事実が認められる。ちなみに、人麻呂歌集短歌の例をあげておこう。

今作る斑の衣面影に我れに思ほゆいまだ着ねども（7一二九六　非略体）
君がため浮沼の池の菱摘むと我が染めし袖濡れにけるかも（7一二四九　略体）
紅に衣染めまく欲しけども着てにほはばか人の知るべき（7一二九七　略体）
かにかくに人は言ふとも織り継がむ我が機物の白き麻衣（7一二九八　略体）
打つ田には稗はしあまたありと言へど選らえし我れぞ夜をひとり寝る（11二四七八　略体）
たらつねの母が養ふ蚕の繭隠り隠れる妹を見むよしもがも（11二四九五　略体）

労働モチーフが民間歌謡的なものとすれば、旋頭歌のばあいは略体よりも非略体の方が民間歌謡に接近しており、この点、形式面で略体の方が新形の度合いが強いという傾向と重なり合うことが分かるのである。ただし、注意しなければならないのは、略体・非略体あわせておよそ三三〇首近くもあるとされる人麻呂歌集の短歌において、労働モチーフを含む歌がわずかに六例（0,02%）しか拾えないのに対し、旋頭歌のばあいは、三五例中十七例（49%）もの労働モチーフがみられるということである。東歌でさえ二三〇首中の二〇例（0,09%）ほどであるから、人麻呂歌集の旋頭歌が労働モチーフを含む割合は、異様に高い数値を示すことになるわけである。

　このように、人麻呂関係歌において、労働モチーフが作歌や非略体にはほとんどみられず、また略体においてもごくわずかであることを思えば、旋頭歌にみられる労働モチーフが人麻呂の創作になる可能性は、きわめて低いといわざるをえない。それらは、おそらく民間歌謡に出自する歌であろう。しかも、それら労働モチーフを含む十七首の旋頭歌が非略体の方に集中し、略体旋頭歌にはわずか四例しかみられないのは、人麻呂歌集旋頭歌においては、非略体の方がむしろ民謡的な性格をもつことを示しているとみてよい。とはいえ、労働モチーフを基準にしても、非略体と略体のあいだに画然とした区別があるわけではなく、略体旋頭歌の方にも労働モチーフを含む歌があるのは否定できない事実である。

　ところが、これを、さきの形式面の問題に重ねてみると、略体と非略体を問わず、労働モチーフはすべて、旋頭歌の基本型である対立型の方にあらわれるという事実を指摘することができる。つまり、略体と非略体を問わず、連接型の旋頭歌には、労働モチーフを含む歌がひとつもみられないということである。これまでに別個に検討してきた形式面とモチーフ面の関係の傾向を重ね合わせてみると、次のようになる（左側の傍線部が労働モチーフを含む歌）。

対立形式＝‖1|・‖2|・‖3|・‖4|・‖5|・‖6|・‖7|・8|・‖10|・11・‖12|・‖13|・‖14・15・17・‖18・19|・‖20・‖21|・‖22・‖24|・

‖25|・35（二十三例）

連接形式＝9|・16・23・26|・27|・28|・29|・30|・31・32・33・34（十二例）

このように、対立形式をとる旋頭歌のほとんどが労働モチーフを含むのに対して、連接形式では労働モチーフを含む歌がひとつもない。要するに、［対立形式‖労働モチーフ］および［連接形式‖非労働モチーフ］の関係が、ほぼ成り立っているわけである。しかも、前者は後者に比べて相対的に古形であり、かつ民間歌謡的な性格をもつのであった。一方、略体・非略体は対立形式と連接形式のいずれにも分布しているが、対立形式の旋頭歌に非略体の割合が高く（二十三首中十五首、65％）、連接形式の方では略体と非略体が同率（ともに六首ずつ）になっている。つまり、略体旋頭歌の方が古歌集等の奈良朝旋頭歌に近いわけである。

この事実は、略体を非略体より古い時期に位置づけることを困難にするであろう。形式とモチーフの点からみると、人麻呂歌集の旋頭歌は非略体の方が古く、略体の方に新しい要素がみられるからだ。稲岡説とは逆に、《非略体から略体へ》という流れが見て取れるわけである。もっとも、非略体と略体は、はっきりとした境界によって区切られるわけではない。非略体の表記をとる方にも、労働モチーフを含まない連接形式の旋頭歌が存するるのである。

4　書き手の志向

このような複雑であいまいな様相は、人麻呂歌集旋頭歌の表記が、基本的には非略体をベースにしながら、それ自身のなかで略体的な方向に向かいつつある、とみることで、はじめて的確に把握できるであろう。こうした見通しをより確かなものとするには、人麻呂歌集の非略体短歌と比較してみる必要がある。

そこで、再び歌集旋頭歌の表記に立ち戻ってみよう。同じ人麻呂歌集の非略体とはいえ、旋頭歌と短歌ではかなり異なった趣があることはすでに触れているが、そのもっとも顕著な違いは、之と而の表記であった。先に指摘したように、非略体旋頭歌二十一首のうち、ノが確実に表記されているのはわずか三例のみで、読み添えが三十八例、(表記率7%)テも「漢女乎座而」「念乱而」の二例しかなく、読み添えが八例(表記率20%)であった。一方、非略体短歌におけるノ・テの表記率はそれぞれ66%(75/113)・80%(32/40)の高率になっており、とても同一範囲にはおさめられないほどの開きがある。周知のように、歌集短歌において、之と而の表記は略体/非略体を区別する目印となっていたので、この基準をそのまま適用すれば、人麻呂歌集の旋頭歌は、非略体をとる表記もきわめて略体的であることが改めて確認できるわけである。そもそも、之と而の使用を避けるのは『文選』の〈詩〉と〈賦〉、あるいは『懐風藻』の〈詩〉と〈伝〉などを比べてみれば明らかなように、漢詩のもっとも基本的な手法である。[*16] 人麻呂歌集旋頭歌の書き手は、おそらく詩体に倣う意識があったのであろう。これが第一に注意すべき点である。

次に注目すべきは、これも先に触れているように、歌集の非略体旋頭歌においては、歌集短歌の非略体に比べてニ・ヲの表記率が低いことである。これは、付属語の字音表記を避けようとする意識によると思われるが、そうすると、ド/トモをすべて「雖」で書き、リ/タリに「在」を宛てるのも、同じ意識によるとみてよいであろう。これらは、歌集短歌のばあいと同じく、書き手の正訓志向を示すものであり、結果的には、歌集旋頭歌の字数を少なくする要因になっているのである。もっとも、之や而も、それ自体れっきとした正訓ではあるが、詩体への志向が勝っていたため、意図的に忌避されたのであろう。この点を考慮すれば、正訓志向と詩体志向は矛盾するものではないといえる。

けれども、一方で、人麻呂歌集の旋頭歌は正訓を逸脱する傾向をみせている。ざっとあげてみると、非略体に3｜「未通女《をとめ》」・3｜30｜「裳下《すそ》」・5｜「細竹《しの》」・5｜「監乍《み》」・5｜6｜「苅嫌《そね》」・7｜「房之下《うまや》」・12｜「壮子時《をざかり》」・26｜「長谷《はつせ》」・27「健男之《ますらを》」・28｜「恵得《うつくし》」、略体には15｜35｜「開木代《やましろ》」・17「葦末葉《うらば》」・18「葉茂山辺《しげき》」・20「草苅小子《わらは》」・22「丸雪《あられ》降」・34「穉草」などがある。これらは訓字であるが、必ずしも正訓とはいいがたい面があり、かといって、戯書というほどのものでもない。渡瀬の命名を借りれば、[*17]和訓漢語ということになるが、このような特殊な書法は、歌集の非略体短歌には「霏霺《たなびく》」（10一八一二他）・「重下《いかり》」（11二四四〇）くらいしかみらない。

ところが、略体歌においては「惻隠《ねもころ》」（11二三九三等）・「風《ほのかに》」（11二三九五）・「小端《はつはつに》」（7一三〇六）・「為暮《しぐれ》」（10二二三四）・「極大《ここだ》」（11二四〇〇）・「態《たどき》」（11二三八八）など、目立って頻繁に用いられる書き方であり、しばしば問題にされるように略体的な表記の大きな特色に数えられている。歌集旋頭歌では、この類の書法が略体のみならず非略体にもみられる。これもまた、歌集旋頭歌の略体的傾向を示すものであろう。

このように、人麻呂歌集旋頭歌の非略体表記は、歌集短歌の非略体に比べて、次の三つの点で異質な面をもっている。

A 之・而の使用を避ける。

B ニ・ヲの字音表記を少なくし付属語を訓字で書く。

C 正訓から逸脱する。

三つの傾向のうち、もっとも優勢なのはAで、すでに触れたように詩体を意識したものであるが、BとCの書法も、訓をてこにして表記を簡潔にし、漢字の表現性を巧みに引き出す書き方である。漢字で歌を書くことに自覚的であろうとした書き手の意識を反映するものであろう。その点でウタ（和歌）を詩的に表記しようとする志向と重なり合うのである。

A~Cの傾向は、個別的に取り出せば、たがいに背き合う面をもたないわけではないが、書き手の意識のなかでは相互に連動し、方向としては、ウタに詩的な外形を与えようとする意図が芽生えているとみてよいだろう。略体の旋頭歌は、A~Cの傾向がより顕著にあらわれた結果にほかならない。これを形式面とモチーフ面に連動させると、次のようなことが言えるかと思う。すなわち、旋頭歌の基本構造を崩すような連接形式が相対的に略体歌に多くみられ、また、民謡的な労働モチーフが略体歌に少ない事実は、新作的な旋頭歌の方に略体表記が多くなる事実と表裏するので、旋頭歌が新作されるときには、詩体を志向して略体的な表記がとられるのであろう、と。もっとも、略体的な表記は労働モチーフを含む対立形式の旋頭歌にもみられるので、ことはさほど単純ではない。

そこで改めて、全体的な観点に立ち返ってみる必要がある。歌集旋頭歌の略体と非略体は明確な区切れがないにもかかわらず、形式とモチーフの面では非略体の方がより古形である徴候が示されていた。これを、A~Cの傾向に照らし合わせてみると、人麻呂歌集旋頭歌においては、全体として非略体の表記をベースにしつつ、そのなかから略体的な表記が生み出されているらしいことが窺われるのである。簡略に図式化すれば、《非略体→略体的傾向→略体》ということになる。こうした点からも、表記は略体から非略体に推移したのではなく、非略体から略体へ展開していることが確認できるであろう。

歌集短歌における略体歌の位相も、そうした図式のなかで見定めることができるはずである。要するに、人麻呂歌集の表記は短歌と旋頭歌を合わせて、全体として非略体から略体へ展開しているのであり、歌群でみれば《非略体短歌→旋頭歌→略体短歌》の流れが想定できるのである。歌集旋頭歌の非略体が略体的な傾向をもつ理由も、これによってはっきりするであろう。こうしたねじれ現象が、「旋頭歌の性格のみならず略体歌と非略体歌との相互関係を検討していく上で、重要な事実と思われる」という渡瀬の指摘がいかに核心を突くものであったか、その意義がようやく確認できたわけである。なお非略体短歌は、前章に考察したことから、巻九・一六八二〜一七〇九の〈極初期宣命体〉で書かれた人麻呂歌集歌に始まると思われる。

歌集旋頭歌が人麻呂の記載になるものとすれば、人麻呂は民間に歌われている六句体歌謡を文字に書き取って収集し、そうした作業のかたわら、自らもこの形式によって新作を試みたのであろう。大まかにみれば、対立形式と労働モチーフの歌が収集歌であり、連接形式と非労働モチーフのものが新作歌である可能性がつよい。しかし、それにしても、歌集旋頭歌三十五首を、収集歌と新作歌にきっちり分類するのは困難である。ひとつ言えるのは、人麻呂が旋頭歌の収集と記載を通して、略体的な表記に目覚めたことであろう。人麻呂は、民間の旋頭歌を単に収集したにとどまらず、文字に書きとどめるにさいして、これに詩的な形態を与えて、六句体をとるこの歌謡形式の可能性を追求したのである。

すでに多くの指摘があるように、[*18]もともと対唱形態で集団的に歌われる旋頭歌は、書くことによる独詠的な創出には不向きな形式である。そのため、人麻呂の試みによって六句体の形式は却って抒情詩としての限界をさらけ出すことになったと考えられる。けれども、人麻呂はそれと引き換えに、ウタの表記に詩的な内実を与える方法を発見したのである。二百首にものぼる人麻呂歌集の略体歌群は、その多くが宮廷貴族のあいだに流布した恋歌であるとみられている。そのような、宮廷社会のいわば流行和歌は、すべて、人麻呂が旋頭歌の収集と制作を通して獲得した詩体的な表記によって、文字に書きとどめられたわけである。

人麻呂歌集の略体表記は、非略体短歌や旋頭歌の制作に遅れて成立したと考えねばならない。この問題については、すでに身﨑壽によって、和歌史的な方面から、略体歌集の成立を人麻呂の作歌活動の晩年に求めるべきことが論じられているので、[19] ここでは、身﨑の結論が十分妥当性をもつことを指摘するにとどめたい。いずれにしても、略体歌については表記の問題とともに、書き手の意識の次元から、その書法の意味が問われるべきであろう。

5 おわりに

人麻呂歌集の旋頭歌は、巻七と巻十一に分けて収録されている。従来の研究によれば、このかたちは万葉集の編纂者の手になるもので、そのさい基準となったのは、雑歌的なものは巻七に、相聞的なものは巻十一に配されたとされている。[20] こうした見方は大筋で承認できるが、巻七の旋頭歌も歌のモチーフ（その大半は労働モチーフ）を別にすれば、おおむね相聞的な主題をもっており、この点からも編纂資料が三十五首を一括していたことは間違いない。

また、現行の旋頭歌の配列をみると、巻七・十一とも、非略体のグループを先に置き、略体のグループをそれに続けるかたちでかなり整然と区別されている。これも、おそらく万葉集の編纂者が整理したものであろう。編纂者の手元にあった資料群では、略体と非略体が混然とした状態になっていて、収集と新作、あるいは寄物陳思歌群のようにモチーフによる配列が施されていたかもしれない。そして、人麻呂歌集の原本が略体歌群と非略体歌群の二巻に分けられていたとすれば、三十五首の旋頭歌は、略体歌集原本の巻頭部に一括して掲載されていたのではないかと考えられる。略体歌群と旋頭歌群は、いずれも相聞的な主題をもつ点で共通しており、なおかつ、略体的な表記法が旋頭歌群において誕生しつつあるからだ。略体短歌の表記は、それの自覚的な活用にほかならない。

注

＊1　後藤利雄『人麿の歌集とその成立』一九六一年十月。
＊2　森淳司「人麻呂歌集旋頭歌の帰属」一九六八年三月初出、『柿本朝臣人麻呂歌集の研究』所収。
＊3　橋本達雄「柿本人麻呂」一九六九年五月『和歌文学講座』第五巻。
＊4　稲岡耕二「人麻呂歌集略体・非略体表記の先後」一九六八年五月初出、『萬葉表記論』所収。
＊5　橋本達雄『万葉宮廷歌人の研究』第四章五「旋頭歌における略体・非略体の問題」一九七五年二月。
＊6　渡瀬昌忠「人麻呂歌集はいつできたか」一九六九年二月　至文堂『国文学』、『渡瀬昌忠著作集　第一巻　人麻呂歌集略体歌論　上』所収。
＊7　橋本達雄前掲注5論。
＊8　伊藤博「萬葉集の構造と成立 上」第四章第二節「人麻呂歌集の配列」一九七四年九月。
＊9　脇山七郎「萬葉集の旋頭歌」一九五四年十月『萬葉集大成7』所収。
＊10　久松潜一『萬葉集考説』第一篇五「万葉集の歌体美」一九三五年二月、『万葉集研究（一）』所収。
＊11　田辺幸雄「旋頭歌の推移（上・下）」一九三九年七・八月『国語と国文学』。
＊12　山路平四郎『記紀歌謡評釈』一九七三年
＊13　島田修三「旋頭歌の発生」一九七八年三月初出、「人麻呂における旋頭歌の位置」一九七九年三月初出、共に『古代和歌生成史論』所収。
＊14　森朝男「短歌的修辞の基礎構造―上下句の双分と連接と―」一九八二年十月初出、『古代和歌の成立』所収・「柿本人麿歌集様式論考」一九九三年十月『うたの発生と万葉和歌（和歌文学論集1）』所収。
＊15　阿蘇瑞枝「人麻呂歌集の書式をめぐって」一九五六年七月初出、『柿本人麻呂論考』（第三篇第一章）所収。
＊16　西條勉「古事記の助字〈於〉の用法、及びその表記史的位相」一九九二年三月初出、『古事記の文字法』所収。
＊17　渡瀬「人麻呂歌集略体歌の和訓漢語と和風義訓熟字」一九八八年十一月『万葉集研究』第十六集。『渡瀬昌忠

著作集 第一巻 人麻呂歌集略体歌論 上』所収。

＊18 清水克彦「旋頭歌攷」一九五〇年十月初出、『萬葉論序説』所収。神野志隆光「旋頭歌試論」一九八二年初出、『柿本人麻呂研究』所収。

＊19 身﨑壽「人麻呂歌集の位置—略体歌を中心に—」一九七八年六月『日本文学』。

＊20 後藤利雄前掲注1書。

資料甲 旋頭歌類別一覧

【古歌集旋頭歌】

（E）ももしきの大宮人の踏みし跡ところ　沖つ波来寄せざりせば失せざらましを（6一二六七）

（B）岡の崎廻みたる道を人な通ひそ　ありつつも君が来まさむ避き道にせむ（11二三六三）

（E）玉垂の小簾のすけきに入り通ひ来ね　たらちねの母が問はさば風と申さむ（11二三六四）

（E）うちひさす宮道に逢ひし人妻ゆゑに　玉の緒の思ひ乱れて寝る夜しぞ多き（11二三六五）

（E）まそ鏡見しかと思ふ妹も逢はぬかも　玉の緒の絶えたる恋の繁きこのころ（11二三六六）

（E）海原の道に乗りてや我が恋居らむ　大船のゆたにあるらむ人の子のゆゑに（11二三六七）

【作者未詳旋頭歌】

（E）春日なる御笠の山に月の出づ　風流士の飲む酒杯に影に見えつつ（7一二九五）

＊（E）み幣取り三輪の祝が斎ふ杉原　薪伐りほとほとしくに手斧取らえぬ（7一四〇三）

（E）春日なる御笠の山に月も出でぬかも　佐紀山に咲ける桜の花に見ゆべく（10一八八七）

（E）白雪の常敷く冬は過ぎにけらしも　春霞たなびく野辺のうぐひす鳴くも（10一八八八）

（E）こほろぎの我が床の辺に鳴きつつもとな　起き居つつ君に恋ふるに寝ねかてなくに（10二三一〇）

（E）はだすすき穂には咲き出ぬ恋をぞ我がする　玉かぎるただ一目のみ見し人ゆゑに（10二三一一）

（D）み吉野の滝もとどろに落つる白波　留まりにし妹に見せまく欲しき白波（反歌13三二三三）

（C）鯨魚取り海や死にする山や死にする　死ぬれこそ海は潮干て山は枯れすれ（16三八五二）
（D）はしたての熊来酒屋にまぬらる奴ワシ　さすひ立て率て来なましをまぬらる奴ワシ（16三八七九）
（D）渋谷の二上山に鷲ぞ子産むといふ　さしはにも君のみために鷲ぞ子産むといふ（16三八八二）
（E）弥彦神の麓に今日らもか鹿の伏すらむ　かはころも着て角つきながら（16三八八四）

【作者明記旋頭歌】

＊（B）左保川の岸のつかさの柴な刈りそね　ありつつも春し来たらば立ち隠るがね（4五二九　大伴坂上郎女）
（D）白玉は人に知らえず知らずともよし　知らずとも我れし知れらば知らずともよし（6一〇一八　元興寺僧）
（E）萩の花尾花葛花なでしこの花　をみなへしまた藤袴朝顔の花（8一五三八　山上憶良）
（E）さを鹿の萩に貫き置ける露の白玉　あふさわに誰の人かも手に巻かむちふ（8一五四七　藤原八束）
（E）射目立てて跡見の岡辺のなでしこの花　ふさ手折り我れは持ちて行く人のために（8一五四九　紀鹿人）
（D）高円の秋野の上のなでしこの花　うら若み人のかざししなでしこの花（8一六一〇　丹生女王）
（E）埼玉の小埼の沼に鴨ぞ翼霧る　おのが尾に降り置ける霜を掃ふとにあらし（9一七四四　高橋虫麻呂）
（E）あをによし奈良の都に行く人もがも　草枕旅行く船の泊り告げむに（15三六一二　遣新羅使）
（E）ぬばたまの夜渡る月は早も出でぬかも　海原の八十島の上ゆ妹があたり見む（15三六五一　〃　）
（E）天の原振り放け見れば夜ぞ更けにける　よしゑやしひとり寝る夜は明けば明けぬとも（15三六六二　〃　）
＊（E）鳥総立て舟木伐るといふ能登の島山　今日見れば木立茂しも幾代神びぞ（17四〇二六　大伴家持）

資料乙　労働モチーフ一覧

巻三・三九一　鳥総立て足柄山に船木伐り木に伐り行きつあたら船木を（沙彌満誓）
四〇四　ちはやぶる神の社しなかりせば春日の野辺に粟蒔かましを（娘子）
四〇五　春日野に粟蒔けりせば鹿待ちに継ぎて行かましを社し恨めし（佐伯赤麻呂）
四〇七　春霞春日の里の植ゑ小水葱苗なりと言ひし枝はさしにけむ（大伴駿河麻呂）
巻四・五二一　庭に立つ麻手刈り干し布曝す東女を忘れたまふな（常陸娘子）

巻七・一〇九九　片岡のこの向つ峰に椎蒔かば今年の夏の蔭にならなむ（詠岡）
一一一〇　ゆ種蒔くあらきの小田を求めむと足結ひ出で濡れぬこの川の瀬に（詠川）
一一二〇　み吉野の青根が岳に蘿席誰れか織りけむ経緯なしに（詠蘿）
一一三三　娘子らが織る機の上を真櫛もち掻上げ栲島波の間ゆ見ゆ（摂津作）
一二四九　君がため浮沼の池の菱摘むと我が染めし袖濡れにけるかも（略体）
一二五〇　妹がため菅の実摘みに行きし我れ山道に惑ひこの日暮らしつ（略体）
一二五五　月草に衣ぞ染むる君がため斑の衣摺らむと思ひて（臨時）
一二九六　今作る斑の衣面影に我れに思ほゆいまだ着ねども（非略・寄衣）
一二九七　紅に衣染めまく欲しけども着てにほはばか人の知るべき（略・〃）
一二九八　かにかくに人は言ふとも織り継がむ我が機物の白き麻衣
一三一六　河内女の手染めの糸を繰り返し片糸にあれど絶えむと思へや（寄糸）
一三四〇　紫の糸をぞ我が縒るあしひきの山橘を貫かむと思ひて（寄草）
一三四三　言痛くはかもかもせむを岩代の野辺の下草我れ刈りてば（寄草）
一三四七　君に似る草と見しより我が標めし野山の浅茅人な刈りそね（寄草）
一三四八　三島江の玉江の薦を標めしより已がとぞ思ふいまだ刈らねど（寄草）
一三五三　石上布留の早稲田を秀でずとも縄だに延へよ守りつつ居らむ（寄稲）
巻八・一五五六　秋田刈る仮廬もいまだ壊たねば雁が音寒し霜も置きぬがに（忌部黒麻呂）
一五九二　しかとあらぬ五百代小田を刈り乱り田廬に居れば都し思ほゆ（坂上郎女）
一六二四　我が蒔ける早稲田の穂立作りたるかづらぞ見つつ偲はせ我が背（坂上大嬢）
一六三四　衣手に水渋付くまでに植ゑし田を引板我が延へまもれる苦し（尼と大伴家持）
巻九・一七一〇　我妹子が赤裳ひづちて植ゑし田を刈りて収めむ倉無の浜（伝人麻呂）
巻十・二一〇〇　秋田刈る仮廬の宿りにほふまで咲ける秋萩見れど飽かぬかも（詠花）
二二一九　あしひきの山田作る子秀でずとも縄だに延へよ守ると知るがね（詠水田）

二一二〇　さを鹿の妻呼ぶ山の岡辺にある早稲田は刈らじ霜は降るとも（詠水田）

二一三五　秋田刈る旅の廬りにしぐれ降り我が袖濡れぬ干す人なしに（詠雨）

二二四四　住吉の岸を田に墾り蒔きし稲かくて刈るまで逢はぬ君かも（寄水田）

二二四八　秋田刈る仮廬を作り廬りしてあるらむ君を見むよしもがも（寄水田）

二二五〇　春霞たなびく田居に廬つきて秋田刈るまで思はしむらく（寄水田）

二二五一　橘を守部の里の門田早稲刈る時過ぎぬ来じとすらしも（寄水田）

巻十一・二四七八　打つ田には稗はしあまたありと言へど選らえし我れぞ夜をひとり寝る（略体）

二四九五　たらつねの母が養ふ蚕の繭隠り隠れる妹を見むよしもがも（略体）

二六四五　宮材引く泉の杣に立つ民のやむ時もなく恋ひわたるかも（寄物陳思）

二六四六　住吉の津守網引の浮標の緒の浮かれ行かむ恋ひつつあらずは（〃）

二六四八　かにかくに物は思はじ飛騨人の打つ墨縄のただ一道に（〃）

二六四九　あしひきの山田守る翁が置く鹿火の下焦れのみ我が恋ひ居らむ（〃）

二六五一　難波人葦火焚く屋の煤してあれどおのが妻こそ常めづらしき（〃）

二六九九　阿太人の梁打ち渡す瀬を早み心は思へど直に逢はぬかも（〃）

二七四二　志賀の海人の煙焼き立てて焼く塩の辛き恋をも我れはするかも（〃）

二七四四　鱸取る海人の灯火外にだに見ぬ人ゆゑに恋ふるこのころ（〃）

二七四八　大船に葦荷刈り積みしみみにも妹は心に乗りにけるかも（〃）

二七五五　浅茅原刈り標さして空言も寄そりし君が言をし待たむ（〃）

二七五九　我がやどの穂蓼古幹摘み生し実になるまでに君をし待たむ（〃）

二七六〇　あしひきの山沢ゑぐを摘みに行かむ日だにも逢はせ母は責むとも（〃）

二七六三　紅の浅葉の野らに刈る草の束の間も我を忘らすな（〃）

二七六六　三島江の入江の薦をかりにこそ我れをば君は思ひたりけれ（〃）

二七六九　我が背子に我が恋ふらくは夏草の刈り除くれども生ひしくごとし（〃）

二八一八　かきつはた佐紀沼の菅を笠に縫ひ着む日を待つに年ぞ経にける（問答）
二八三七　み吉野の水隈が菅を編まなくに刈りのみ刈りて乱りてむとや（譬喩）
巻十二・二九九〇　娘子らが績み麻のたたり打ち麻懸けうむ時なしに恋ひわたるかも（寄物陳思）
二九九一　たらちねの母が飼う蚕の繭隠りいぶせくもあるか妹に逢はずして（〃）
二九九五　逢ふよしの出でくるまでは畳薦隔て編む数夢に見えむ（〃）
二九九九　水を多み上田に種蒔き稗を多み選らえし業ぞ我がひとり寝る（〃）
三〇〇〇　魂合へば相寝るものを小山田の鹿猪田守るごと母し守らすも（〃）
三〇六五　み吉野の秋津の小野に刈る草の思ひ乱れて寝る夜しぞ多き（〃）
巻十四・三三六一　足柄のをてもこのもにさすわなのかなるましづみ子ろ我れ紐解く
三三六四　足柄の箱根の山に粟蒔きて実とはなれるを粟無くもあやし
三三七三　多摩川にさらす手作りさらさらになにぞこの子のここだ愛しき
三三八六　にほ鳥の葛飾早稲をにへすともその愛しきを外に立てめやも
三四〇四　上つ毛野安蘇のま麻むらかき抱き寝れど飽かぬをあどか我がせむ
三四一五　上つ毛野伊香保の沼に植ゑ小水葱かく恋ひむとや種求めけむ
三四一六　上つ毛野可保夜が沼のいはゐつら引かばぬれつつ我をな絶えそね
三四一八　上つ毛野佐野田の苗の群苗に事は定めつ今はいかにせむ
三四四〇　この川に朝菜洗ふ子汝れも我れもよちをぞ持てるいで子給りに
三四四四　伎波都久の岡のくくみら我れ摘めど籠にも満たなふ背なと摘まさね
三四四五　港の葦が中なる玉小菅刈り来我が背子床の隔しに
三四五一　左奈都良の岡に粟蒔き愛しきが駒は食ぐとも我はそとも追じ
三四五二　おもしろき野をばな焼きそ古草に新草交り生ひは生ふるがに
三四五九　稲搗けばかかる我が手を今夜もか殿の若子が取りて嘆かむ
三四七三　左努山に打つや斧音の遠かども寝もとか子ろが面に見えつる

三四七九　安可見山草根刈り除け逢はすが上争ふ妹しあやに愛しも
三四八四　麻をらを麻けにふすさに績まずとも明日着せさめやいざせ小床に
三四九九　岡に寄せ我が刈る萱のさね萱のまことなごやは寝ろとへなかも
三五〇一　安波峰ろの田に生はるたはみづら引かばぬるぬる我を言な絶え
三五五〇　おしていなと稲は搗かねど波の穂のいたぶらしもよ昨夜ひとり寝て
巻十五・三六〇三　青楊の枝伐り下ろしゆ種蒔きゆゆしき君に恋ひわたるかも
巻十六・三八三二　からたちと茨刈り除け倉建てむ屎遠くまれ櫛作る刀自
三八四二　童ども草はな刈りそ八穂蓼を穂積の朝臣が腋草を刈れ
三八四三　いづくにぞ朱掘る岡薦畳平群の朝臣が鼻の上を掘れ
三八四八　あらき田の鹿猪田の稲を倉に上げてあなひねひねし我が恋ふらくは
三八八七　天にあるやささらの小野に茅草刈りばかに鶉を立つも
巻二十・四四五七　住江の浜松が根の下延へて我が見る小野の草な刈りそね（大伴家持）
四四五九　草刈りの堀江漕ぐなる楫の音は大宮人の皆聞くまでに（大原今城）

三　人麻呂歌集七夕歌の配列と生態

1　はじめに

万葉集に一三二首を数える七夕歌については、漢土で生い育った牽牛・織女の星合モチーフが、神話や説話の類ではなく、和歌のジャンルで受容されている点で、いささか注意を要する。

このことは、多くの渡来説話がなんらかのかたちで口承のレベルを経由するのに対し、七夕モチーフのばあいは、直接、文字文学としての七夕詩を受容するかたちで制作された経緯を示すものであろう。むろん、七夕詩の源流となっている機織説話が、はやくから土着の習俗に流入していた形跡がないわけではない。「織女」がタナバタツメの和名をもつのは、そうした背景なしには考えにくいが、[*1]それにしても、記紀歌謡や『古語拾遺』のタナバタ（ヲトタナバタ）を七夕説話の範疇におさめるには勇気がいる。やはり、七夕歌は七夕詩の影響下に制作されたと考えるのが納得しやすい。[*2]

ところが、従来の研究によれば、『懐風藻』の七夕詩が『文選』や『玉台新詠』の模倣に終始するのに対して、万葉集の七夕歌には、彦星（牽牛）の渡河や王権神話との融合といった七夕詩にはない特色がみられる。[*3]これらは、漢詩のモチーフが和歌の形式で受容されたときに生じる変形であろう。そうしたずれのなかに、七夕歌の創造性が認められるわけであるが、むろん、七夕歌の意義が単に七夕詩との表面的な比較でのみ評価されてよいはずはない。

最近の七夕歌研究が、人麻呂歌集七夕歌に焦点を絞り込んで、和歌の方法にかかわる角度から、表現の仕組みが注目されているのは然るべき方向といえる。

人麻呂歌集七夕歌（10一九九六～二〇三三、全三八首）は、いわゆる非略体の表記で書かれている。他の非略体歌と同様、人麻呂が書く作業を通して制作したとみてよいであろう。このことは、歌集七夕歌を読み解くうえで重大な意味をもつといってよい。一方、この歌群は、その配列と作中主体などからみて劇的なかたちで歌われた形跡がみられる。そこで、本論考では、それらのことを見据えながら、この歌群の生態と表現の創出について考えてみたい。

2 前半部の配列

人麻呂歌集七夕歌群（以下、略称を「歌集七夕歌（群）」とする）の末尾の一首（二〇三三）は、「此歌一首庚辰年作之」の注記によって天武九年（六八〇）に作られたことがほぼ確定している。[*4]歌群の全体も、おそらく天武末から持統朝の初期にかけて制作されたものと思われるので、和歌史的な位置がおおよそ推定できるわけである。[*5]こうした見通しのもとに、歌群の配列と構成、あるいは表現方法といった観点から研究が積み重ねられてきたのであるが、ここにきて、渡瀬昌忠が一連の論考を集中的に公表し、人麻呂歌集七夕歌論に新しい前提を設定しつつある。[*6]

渡瀬説の趣旨は、契沖以来、彦星・織女と第三者もしくは使者の歌が入り交じっているとみられてきた歌群前半部（一九九六～二〇一三）が、彦星と月人壮夫の対詠になっているとするものである。これは、配列論の難点を克服するかたちで出されている。歌集七夕歌の配列を最初に問題にしたのは倉林正次であった。[*7]倉林は、歌群の範囲を示さなかったが、相思う二星→七夕の到来→渡河・逢瀬→別れといった筋立てから成り、全体がひとつの主題をもつ歌物語を構成するとした。これを承けるかたちで、大久保正は歌群を、第一部＝七夕以前の恋情（一九九六～二〇一一）・第二部＝七夕当夜（二〇一二～二〇二六）・補遺部（二〇二七～二〇三三）に区分した。[*8]さらに、井手至は逐時的配列という観点からより詳細に検討し、冒頭歌（一九九六）・A歌群（一九九七～二〇〇一）・B歌群

(二〇〇二〜二〇〇九)・C歌群(二〇一〇〜二〇一七)・D歌群(二〇一八〜二〇二六)・E歌群(二〇二七〜二〇二九)・F歌群(二〇三〇〜二〇三三)に区分けした。[*9] もっとも、井手自身が述べているように、すべてが逐時的配列の基準で読み切れるというわけではない。冒頭歌とA群を、井手の訓み方で書き出してみよう。

①(第三者)天漢水さへに照る舟泊てて舟なる人に妹等に見えきや(一九九六)
②(第三者)久方の天漢原にぬえ鳥のうら歎けましつ乏きまでに(一九九七)
③(織　女)吾が恋を嬬は知れるを往く船の過ぎて来べしや言も告げなむ(一九九八)
④(第三者)朱ら引く色妙し子を数見れば人妻故に吾れ恋ぬべし(一九九九)
⑤(彦　星)天漢安の渡りに船浮けて秋立つ待つと妹に告げこそ(二〇〇〇)
⑥(彦　星)蒼天ゆ往来ふ吾等すら汝が故に天漢道をなづみてぞ来し(二〇〇一)

冒頭歌の二・三句「水左閇而照舟竟」は古くから異訓があり、作中主体も、第三者詠とするか(私注・評釈・全注等)、彦星の立場とみるか(全註釈)で、見解が分かれている。井手は二星の逢瀬に想いを馳せた第三者詠とし、冒頭を飾るにふさわしいものとして据えられたとするが、七夕以前から歌い出すA群とのつながりでいえば判然としないものが残る。「舟竟舟人」も難解で、右の訓解では、第三者の立場から「二星が無事に逢瀬を遂げたであろうか」と気づかう意にも解しうるので、七夕後の歌ともとれる。A群は②〜⑤が七夕以前、⑥が逢瀬時で、井手は、巨視的にみれば逐時的な配列になっているとするが、その内部を細かくみると相互のあいだに時間的な推移が希薄で、このことはB群についてもいえるという。

大久保が指摘したように、歌集七夕歌群の前半部は訓解に異説が多く、作中主体の取り方も諸説が一致しているわけではない。プロット展開の混乱をいうまえに、訓解および作中主体の揺れをなんとか解消したいところだ。そこで、渡瀬は、歌集七夕歌に頻繁に出てくる「告ぐ」に注目して、万葉集のなかで、この語が、相想う男女の消息を伝える使者にかかわる文脈で用いられるパターンをもつことから、七夕歌のばあいも彦星と織女のあいだをとりもつ使者が存在することを推定した。[*10] そして、巻十五に人麻呂作と伝える一首、「大船に真楫しじ貫き海原を漕ぎ出て渡る月人をとこ」（三六一一）などから、その使者を「月人壮夫」に特定した。歌集七夕歌で、月人壮夫は「夕星も往来ふ天道を何時までか仰ぎて待たむ月人をとこ」（二〇一〇）ではじめて表に登場するが、歌群は冒頭から月人壮夫と彦星の対詠で構成されているというのである。この見方は、すでに昭和四十年代に内田光彦によって出されていたが、[*11] 渡瀬は、内田の着想を、本文校訂にまでさかのぼり訓詁注釈のレベルから徹底的に追究して、従来の配列論を根本的に書き換えたのである。

しかし、渡瀬説に対しては批判するむきが強く、積極的に評価する論はまだ出されていない。たとえば、菊川恵三は、七夕詩に月が景物として詠まれることはあっても、それが使者として登場するわけではないことなどから、渡瀬説には「問題があるといわざるをえない」[*12] とし、身﨑壽は、七夕宴などで、月人のそのような役割について共通認識が形成されていなければ、この説は成り立ちにくいとする。[*13] また、内藤明も「月人壮夫という一定の立場を全体に及ぼす解は疑問」[*14] と述べている。たしかに、従来の配列・構成論の前提を覆すかたちで提示される渡瀬説は、衆目の意表をつく面がないわけではない。しかし、それだけに立論は精緻をきわめる。細部になおいくつか疑問を残すものの、渡瀬の観点にしたがえば、この歌群が、まさしく逐時的に配列されている様をみてとることができるのである。

内田説に最初に注目したのは大久保正であった。冒頭歌について、大久保は、月人の詠とすることには難色を示しながらも、第四句を呼格にとって「泊てし舟人妹ら見えきや」と訓み、「泊てた舟人よ。わたくしの妹は見えましたか」のように、彦星が舟人に問いかけた歌とみれば、二首目は、それに対する舟人の歌、そして三首目はそれを受ける彦星の歌という流れになり、歌群が舟人と彦星の掛け合いではじめられていることを示唆した。すると、冒頭歌の舟人が使者の役割をもつことは、順次読み進むにつれて確認できるので、十五首目になって「いつまでか仰ぎて待たむ、月人壮夫」のかたちで表面化する「月人壮夫」が、それまでの「舟人＝使者」と同じ役柄になることは明らかであろう。これは菊川のいうように中国の七夕詩にはないモチーフだが、七夕詩の変形はむしろ七夕歌の独自性の証しである。身﨑の疑問に応える材料はないが、歌群が二者の対詠によって緊密に成り立っていることじたいが、その疑問を解消するはずだ。内藤の指摘についても同様である。

そこで、渡瀬の校訂・訓読で前半部の一九九六〜二〇一三を掲げ[*15]、作中主体を示してみよう。いくつか補修したところがあるが、全体として、渡瀬説を歪めるほどのものではない。なお、この十八首は一連の歌群の前半部にあたるもので、二〇一四〜二〇二六の十三首が後半部、そして二〇二七〜二〇三二の六首は三首セットをふたつ集めた拾遺、「庚辰年作」の二〇三三は追捕である。まず、問題の多い前半部からみていくことにする。後半部は後に取り上げる。

Ⅰ
①（彦星）天漢水さへに照り舟泊てぬ舟なる人よ妹ら見えきや（一九九六）
②（月人）久方の天漢原にぬえ鳥のうら歎けましつ羨しきまでに（一九九七）

Ⅱ
③（彦星）吾が恋を妻は知れるを往く船の過ぎて来べしや言も告げなむ（一九九八）
④（月人）朱羅《あから》引く色ぐはし子をしば見れば人妻故に吾れ恋ぬべし（一九九九）

⑤（彦星）天漢安の渡りに船浮けて秋立ち待つと妹に告げこそ（二〇〇〇）
⑥（月人）蒼天《おほぞら》ゆ往来《かよ》ふ吾等《われ》すら汝が故に天漢道《あまのかはぢ》をなづみてぞ来る（二〇〇一）

III

⑦（彦星）八千矛の神の御代よりともし妻人知りにけり告げてし思へば（二〇〇二）
⑧（月人）吾等が恋ふる丹の穂の面《おも》わ今夕《こよひ》もか天漢原に石枕《いは》まく（二〇〇三）
⑨（月人）己夫《おのづま》に乏しき子らは泊つる津の荒磯枕きて寝《ぬ》君待ちがてに（二〇〇四）
⑩（彦星）天地と別れし時ゆおの妻を然ぞ離《か》れたる秋待つ吾れは（二〇〇五）

IV

⑪（月人）孫星に嘆かす妻の言だにも告げにぞ来つる見れば苦しみ（二〇〇六）
⑫（彦星）久方の天つ印と水無川隔てて置きし神世し恨めし（二〇〇七）
⑬（彦星）黒玉の夜霧に隠り遠くとも妹に伝へは速く告げこそ（二〇〇八）
⑭（月人）汝が恋ふる妹の命は飽き足らに袖振る見えつ雲隠るまで（二〇〇九）

V

⑮（彦星）夕星も往来ふ天道を何時までか仰ぎて待たむ月人をとこ（二〇一〇）
⑯（月人）天漢い向かひ立ちて恋しらに言だに告げむ妻問ふまでは（二〇一一）
⑰（彦星）白玉の五百《いほ》つ集《つど》ひを解きも見ず吾は離《か》れかてぬ逢はむ日待つに（二〇一二）
⑱（月人）天漢水陰草の秋風になびかふ見れば時は来にけり（二〇一三）

補修したところは、初めの六首を渡瀬はひとまとめにするが、右では①②と③～⑥に分けたこと、次にV⑮～⑱の作中主体を渡瀬はみな彦星とするが、私案ではこの四首も彦星と月人壮子の対詠としたこと、II③～⑥が、III・IVと同じく波紋型対応になるとみたこと、等である。また、①と⑪⑬の訓解を少し改めた（傍線部）。

訓解の方から簡単に説明しよう。渡瀬は①「天漢　水左閇而照　舟竟　舟人　妹等見寸哉」を「天漢水さへに照る舟泊てぬ舟なる人に妹ら見えきや」と訓み、彦星が「天漢の水までも照るほどに光る（月の）舟が（天漢の津に）停泊した。舟に乗っている人（月人壮夫）に、妹ら（織女星たち）が見えただろうね[*16]」とする。上二句の解が不明瞭だが、渡瀬は「月の舟が天漢を照らして渡る」意であると解説しているので、「照らす舟」（注釈）を採るべきところである。これは字余りになるので「照る舟」とするのであろうが、「水さへに照り、舟泊てぬ」とすれば、銀河が月光に照り映える意で落ち着くようだ。「舟なる人に妹ら見えきや」の訓みも、やや独詠的に響くむきがある。「舟なる人は妹ら見えきや」が無難かと思うが、ここは、「舟人」を呼格とみる大久保説を採って、「舟なる人よ、妹ら見えきや？」と訓み、②で、その見た様子を月人が告げるとするのが簡明であろう。めりはりのきいた挨拶風のやりとりの方が、歌群の冒頭にはふさわしい。この二首は、幕開けを告げる掛け合いである。

⑪「孫星　嘆須孋　言谷毛　告尓叙来鶴　見者苦弥」は渡瀬説で「孫星の嘆かす妻に言だにも告げにぞ来つる見れば苦しみ」と訓まれている。原文の「孫星　嘆須孋　事谷毛～」は、格助詞の読み添えを多岐にし、通説は「孫星ハ嘆須孋ニ　事谷毛～」とする。これでは彦星が織女を訪れる意なので、七夕当夜の歌になり、歌群の逐時的な進行を乱してしまう。そこで渡瀬の訓みになるわけだが、解釈は「月人壮子が、牽牛星の言葉を織女星に伝える使者となって、織女星のもとに来たことを、牽牛星の方に向かって歌いかけている[*17]」とされている。この訓解は、月人の位置が織女の方に移っている点が気にかかる。これと波紋型で対応する⑭「妹の命は～袖振る見えつ雲隠るまで」は、月人が彦星の場所から織女を見やっている、という位置関係であろう。私案は「孫星に、嘆かす妻の言だにも告げにぞ来つる、見れば苦しみ」というかたちで、月人が織女の消息を携えて、彦星のもとに来たことをいう歌とみる。「嘆かす妻」の様子を歌ったのが、⑧の「天漢原に石枕まく」と⑨の「泊つる津の荒磯枕きて寝君待ちがてに」であり、⑪はそれらを承けるわけである。月人が織女の消息を携えて彦星のもとに

来ていることは、⑥の「〜汝が故に天漢道をなづみてぞ来る」で明らかなはずだ。

⑬「黒玉　宵霧隠　遠鞆　妹伝　速告与」の下句を渡瀬は「妹が伝へは速く告げこそ」と訓み、彦星が織女のもとにいる月人に向かって呼びかけた歌とするが、私案の「妹に伝へは速く告げこそ」は、彦星が自分の近くにいる月人に、早く妻のところに行くことを促す歌とみる。これに応えた⑭を、渡瀬は「お前さん（牽牛星）が恋いこがれている奥さん（織女星）は、使者である私に対して飽き足りなく思い別れを惜しんで袖を振っておられた、それが見えたよ、雲のかなたに隠れるまで」[18]と、かなり複雑に解釈している。月人の位置の移動を想定するので、背後の文脈を補わねばならないのであるが、織女のところに移動した月人が、銀河を挟んで、自分と織女のことを、彦星に向かって歌いかけるというのは、すこし無理があるのではないか。織女が月人に袖を振るというのも疑問である。歌群の表す情景はもっと単純なはずで、冒頭①②から月人はずっと彦星のもとにいるとみるべきである。「飽き足らに袖振る見えつ」は、月人に消息を託した織女が、それだけでは満ち足りず、しきりに彼方の彦星に向かって袖を振っているということで、歌の理解としては十分なのではないか。

そのけなげな織女の姿を遥かに見やって、彦星はますます会いたい心を募らせる。⑮の「何時までか仰ぎて待たむ、月人をとこ」は、そうした熱い想いを月人にぶつける彦星の歌である。渡瀬は漢籍の天文記事を博捜し、上句の「夕星も往来ふ天道」を、日月・惑星の通る黄道のことで、それは彦星が銀河を横切って織女のもとに通う道ではないとし、この歌では月人を待つ彦星のことが歌われるのだ、という[19]。古代の天文学を引用したすこぶる精緻な解釈であるが、彦星の想いの中心はあくまでも織女であるから、七夕当夜を前にしたⅤの歌群で、彦星の想いを月人に向けるのは、歌群の主題を拡散してしまうであろう。「夕星も往来ふ天道を」については、「金星は宵に現れ、夜明けには西に見えて、一夜に空を自由に渡るので、そうした天上の道であるのに」（評釈）とする解がよいと思う。それなのに、この私はいつまで待てばよいのか、と言って月人に嘆くのである。

さて、私案ではV⑮〜⑱の四首も彦星と月人の掛け合いとなる。⑯は、あなたがそんなに恋い焦がれるのなら、私はせめてあなたのことばだけでも、あの方に告げましょう、あなたが訪れるまでは、という月人の慰めの歌。⑰は、私はもう別れていることに耐えられない、こうして逢う日を待っていても、という彦星のはやる気持ちを歌う。⑱は、織女との逢瀬を待ちわびる彦星に向かって、いよいよ、その日がやって来ましたよ！——と、時の到来を告げる月人の歌である。このように読み取れば、⑮の「何時までか〜待たむ」が⑱の「時は来にけり」に対応し、⑯と⑰も呼応するので、四首のあいだで波紋型対応の構造が成り立っていることが見て取れる。渡瀬はこの四首をすべて彦星の歌とし、「牽牛星の⑮に対する月人壮子の答え歌はない[*20]」とみるが、もしそうなら、いささか中途半端な格好ではないだろうか。私案のように読めば、⑱は月人の答え歌としてぴったりおさまる。

以上、A群I〜Vの十八首は、七夕以前の彦星と月人壮子の掛け合いである。プロットをみると、I＝二者の挨拶、II＝依頼をめぐるやりとり、III＝月人が告げる織女の嘆き、IV＝彦星の独居の恨み、V＝彦星のはやる心、といったかたちで展開する。前半部は、二者の掛け合いを通して、七夕当夜にむけて逢瀬への想いが昂じていく彦星の様が描き出されている。

3 後半部の配列

これに続く後半部は、彦星と織女の掛け合いである。はやくからその緊密な構成が注目されてきたが、作中主体の取り方に異説をみる歌がいくつかある。まず、私案を示してみる。

VI

①（彦星）吾等《わ》が待ちし秋萩咲きぬ今だにもにほひに行かな彼方人《おちかたひと》に（二〇一四）

②（織女）吾が背子にうら恋ひ居れば天漢夜船漕ぐなる楫の音聞こゆ（二〇一五）

③（彦星）ま日《け》長く恋ふる心ゆ秋風に妹が音聞こゆ紐解き行かな（二〇一六）

④（織女）恋ひしくは日長きものを今だにも乏しむべしや逢うべき夜だに（二〇一七）

VII

⑤（彦星）天漢去年《こぞ》の渡りで移ろへば河瀬を踏むに夜ぞ更けにける（二〇一八）

⑥（織女）古ゆ挙げてし服《はた》も顧みず天の河津に年ぞ経にける（二〇一九）

⑦（織女）天漢夜船を漕ぎて明けぬとも逢はむと思へや袖交へずあらむ（二〇二〇）

⑧（彦星）遠妻と手枕交《か》へて寝たる夜は鶏が音な鳴き明けば明けぬとも（二〇二一）

VIII

⑨（彦星）相見らく飽き足らねども稲の目の明けさりにけり船出せむ妻（二〇二二）

⑩（織女）さ寝そめていくだもあらねば白妙の帯乞ふべしや恋も過ぎねば（二〇二三）

⑪（織女）万代に携はり居て相見とも思ひ過ぐべき恋にあらなくに（二〇二四）

⑫（彦星）万代に照るべき月も雲隠り苦しきものぞ逢はむと思へど（二〇二五）

IX

⑬（彦星）白雲の五百重に隠り遠くとも夕去らず見む妹があたりは（二〇二六）

プロットの展開は、VI＝渡河、VII＝逢瀬、VIII＝別れ、IX＝後朝の流れで押さえることができる。諸論に説かれるように、緊密なつながりで展開されているので、解釈上に多少の揺れがあっても、この枠組みに即して捉えれば、なんとか見通しがえられそうである。まず、VIについてであるが、④を彦星の歌とみて、三・四句を「やっと逢えた今宵だけでも、私に物足りない思いをさせないでおくれ」（全注・釈注など）と読む説が多い。しかし、「逢うべき夜だに」は逢う予定になっている今夜の意であり、「今だにも」の「今」は彦星が渡河している最中を指すとみなければならない。二星どちらの歌にもとれるが、「恋ひしくは日長きものを」が③の「ま日長く恋ふる心ゆ」に呼応するようなので、織女の歌とみておく。

Ⅶでは⑦の三・四・五句「雖明　将相等念夜　袖易受将有」の訓解が難しいが、「明けぬとも逢はむと思ふ夜、袖交へずあらむ」と訓むと歌意が通らないので、「明けぬとも逢はむと思へや、袖交へずあらむ」に訓み、「明けてしまはうとも、逢はうと思へるのならば、袖を交さずに居よう（さうは思へないのだから袖を交さずには居れず、一刻も早く逢ひたいと思はずにはゐられないのだ）」（注釈）のように解釈するのがよいと思う。かなり屈折した表現であるが、今夜しか逢えないのだから、渡河に難渋してたとえ夜が明けてしまっても、共寝をせずにはおかないぞ、という心情が表されている。諸注はおおむね彦星の立場とみるが（評釈・注釈・全注など）、⑧が「遠妻」の語によって彦星の歌であることが動かない。⑦と⑧は「二星が深夜の逢いを成就したことを語り告げる」掛け合いとみる渡瀬の解釈[*21]がよいかと思う。井手・伊藤は、結句を反語の意にとらず、二星がなかなか袖を交わさないのにしびれをきらす第三者の歌とみるが、前後の続き具合からして少し不自然な理解であろう。

Ⅷは⑨と⑩が彦星と織女の掛け合いとみて問題ない。⑪⑫はともにどちらの立場でとってもよいが、⑫の結句「逢はむと思へど」は、逢いに行く意志的な心情を表すと見るのが無理のない読み方であろうから、これを彦星の立場とし、⑪を織女の歌とみれば、Ⅶ群と同じく、彦星・織女の対詠に続いて二人の掛け合いがつづく構成になっているとみることができる。

前半部から後半部にかけて、一連の歌群は全体として彦星のリードによって成り立つ掛け合い歌群として進行するようであり、閉じめのⅨが彦星の歌でおさめるのは必ずしも不自然ではない。かえって意図した構成とみるべきであろう。「遠くとも～見む、妹があたりは」というのは、織女のもとを去って元の場所にもどった位置から、遠く妹を見やるイメージであり、むろん後朝の歌とみてよい。

4 拾遺部の生態

これまで、歌集七夕歌群一九九六〜二〇二六を、前半一八首（七夕以前）と後半一三首（七夕当夜）に分けて、その配列と構成を検討してきた。前半部は渡瀬説に基づいて彦星と月人壮子の対詠とし、後半部については歌の内容から彦星と織女の対詠とみることができたわけである。

ところで、このように読めば、これまで第三者詠とされていた歌が一首もなくなってしまうことになる。このことは、歌群の性格を捉えるさいにも考慮されねばならないであろう。というのも、月人詠の観点を導入するのは、単に配列や構成といったテクスト上の問題のみに関わるのではなく、その背後にある歌群の生態の捉え方にも影響を及ぼすと思われるからだ。そこで、第三者の立場から歌われる七夕歌とはどのようなものであったか、あらためて振り返ってみることにしよう。先の三十一首に続く二〇二七〜二〇三二の六首は、彦星・織女・第三者の歌から成ると思われるので、引いてみる。

①（彦　星）我が為と織女のその屋戸に織る白布は織りてけむかも（二〇二七）
②（織　女）君に逢はず久しき時ゆ織る服の白栲衣垢付くまでに（二〇二八）
③（第三者）天の漢梶の音聞こゆ孫星と織女と今夜逢ふらしも（二〇二九）
④（彦　星）秋されば川霧立てる天の川河に向き居て恋ふる夜ぞ多き（二〇三〇）
⑤（織　女）よしゑやし直ならずともぬえ鳥のうら泣け居りと告げむ子もがも（二〇三一）
⑥（第三者）一年に七夕《なぬか》の夜のみ逢ふ人の恋も過ぎねば夜はふけゆくも（二〇三二）

諸注にいうように、この六首は先行する三一首の歌群からのつながりがまったくみられず、別の機会に制作されたものが、後に拾遺併載されたものと考えられる。これらの中で第三者詠とされるのは③と⑥である。配列上のつながりをみると、①②と④⑤は天上界で交わされる彦星・織女の掛け合いになっているが、③と⑥は地上から二星を仰ぎみるかたちで歌われており、しかも、二星の対詠には呼応せず、天上のロマンを眺めるいわば観客の立場で歌われている。渡瀬は、⑤の結句「告げむ子もがも」の「告げむ子」を使者とみて、A群のなかから使者＝月人壮子を探り出したのであるが、次に来る⑥は、どうみても使者の立場で詠まれている歌ではない。③と⑥を月人壮子の歌とみることはできないであろう。この二首は前半部・後半部に出てきた月人詠とは異質な面がある。

そもそも、第三者詠という観点に、方法的な意義を与えたのは伊藤博であった。[*22] 伊藤は、万葉集のなかに第三者的立場から当事者的立場に転換される歌群があることに注目し、このような歌群を「歌語り」の角度から捉えることを提唱していたが、その具体的なケースとして七夕歌を俎上にのせたのである。たとえば、次に掲げるのは、はじめの二首が湯原王、後の一首が市原王の作である。

彦星の思ひますらむ心より見る我苦し夜のふれゆけば（8一五四四）
織女《たなばた》の袖続ぐ宵のあかときは川瀬の鶴は鳴かずともよし（8一五四五）
妹許と我が行く道の川しあればつくめ結ぶと夜ぞふけにける（8一五四六）

これを見ると、湯原王の二首はいずれも第三者の立場から二星を客観的に詠んで主題を示し、市原王の歌は当事者（彦星）の側に立って主題が展開されている。伊藤は、このように、第三者詠から当事者詠に転ぜられる歌群の背後に歌語りの存在を想定したが、右の三首についても、七夕の主題を、おなじ歌の座に就いている湯原王と市原王が歌語りの方法で歌い掛けた結果であろうとし、詠出の場を具体的に想定した。

七夕歌のいくつかの歌群に、第三者詠から当事者詠に転ずる形態がみられることはたしかで、その典型的なケースが、巻十の出典不明七夕歌の末尾に据えられている二組みの長短歌群（二〇八九〜二〇九一・二〇九二〜二〇九三）であることは、伊藤の論じた通りである。そのさい、「第三者」というのは彦星・織女に対する第三者であり、この第三者が物語の主人公の外側に立って、主題を提示したり状況を設定する役割を果たすと考えられていた。この観点が、人麻呂歌集の七夕歌にもそのまま適用されたわけである。たしかに、後半部の③（二〇二九）と⑥（二〇三二）はそのようにみてよい。しかし、これらは二星に対する存在という点では第三者の立場にあるものの、主人公（当事者）との関係は必ずしも同じではない。

この点を表現レベルから分析したのは品田悦一である。品田は、人麻呂歌集七夕歌のなかで第三者詠と目される歌をピックアップしてその表現を観察し、第三者的な立場が「伝説の世界の内側に位置している」[*23]とし、伊藤の見解を批判した。品田が俎上にのせた歌をそのまま列挙してみよう（訓読も品田に従う）。

a 天の河水さへに照る舟泊てて舟なる人は妹と見えきや（一九九六）
b ひさかたの天の河原にぬえ鳥のうら歎けましつ乏しきまでに（一九九七）
c 朱ら引く色妙の子をしば見れば人妻故に吾れ恋ぬべし（一九九九）
d 己が妻乏しき子らは竟てむ津の荒磯巻きて寝君待ちかてに（二〇〇四）
e 孫星は嘆かす妻に言だにも告げにぞ来つる見れば苦しみ（二〇〇六）

f汝が恋ふる妹の命は飽き足らに袖振る見えつ雲隠るまで（二〇〇九）
g天の河梶の音聞こゆ孫星と織女と今夕相ふらしも（二〇二九）
h一年に七の夕のみ相ふ人の恋も過ぎねば夜は深けゆくも（二〇三二）

品田によれば、右の八首中の六首は、主体が伝説の世界の内側に位置しているという。それらはa～fの歌であるが、見れば分かるように、aを除いた五首は、渡瀬が月人壮子の歌と認定したものである。歌群冒頭のa・bを第三者詠としたのは、井手・伊藤説に従ったものであろう。六首以外の二首g・hは、先に取り上げた③⑥であり、すでに述べているように、月人詠とは見られない歌である。品田の分析によっても、この二首の第三者的立場は月人と区別すべきことが分かるわけである。二首の主体の位相は、出典不明歌の第三者詠と同じ類であろう。次にあげる歌などに表現されている主体は、品田のいうように、地上から夜空を仰ぎ見る位置に据えられているといってよい。

年にありて今か巻くらむぬばたまの夜霧隠れる遠妻の手を（10二〇三五）
秋風の吹き漂はす白雲は織女の天つ領巾かも（10二〇四一）
天の川河の音清し牽牛の秋漕ぐ船の浪のさわきか（10二〇四七）
天の河棚橋渡せ織女のい渡らさむに棚橋渡せ（10二〇八一）

これらと比較すれば、人麻呂歌集b～f（aは除く）は、彦星・織女以外の存在ということでは第三者といえるが、その主体の位置が二星と同じレベルで表現されていることは明らかだ。品田の指摘は、それ自体でいえば渡瀬説となんら矛盾するところはない。にもかかわらず、品田は「問題を詠出の場に還元する論法には与するわけにいかない」[*24]という。これは、伊藤の歌語り説への批判であるとともに、渡瀬論への批判も視野に入れた見解であろう。もともと品田の関心は、歌のなかに顔を出す「主体」を作者から分離し、これを「叙述する機能」として抽象化することによって、表現の構造を、作中の主体がモチーフを叙述していく仕組みにおいて捉えていく、ということにおかれていた。この角度から、人麻呂作品の主体の「複眼性」を摘出し、そうした主体によって叙述される作品の構造を表現のレベルで分析した。七夕歌の主体についても、まったく同じ観点からアプローチされている。だから、第三者が機能する表現の位相を見定めることができたわけであるが、従来、第三者とされていた主体を彦星・織女と同じレベルに位置づけたのは、結果として、「月人壮子」を導入した渡瀬説の妥当性を保証するものになっていることに注意しておきたい。とはいえ、両者の立場は異なっている。

品田は、人麻呂歌集七夕歌を「すぐれてフィクショナルな営みの所産」とし、そのような虚構性は、「叙述する主体が叙述の内側にそのつど仮構される」ことによってはじめて可能になるのだという。鋭い着眼であるが、「叙述する主体」というのは、一首の歌が書かれたものとして作り出され、書かれたかたちで享受される、という在り方を前提として成り立つ概念であろう。たしかに、人麻呂歌集七夕歌は非略体の表記で書かれているので、人麻呂の書く行為を通して制作された可能性がつよい。品田の構想に大きな誤りはないが、表現の問題に迫る手順がやや性急である。書くことで制作された歌は、そのまま文字テクストとして読まれ、享受されるわけではないからだ。それらは、必ず声のことばで詠出され、また、享受される。表現の仕組みは、そういった詠出形態のなかで機能すべくされているとみなければならない。たしかに、七夕歌を「詠出の場に還元する」ことで済ませてしまえば、表現の問題を捉える契機を失うが、そのフィクショナルな世界が、詠むことで表象されるのであれば、わたしたちは、まず七夕歌の生態に注目しなければならないのである。その点、伊藤の「歌語り」説は、歌群の生態を捉えたものであった。

ところが、伊藤の歌語りは、歌の由来を語る「歌語り」と、歌によってひとつのストーリーを語る「歌語り」の二種類があって、概念上の混乱を抱え込んでいる。両者を簡単にいえば、「歌を語るのか」「歌で語るのか」のちがいである。通常、歌語りといえば前者をさす。ところが、これが後者の「歌で語る」ケースに拡張されたため、「歌語り」そのものの形態があいまいになってしまったわけである。[*25] もっとも、「歌で語る」というのは説明の便法であったと思われる。より実情に即していえば、伊藤も繰り返し述べているように、歌い手が、主題となるストーリーの人物に成り代わって歌うのである。すると、そのさい詠み手はいわば演者なのであるから、歌で語るというのは劇的なかたちをとることになる。このことは、人麻呂歌集七夕歌の前半部・後半部においていっそう顕著であろう。詠み手は彦星や織女あるいは月人壮子を演じて歌うのである。この見方を最初に打ち出した内田光彦が、「歌劇」と称したのは頷けることである。これは、あくまでもわかりやすい譬えとすべきで、さしあたり、「劇的」といった言い方で、その生態を示すしかない。

人麻呂歌集七夕歌については、これまで、その物語性が繰り返しいわれてきた。これをはじめに指摘した倉林正次は、歌群の連作性に注目し、それが、《相思う二星→当夜の到来→渡河と逢瀬→別れ》といった筋立てによって構成され、全体がひとまとまりの主題をもつ歌物語になっているという観点を打ち出した。[*26] このような見方は、村山出・大久保正・内藤明・浜田弘美らによって継承されたが、[*27] いずれも、歌群の配列と展開を平板に受け取ったもので、生態のレベルにまで踏み込んだ捉え方ではない。「歌物語」という便宜的な用語の適用を避けるためにも、歌群を劇的に捉える視点が必要であろう。一見、歌物語のように見えるのは、これらの歌群が劇的なかたちで詠出されるからにほかならないからである。

5　書くことによる創造

配列から生態へ、テクストの表面から背後へと視点を掘り下げてきたのであるが、そのたどり着く先は、創造の現場である。とりあえず簡単な見取り図を描き出してみたい。

まず、歌集七夕歌群は書くことによって創出された。そして、それらの歌は劇的なかたちで詠出、享受され、やがて『人麻呂歌集』というテクスト（書きもの）におさめられた。わたしたちの解釈過程は、これを逆方向にたどる。テクストを読むことから着手して、詠出の形態を掘り起こし、さらにさかのぼって、それらのウタを創造する書き手の場所にたどりつく。このばあい、書き手は人麻呂であり、歌群の作者その人である。書くことの現場で、わたしたちは、ようやく人麻呂という作者と出会うことになる。

いったい、ウタを書くということは、具体的にはどのような行為なのであろうか。さしあたり、ふたつのパターンが考えられる。ひとつは、声で誦詠されるウタを文字に書きとめることであり、もうひとつは、書く行為によってウタを作ることである。要するに記録と創造である。前者は、たとえば「右歌若宮年魚麻呂誦之」（3・三八九左注）等の注記で示されるように、だれかが伝誦している歌をある時点で書きとめる、あるいは、防人歌のように宴などで即興的に歌われた歌をその場で書きとめるような類で、万葉集に膨大な量を誇る作者未詳歌は、おそらく、そういった経緯で定着した歌である。後者は、紛れのない事例で示せば、漢文序をもつ憶良の長歌だとか、家持と池主の書簡による贈答などであるが、書くことによる創出も、はやくから確実に万葉歌の基盤になっていたとみてよい。なぜなら、人麻呂の「高市皇子挽歌」のような複雑で長大な歌が、即興で歌い出されるとはとても考えられないからだ。

記録と創造は、同時並行的である。記録から創造へという単線的な展開ではなく、両者はつねに絡み合い、融け合っているとみなければならない。額田王をはじめとする初期万葉の歌々は、伝誦歌の記録と、改編を含む創造とが入り交じったかたちであろうと思われるが、これは文字化の初期性などのためでなく、ウタが書かれることの典型例とみた方がよい。ただし、ウタを書くという行為は、記録であれ創造であれ、初期万葉の時代にはまだ行われていなかったであろう。人麻呂歌集七夕歌の末尾に記された「此歌一首庚辰年作之」は、その点で記念碑的な意義を担うといえる。天武九（六八〇）に作られたこの歌は、万葉集の中ではおそらくもっとも早く文字化されたもので、和歌史における声の時代から文字の時代への転換を象徴するからだ。その一首を、次に掲げてみよう。

天の漢安の川原に定まりて神し競へば麿《まろ》も待たなく（10二〇三三）

第三句以下、諸本に「定而神競者磨待無」とある原文は定訓がないが、先に述べたように（本書「天武朝の人麻呂歌集歌」）元暦本に「磨」を「麿」に誤る例がいくつかみられるので、「磨待無」を「麿待無」に改めて右のように訓んでおく。「天の川の安の川原で、毎年かならず神さまが先を急いで船出するのだから、オイラだってもう待ちきれない」といった内容になる。人麻呂歌集歌「松反し強ひてあれやは三つ栗の中上り来ぬ麿と言ふ奴」（9・一七八三）に、マロの用例がみられるが、この歌は戯笑歌である。マロは真面目な一人称ではなく、自他を戯れていう語のようだ。「麿も待たなく」には、天上の二星逢瀬にかこつけて地上の恋いを歌う趣があり、一首の意図も、機転のきいた戯笑歌の類とみるべきであろう。従来、定訓がえられなかったのは、そのような歌の性質が見逃されていたためである。

人麻呂は天武九年ごろから、右のような歌を書き始めたらしい。歌柄は、その場の雰囲気に合わせて即興的に詠まれた体のものである。天武朝の後半期は、近時の飛鳥池遺跡から出土した木簡等で知られるように、あたかも宣命大書体の萌芽期である。[*28] 宮廷官人のあいだに、文字の使用が急速に広まった時期であった。詠歌の才にめぐまれた若き人麻呂（推定年齢二十代前半）は、文字社会の申し子でもあったわけである。この時期、人麻呂の歌才は王家のサロンで盛んにもてはやされていたらしく、巻九の人麻呂歌集歌には、「献忍壁皇子歌」（一六八二）、「献舎人皇子歌」（一六八三～一六八四・一七〇四～一七〇五）、「献弓削皇子歌」（一七〇一～一七〇三・一七〇九）等々、諸皇子への献歌が数多く残されている。これらは、折々、皇子たちから歌詠を命ぜられ、それに応えて献上したものであろう。それだけ人麻呂の歌才が高い評価をえていた証拠とみてまちがいない。一大歌群を形成する歌集七夕歌も、そのような環境のなかで制作されたはずである。人麻呂は、書くことによる歌の創造を実現した最初の歌人であった。

以上が、おおよその見取り図である。人麻呂にとって、歌を書くことは記録であると同時に創造であった。このように、歌が文字に干渉され、書くことのなかで歌が生み出されるのは、いささか奇妙な、それゆえまったく新しい出来事であったろう。というのも、歌はもともと声のことばで即興的に歌われることで、まさに歌でありえたからだ。文字が介入すると、歌のそのような本性は危機にさらされる。声のことばで詠まれる即興の歌において、歌い手の心情はみずからの肉声に融け合い、かれ自身の身体が歌の表現の中に入っていく。歌における抒情（感情表出）とは、歌い手の身体感覚を表出することである。だから、どのような歌であっても、抒情する主体は、詠み手の意識にではなく、いわば、かれの身体に属するわけである。歌のことばは肉声であり、詠むことは、身体が抒情することである。こうした歌の身体性は、歌にとってはもっとも大切な属性といってよい。ところが、書くことは、自身のことばから自身の肉声を剝ぎ取ることを意味する。声のことばと書かれたことばは、その生態が根本的に異なるのだ。それは、音と文字のちがいであるが、このことはさらに、聴覚と視覚のちがいに由来している。参考のため、W―J・オングのことばを引いておこう。

視覚は分離し、音は合体させる。視覚においては、見ている者が、見ている対象の外側に、そして、その対象から離れたところに位置づけられるのに対し、音は、聞く者の内部に注ぎ込まれる。[*29]

こうした感覚のあり方は、声のことばと文字のことばのちがいを理解するうえでも有益であろう。ひとは発語するとき自身の声のなかにいる。こうした状態は、歌のリズムによっていっそう増幅されるが、それは、リズムが歌い手の意識を身体の感覚に融合させ、ある種の陶酔状態を生み出すからだ。[*30]声の歌で表されるのは、詠み手の身体と融合した抒情（心情表出）である。繰り返していえば、ウタをヨムという行為は身体感覚による抒情の表出に他ならない。これが即興的なウタの生態である。そのような声のウタが、文字に出会うとき、書きことばはひとつの暴力として作用し、歌の身体性にダメージを与える。即興で歌を詠出する才にたけていた人麻呂は、おそらく、そうした危うさに気づいたであろう。けれども、そのとき、かれは今まで知られていなかったまったく新しい歌の可能性を発見したのである。

そのあたりを、七夕歌で考えてみよう。先に区分けしてある前半後半の三十一首は、その緊密な構成と展開からみて、いく度かの七夕宴で歌われたものを寄せ集めたのではなく、ある一回の、あるいは一連の宴で歌われた歌群とみるべきであろう。しかも、掛け合いという形態をとるからには、詠み手は一人ではない。四首単位でひとつのプロットが構成されていることからみて、四人による歌の座が設置されていたと考えられる。[*31]そのさい、詠み手はその場で即興的に掛け合うこともありえないわけではないが、プロット展開の整然さからみて、あらかじめ周到に用意されたテクストに基づいて歌われたとみる他ないであろう。もう一度、プロット展開を鳥瞰してみる。

- 七夕以前
  - Ⅰ 彦星・月人の挨拶（二首）
  - Ⅱ 依頼をめぐるやりとり（四首）
  - Ⅲ 月人が告げる織女の嘆き（四首）
  - Ⅳ 彦星の独居の恨み（四首）
  - Ⅴ 彦星のはやる心（四首）
  - ……彦星・月人壮子の対詠
- 七夕当夜
  - Ⅵ 渡河（四首）
  - Ⅶ 逢瀬（四首）
  - Ⅷ 別れ（四首）
  - ……彦星・織女の対詠
- 七夕後
  - Ⅸ 後朝（一首）
  - ……彦星の独詠

人麻呂が、このような歌群を作り出したのは、ある一夜の七夕宴に設置された歌の座に供するためであったろう。おそらく、台本作りのような仕事が与えられたのではないかと思われる。いずれにせよ、宴の場で即興的に詠歌を求められるのとは異なった状況である。みずからの肉声を響かせることが求められているわけではないので、誦詠することによる身体感覚の表出を為しうるすべはない。このことは生身の歌人にとって不本意な拘束であるが、しかし、それと引き換えに、人麻呂はまったく別の可能性を獲得するのだ。今度は、微視的なレベルに視線を転じてみよう。

A　吾等が待ちし秋萩咲きぬ今だにもにほひに行かな彼方人に（二〇一四）

B　吾が背子にうら恋ひ居れば天漢夜船漕ぐなる梶の音聞こゆ（二〇一五）

歌のことばを、文字に書き出す。これを、わたしたちはいとも簡単にやってのけるが、本当はどのようなことなのであろうか。右の二首は、傍線をつけたところが抒情の中心である。後者は「うら恋ひ居れば↓梶の音聞こゆ」の関係であるから「梶の音聞こゆ」は客観的な事実をいうだけでなく、その事実を示すことで待ち遠しいという心情が表されるが、こういった解釈上の穿鑿はさて措く。問題は、抒情主体がどうなっているかということである。かりに、即興で詠むばあい、抒情する主体は、歌の中にはいっていく歌い手であり、詠むことで心情を表出する歌い手の身体である。歌の身体性がわきまえられていれば、端的に、抒情する主体は詠み手自身である、といっても一向かまわない。書くばあいはどうか。声に出さず文字に書くのであるから、〈書き手〉という視点に立たねばならない。書き手は一首の抒情主体となりうるのであろうか。

書くことは、歌の身体性を空しくすることである。書くことによって、歌の制作者（詠み手）は、自身の抒情から解放され、表出された抒情性は、書き手の肉声から分離される。わたしたちは、それを〈書かれた抒情〉として記述してよいが、こうした事態は歌の本来の在り方からみれば形容矛盾であろう。いわば空虚な器にも似ている。そのような在り方をとるのが、たとえば、右に例示したA・B二首のような、書き出された文字ことばなのである。その空虚が満たされるのは、ふたたび詠み手の肉声によって歌われるときであろう。そのさい、詠み手は誰であってもよいのだ。書かれた抒情の空虚さは、ただ、歌い詠むという行為そのものによって、ふたたび身体性を回復しようとするわけである。文字ことばの歌は、そのような状態にあるが、ひるがえっていえば、人麻呂は、まさにそのようなものとして歌を書くのである。つまり、自分自身の肉声を消去することで、誰の肉声をも充たしうるような容器を作るわけである。それは、書き出された歌が劇的構造をとらざるをえない最初の契機となったであろう。

七夕歌の劇的性格は、その題材と主題が要請する形態であると同時に、書くことがもたらす必然的な形態でもあった。そのさい、書き手の行為は二重の意味を帯びる。なぜなら、書くことは書き手自身の抒情を断ち切ることであるが、それは、同時に、誰でも抒情主体となりうるような空虚な器を作り出すことでもあるからだ。歌の制作者（作者）から切り離されたものとして、〈作中主体〉[*32]という概念が成り立つのは、書かれた歌においてである。書かれた状態になっている歌において、抒情する主体は作中主体というかたちで、その文字化された歌のなかに閉じ込められるのだ。文字以前の即興的に歌い出される歌において、その歌の主体（作中主体）はいつも歌い手と一体化しており、両者は切り離すことができないかたちで融合している。そのような状態のなかで作中主体を抽象するのはまったく意味のないことである。声で詠まれる歌においては、そもそも、作中主体という概念すら成り立たないからである。作中主体を抽象することができるのは、その歌が、書かれているという状態で現にそこにある、つまり文字化された状況においてである。

書き手の身体から分離したものとしての抒情主体は、もはや文字の世界にしか存在しえない。文字の世界というのは、むろん、書かれた世界でのことであるが、これを、別の用語で虚構の世界といってもよいであろう。もっとも、歌における虚構は、けっして単なるフィクションではない。それは、身体性が無化された状態で成り立つ歌の表現そのものなのである。極端にいえば、歌い手の肉声から切り離されている〈書かれた歌〉は、すべて虚構であるといってよい。そして、書かれた歌は、ふたたび肉声で誦詠されるとき、瞬時にその虚構性を停止し、詠み手が現に生きる世界そのものとなるのである。歌の分析に、虚構という用語を散文の概念のまま持ち込むと、とんでもない混乱を招くことになる。

書かれた歌の虚構性は、作中主体がそれ自身の人称を獲得することで、その自律性をいっそう強めるようになる。七夕歌の彦星と織女は、そうした機能をはたす絶好の素材であった。むろん、即興の歌においても、七夕説話が歌われないわけではない。先に述べたように「庚辰年作之」の七夕歌は、即興で詠出されていると思われるが、「磨も待たなく」に表わされる一首の抒情主体は、詠み手自身の身体性から完全に分離されているとは言いがたい。声のことばで生み出される歌は、詠み手の身体感覚を抒情主体とするので、虚構化の度合いにはおのずと限度がある。しかし、一首の歌が書くことで生み出されると、書き手のことばは自身の身体感覚から分離されてしまう。そのため、書かれる世界は劇的なかたちで自在に構想されるようになるのである。その構造が、ことばによる表現の領域をいっそう拡大するのだ。

歌における劇的生態は、もともと、あるひとりの歌い手によって独占される抒情主体を、他のどのような歌い手にも解放する。このように、歌における劇的構造とは、抒情主体の不特定性を保証する仕組みなのである。

6 おわりに

人麻呂にとって、七夕歌の制作は、おそらく、書くことで歌を創造することの可能性を見極める実験的な試みであったろう。人麻呂歌集の七夕歌は、地上の立場で歌う第三者詠がなく、その代わり「月人壮子」を設定したことによって、他の七夕歌にはみられない虚構性を獲得している。このような構成は、書くことに自覚的であろうとした人麻呂ならではの独自性であったと考えられる。

書くことによる身体性からの解放は、抒情することばに翼を与えるが、人麻呂は、そこで失われた歌の身体を劇的構造によって取り戻す表現の仕組みを創造した。この方法は、「石見相聞歌」や「泣血哀慟歌」などにおいて、ほとんど極限的なまでに活用されることになる。七夕歌の創出は、人麻呂自身にとって貴重な体験であったにちがいない。人麻呂歌集七夕歌の文学史的な意義は、そのような人麻呂の創造行為と切り離して捉えることができないのである。

注

＊1 折口信夫「水の女」昭和三年一月『折口信夫全集』（第二巻）所収。
＊2 大久間喜一郎「七夕説話伝承考」昭和四七年十二月『明治大学教養論集』七十五。
＊3 鈴木拾五郎「万葉集の七夕物語」昭和八年十月『国文学研究』一。小島憲之「万葉七夕歌の世界」昭和二八年六月『上代文学と中国文学・中』所収。
＊4 粂川定一「人麿歌集庚辰年考」昭和四一年十月『国語と国文学』。
＊5 内藤明「人麻呂歌集七夕歌の成立とその和歌史的位置」昭和五九年十一月『古代研究』十七。
＊6 渡瀬昌忠「人麻呂歌集略体歌の七夕歌―使者を求めて―」平成二年四月『万葉学論攷』所収。
＊7 倉林正次「七夕歌とその儀礼的背景」昭和四四年一月『饗宴の研究（文学編）』所収。
＊8 大久保正「人麻呂歌集七夕歌の位相」昭和五十年七月『万葉集の諸相』所収。
＊9 井手至「万葉集七夕歌の配列と構造」昭和五七年九月『万葉』百十一。
＊10 渡瀬昌忠
①「人麻呂歌集略体歌の七夕歌―使者を求めて―」平成二年四月『万葉学論攷』所収。
②「人麻呂歌集の七夕歌群―冒頭歌と末尾歌―」平成三年三月『実践女子大学紀要』三十三。
③「人麻呂歌集の七夕歌群（二）―牽牛星と月人壮子との対詠六首―」平成四年三月『実践女子大学紀要』三十四。
④「人麻呂歌集略体歌の七夕歌二首―「告げてし思へば」と「吾等が恋ふる」―」平成四年三月『実践国文学』四十一。
⑤「人麻呂歌集七夕歌群の周辺」平成四年十二月『記紀万葉の新研究』所収。

⑥「人麻呂歌集と漢文学―七夕歌の月の使者―」平成五年一月『万葉集と漢文学』所収。
⑦「人麻呂歌集非略体歌七夕歌群―七夕以前の十数首について―」平成五年四月『万葉』百四十六。
⑧「人麻呂歌集七夕歌群の月人壮子」平成五年十二月『上代文学の諸相』所収。
⑨「漢王朝と天武の「天漢」―「雨」と人麻呂歌集七夕歌群―」平成六年二月『儀礼文化』二〇。
⑩「人麻呂歌集七夕歌群前半の論―その第四群四首について―」平成六年十月『実践国文学』四十六。
⑪「人麻呂歌集七夕歌群第五群四首の論―七夕当夜の相会以前―」平成七年三月『実践国文学』四十七。
⑫「人麻呂歌集七夕歌群の構造―その第三十一まで―」平成十一年四月『万葉』百十一。
①〜⑫はいずれも『渡瀬昌忠著作集　第四巻　人麻呂歌集非略体歌論――七夕歌群論――』所収。

＊11　内田光彦「人麻呂歌集の七夕歌」昭和四一年三月下関高等学校『浜木綿』五・「人麻呂歌集七夕歌試論」昭和四七年九月『古代研究』三。
＊12　菊川恵三「七夕歌は何をもたらしたか」平成八年五月『国文学』。
＊13　身﨑壽「人麻呂歌集七夕歌の作中主体―七夕詩賦との関連から―」平成九年一月『日本古典文学の諸相』所収。
＊14　内藤明「人麻呂歌集七夕歌―その生成」平成十年八月『国文学』。
＊15　渡瀬前掲②・⑦論文。
＊16　渡瀬前掲⑦論文。
＊17　渡瀬前掲⑦論文。
＊18　渡瀬前掲⑧論文。
＊19　渡瀬前掲⑧論文。
＊20　渡瀬前掲⑩論文。
＊21　渡瀬前掲⑫論文。
＊22　伊藤博「七夕歌の世界」昭和五十年十一月『万葉集の表現と方法・上』所収。
＊23　品田悦一「人麻呂作品における主体の獲得」平成三年五月『国語と国文学』。

＊24　品田悦一「人麻呂作品における主体の複眼的性格」平成三年五月『万葉集研究』十八。
＊25　神野志隆光「伊藤博氏の「歌語り」論をめぐって」一九七七年五月『柿本人麻呂研究』所収。
＊26　倉林前掲。
＊27　村山出「七夕歌と憶良」昭和四七年十月『山上憶良の研究』所収・大久保前掲・内藤明前掲・浜田弘美「人麻呂歌集七夕歌の表現―語り手・配列・典型化―」昭和六十年十二月『日本文学誌要』四十八。
＊28　小谷博泰「飛鳥藤原時代木簡の表記法をめぐって」一九九九年一月『上代文学と木簡の研究』所収。
＊29　W―J・オング／桜井直文他訳『声の文化と文字の文化』一九九一年十月。
＊30　西郷信綱『増補　詩の発生』一九六四年三月。
＊31　渡瀬昌忠「四人構成の場―U字型の座順―」昭和五一年七月『万葉集研究』第五集、『渡瀬忠昌著作集　第二巻　人麻呂歌集略体歌論　下』所収。
＊32　身﨑壽「吉備津釆女挽歌試論」一九八二年十一月『国語と国文学』・「人麻呂挽歌の〈話者〉」一九八八年一月『日本文学』。

四　人麻呂歌集略体歌の固有訓字

1　はじめに

万葉集におよそ二百首ほどある略体歌の表記の特色は、⑴之・而の使用を避ける、⑵音仮名を排除し訓字で書く、⑶正訓から逸脱する傾向をもつ、という三点にまとめることができる。[*1] これらは互いに連動するが、対立するところもある。之と而を書かないのは漢詩に倣ったもので、おのずから訓字で書くことにつながるが、必ずしも正訓で一貫せず、非漢語的な義訓の類が頻繁に用いられている。

とはいえ、大勢として、略体歌が音仮名を排除して訓字で書くのを原則とすることは動かない。じじつ、自立語の音仮名は、「阿和雪」（10二三三四）・「我勢古波」（11二三八四）・「伊田何」（11二四〇〇）・「水阿和」（11二四三〇）・「宇多手比日」（11二四六四）・「子太草」（11二四七五）・「有廉叙波」（11二四八七）・「等望使念」（12二八四二）くらいしか見当たらない。付属語についても「哉」「乍」「矣」「耳」「在」などの漢文助字を多用し、「不～」「雖～」「所～」「可～」「応～」「如～」「令～」といった漢文句法を活用したり、また「鶴」「鴨」「谷」「与」などの借訓字が用いられている。「者（ハ／バ）」「乎（ヲ）」などの助辞は、シンタックスを確定する最小限のものしか書かない方針が貫かれているのである。[*2]

このように、人麻呂歌集略体歌の訓字主体の表記は、音仮名の排除と裏腹になっていることが分かる。訓で書くことを徹底しているわけであるが、こうした略体歌の用字に対しては、従来、訓詁のむずかしい文字（小島憲之[*3]）、和訓漢語もしくは和風義訓熟字（渡瀬昌忠[*4]）、非対応訓（稲岡耕二[*5]）、戯書的な文字表現（山崎福之[*5]）といった視点から検討が加えられてきた。小島は「眷」「遺」「孋」「縿」「遐」「惻隠」「心哀」などの難訓を取り上げ、これらの訓詁が原本系『玉篇』によるものであることを指摘したが、渡瀬は『文選』李善注の訓詁例が参照されているとする。稲岡の論は、略体＝古体とみる立場から、ことばと文字のずれを非分節的で未熟な書法とし、山崎はそのずれをもっと積極的に文字による戯書的な表現として捉えようとした。山崎のこの視点は、かつて高木市之助が、人麻呂歌集の用字法にことばを「立体的に表現」[*7]する積極的な意図を看取した見方に接近する。

いずれも細密な分析で、略体歌の表記と用字に関する認識を深めるのに有益であるが、取り上げられるのがやや難解なケースに片寄るうらみがある。というのも、歌群の全体を俯瞰すると、それらは、略体表記を特徴づける傾向の一部分を成すに過ぎないからだ。略体歌に難解な訓詁がいくつか見られることは確かであるが、それにもまして顕著な傾向は、略体歌の表記には他の万葉歌から孤立する用字が頻繁に用いられることである。それらの用字は必ずしも難解な漢字ばかりでなく、むしろ、訓詁の面ではさして問題にならないようなものが大半を占めている。わたしたちは人麻呂歌集略体歌には固有の訓字が存在する、という基本的な事実に立ち戻る必要がある。

人麻呂歌集の表記は略体から非略体に進化したとする古体／新体説が、長屋王家木簡や飛鳥池木簡の出現によって成り立たなくなった現在、略体歌の文字法については根本的に再検討しなければならない。[*8]そのさい、右に述べたような固有訓字は一つの手掛かりを与えてくれるであろう。まず、人麻呂歌集略体歌の固有訓字をすべて掲げておく（＊印は人麻呂歌集の影響下にあると思われる若干の事例）。

【人麻呂歌集略体歌の固有訓字一覧】（塙本の校訂訓読によるが、異説の甚だしいものは除外した）

	用字	訓み	用例（＊歌集以外の用例）	万葉集一般の用字	備考
1	海子	アマ	7一一八七　＊6九三三〜九三四（赤人）	海人16例　海部13例　白水郎18例	義訓
2	遠近	ヲチコチ	7一三〇〇	彼此2例　越乞3例　音仮名4例	義訓
3	依	ヨシ	7一三〇〇・10二三三三・11二三七一・二三九六・二四〇二・二四九五・二五〇六	因19例　縁13例	借訓
4	海神	ワタツミ	7一三〇一〜一三〇三・	海若6例　音仮名10例	正訓
5	是	コノ	7一三〇六・11二三八一・二四六〇・12二八六〇　＊9一七四一（虫麻呂）・13三二九九・三三二九	此122例	正訓
6	小端	ハツハツ	7一三〇六・11二四一一・二四六一	音仮名4例	義訓
7	反	ナホ	7一三〇六	猶12例　尚11例	義訓
8	別	ゴトニ	7一三〇七・12三一二八・2一〇一作歌　＊13三三四五	毎35例	義訓
9	発	タツ	10一八九四・10二三四一・11二四五三　＊7一三六八	立75例（霞・煙等）	正訓
10	幸命	サキク	10一八九五	幸7例	義訓
11	為暮	シグレ	10二二三四	鐘礼9例	借訓
12	凡々	オホホシク	10二三四一	欝（悒）8例　音仮名6例	借訓
13	形	スガタ	10二三四一・12二八四一	光儀11例　容儀9例	正訓
14	歳	トシ	10二三四三・11二三七四	年70例	正訓

15	虚空	ソラ	10二三三三	空12例	正訓
16	孋	ツマ	10二三七一・二四二八・二四八〇・二四九七・7一二八五旋・10二〇〇四非・二〇〇五非・二〇〇六非・二〇一一非・11二五〇九非　＊13三二九五・三三三〇	妻71例　嬬18例	義訓
17	是	カク	11二三七二・二三七四	如是60例　如此38例	正訓
18	量	バカリ	11二三七二	許27例	借訓
19	無乏	スベナシ	11二三七三・二四一二・二四四一　＊12二九四七（一云）	為便無26例　音仮名25例	義訓
20	健男	マスラヲ	11二三七六・二三八六［建男］・11二三五四旋	大夫38例　丈夫3例	義訓
21	遺	ワスレ	11二三八〇　＊11二六二四	忘50例	正訓
22	正	タダ	11二三八二	直19例	借訓
23	世中	ヨノナカ	11二三八三・二四四二・2二一三作歌	世間31例	借訓
24	遍	カヘル	11二三八四	還24例　反7例　帰4例　変4例	義訓
25	態	タドキ	11二三八八	田時4例　音仮名9例	義訓
26	跡状	タドキ	12二九四一		義訓
27	惻隠	ネモコロ	11二三九三・二四七二・二四七三・12二八五七・二八六三	懃10例　慇懃2例　音仮名9例	義訓
28	心哀	ネモコロ	11二四八八・12三一三〇		義訓
29	玉垣入	タマカギル	11二三九四	玉蜻5例	借訓
30	風	ホノカニ	11二三九四	髣髴7例	正訓

31	恃	タノム	11二三九八・二四九七・2二一一三作歌　＊13三三〇二	憑22例	正訓
32	秦	ハダ	11二三九九	肌1例　皮1例　音仮名3例	借訓
33	極太	ココダ	11二四〇〇・二四九四	幾許28例	義訓
34	身祓	ミソギ	11二四〇三	潔身3例　潔1例	義訓
35	鳴	ナス	11二四〇五	成23例	借訓
36	潜	カクリ	11二四〇七	隠25例	正訓
37	納	イル	11二四〇七・11二七二二旋	入40例	正訓
38	削	カク	11二四〇八	搔7例	義訓
39	鼻鳴	ハナヒ	11二四〇八	鼻火2例　鼻嚏1例	義訓
40	浦経	ウラブル	11二四〇九	浦触5例　裏触4例	借訓
41	裏	シタ	11二四〇九・二四一三・二四四一・二四六八・12二八五一・二八五二	下56例	義訓
42	意追	ナグサメ	11二四一四	名草目4例　音仮名11例	義訓
43	神成	カムサブ	11二四一七	神佐備8例	義訓
44	神古	カムサブ	12二八六三		義訓
45	幣嚮奉	タムケ	11二四一八	手向10例　手祭1例	義訓
46	縿	クル	11二四二一	来24例	義訓
47	爪尽	ツマヅク	11二四二一	爪衝3例　爪突1例	借訓
48	重	ヘナル	11二四二二　＊4七六五［重成］（家持）	隔9例	義訓
49	開	トク	11二四二四・12二八五一	（紐）解33例	義訓
50	被	タナビク	11二四二六	棚引15例　軽引7例	義訓

51	遐	トホニ	11二四二六 ＊3三二二（赤人）・9一七五五（虫麻呂）・9一八〇九（〃）	遠90例	正訓
52	是川	ウヂガハ	11二四二七・二四二九・二四三〇	氏河5例 氏川3例	正訓
53	潤	ヌル	11二四二九・7一二七四［閏］・11二三五七［閏］ ＊3三七〇	沽55例	正訓
54	所	ガリ	11二四三五・11二三六一旋	許7例	義訓
55	慍	イカリ	11二四三六	重石1例 重1例（11二四四〇略体）	借訓
56	蔵	シノビ	11二四四〇	偲25例 思14例 忍9例	義訓
57	不顔面	シノビ	11二四七八		義訓
58	常石	トキハ	11二四四四	常磐3例 床磐1例	借訓
59	灼	シルク	11二四五二	知久6例	正訓
60	雲座	クモヰ	11二四五四	雲居12例 雲位2例	正訓
61	山草	ヤマスゲ	11二四五六・二八六二	山菅9例	義訓
62	小雨	コサメ	11二四五六・二四五七	霂2例	借訓
63	益々	シクシク	11二四五六	敷布6例	義訓
64	被	フル	11二四五七	零63例 落14例	義訓
65	振仰	フリサケ	11二四六〇 ＊6九九四（家持）	振放11例	義訓
66	真鏡	マソカガミ	11二四六二・二五〇一 ＊19四二二四（家持）	真十鏡12例	借訓
67	若月	ミカヅキ	11二四六四 ＊6九九四（家持）	初月3例（題詞） 三日月1例	義訓
68	朝茅原	アサヂハラ	11二四六六	浅茅原19例	借訓
69	印	シメユフ	11二四六六	標22例（シメ）	義訓

70	百合	ユリ	11二四六七	由利5例	正訓
71	不竊隠	ヌスマハズ	11二四七〇	竊食1例　竊舞1例	義訓
72	細竹	シノ	11二四七八・7一二七六旋　＊7一一二一	小竹4例	義訓
73	眷	コヒ	11二四八一・11二五〇一	恋634例	正訓
74	足沾	ナヅサヒ	11二四九二	音仮名14例	義訓
75	衆	オホミ	11二四九三	多26例	正訓
76	足常	タラチネ	11二四九五	足乳根8例　足千根7例	借訓
77	早人	ハヤヒト	11二四九七	隼人2例	借訓
78	重	ヘ	11二五〇一・二五〇三	辺31例	借訓
79	雷神	ナルカミ	11二五一三・二五一四	鳴神3例　響神1例　動神1例	正訓
80	布細布	シキタヘ	11二五一五	敷細12例　敷妙3例	義訓
81	敷細布	シキタヘ	11二五一六		義訓
82	表	ウヘ	12二八五一	上57例　於12例	義訓
83	太	オホキ	12二八五一	多26例	義訓

2　固有訓字の前提

人麻呂歌集の略体歌中、その使用例が極端に人麻呂歌集に偏在する用字を拾い上げてみると、このように八十余例にものぼる。略体歌は全部でおよそ二百首ほどであるから、八十余例の固有訓字は、数量だけからしても人麻呂歌集略体歌の特性を顕著に示すものとみてよい。こうした固有訓字の存在は、いったい何を意味するのであろうか。それを、全体的に捉える手掛かりとして、とりあえず備考欄に個々の用字法を示してみた。正訓は漢語としての字義に叶う和訓、義訓は本来の字義から逸脱した和訓、借訓は漢字の正訓を和語の音形表示に転用するもの、といった程度のごくゆるやかな押さえ方であるが、この基準で振り分けると、八十三例中、義訓四十四例、正訓二十例、借訓十九例となる。むろん厳密な分類は困難であり、一応の目安でしかない。

これらをざっと眺めてまず目につくのは、正訓字に特殊な用字がみられることである。たとえば5「是／氏」(固有／一般、以下同)や30「風／髣髴」などは、訓詁の面では正訓の範囲にあるとみてよいが、きわめて稀である。9「発／立」・13「形／光儀」・21「遺／忘」・31「恃／憑」・36「潜／隠」・37「納／入」・51「遐／遠」・73「眷／恋」・75「衆／多」などもほぼ同じで、万葉一般の常用字に比べると、かなり訓みにくいものになっている。訓みにくさという点でいえば、大量に用いられている義訓的な用字についても同様であろう。7「反／尚・猶」・8「別／毎」・24「遍／還・反・帰」・41「裏／下」・49「開／解」・56「蔵／偲」・64「被／零・落」・83「太／多」などの単字、あるいは10「幸命／幸」・19「無乏／為便無」・27「惻隠／(慇)懃」といった熟字などは、訓詁からみても正訓とはいえず、けっして訓みやすいものではない。

もっとも、「求食《あさる》」「小浪《さざれなみ》」「不欲《いな》」「義《て》(大)王《し》」などの例をあげるまでもなく、一般に義訓的な用字は訓みにくいものであるが、人麻呂歌集の義訓は単字のばあいが多く、しかもそれらはありふれた文字である。他の万葉集の用字と照らし合わせてみても、なぜ一般的な正訓字が用いられていないのか、疑問を抱かざるをえないようなケースが多い。二字熟字はともかく、単字のケースをみると、あえて非慣用の文字が選ばれているようにも思われるのである。借訓については後にとりあげることにして、まず、略体歌のこうした訓みにくさについて考えてみる必要がありそうだ。義訓の訓みにくさは万葉歌一般にいえるとしても、正訓字が訓みにくいというのは尋常ではないからである。いくつか具体例をあげてみよう。

7　是山　黄葉下　花矣我　小端見　反恋（7一三〇六）
25　立座　態不知　雖念　妹不告　間使不来（11二三八八）
30　朝影　吾身成　玉垣入　風所見　去子故（11二三九四）
27　菅根　惻隠君　結為　我紐緒　解人不有（11二四七三）
43　石上　振神杉　神成　恋我　更為鴨（11二四一七）

これらは略体歌の特徴をよく示す表記で、傍線部に固有訓字を含む表記があるが、ほぼ定訓をえているといってよい。なぜ、そのように訓めるのであろうか。7「ナホ＋コヒニケリ」（集中六例）、25「タドキモ＋シラズ」（集中十二例）、30「ホノカニ＋ミユ」（集中三例）は、万葉集ではほとんど成語化しており、「反恋」「態不知」「風所見」という特殊な表記は、そうした類型的な表現で訓むことが期待されていると思われる。30は略体歌の表記の特徴を示すものとして注目されるが、山崎福之の言うように「誤読のすくないものとして自由な表記を採る可能性が考えられる」[*9]とみてよい。7と25についても同様で、43「神成」も「フルノカムスギ＋カムサブ」という発想が「神成」の訓みを導くのであろう。

27の「ネモコロ」は集中に三十例ほどあり、「惻隠」で書かれる五例はすべて人麻呂歌集略体歌にみられる。はやくから訓詁の問題で議論されてきたが、「惻隠」が用いられる理由について、渡瀬昌忠は「人麻呂歌集略体歌の表記者およびその周辺で漢語「惻隠」がネモコロと和訓されていたからであろう」[*10]とみている。しかし、この推測には疑問がある。「惻」「隠」はともに痛・悲の意で、和語のネモコロとは意味に隔たりがあり、「惻隠」の和訓はイタム・カナシム（イタミカナシム）となるべきであろう。ネモコロは略体歌以外で用いられる「慇懃」

の正訓であって、「惻隠」にネモコロの和訓が定着していたとは考えにくい。それよりも、「スガノネノ＋ネモコロニ」が和歌表現として成句的に慣用化されていて、そうした類型に頼って「惻隠／ネモコロ」の文字が採用されているのだとみるべきであろう。

人麻呂歌集略体歌の固有訓字は、正訓と義訓にかかわらずそのほとんどが一般に定着した和訓字ではなく、明らかに、あえて特殊な字が選択されている。にもかかわらず、それらが訓めるのは、橋本達雄が指摘したように「短歌という詩型や慣用句などを利用」[*11]した類型的な表現だからである。右にリストアップしたかなり大量の特殊訓字も、おおむね誤読の恐れがないであろうという前提のもとに選ばれているとみてよい。このことは、固有訓字を含まないものも合わせて、略体歌の文字法全般についていえるはずである。要するに、音仮名を排除してテニヲハの類を表記せず、もっぱら訓字主体で書くという略体歌の文字法そのものが、そもそも誤読の恐れがないという前提のもとに成り立っていると考えられるのである。こうした在り方は、当然、人麻呂歌集略体歌の実態とも不可分である。

人麻呂歌集の略体歌は人麻呂の実作なのか、それとも人麻呂が収集筆録した民謡であるのかについては、これまでにも繰り返し議論されてきた。現在のところは、民謡説と実作説の対立を止揚し、集団的な民謡を土壌にしながら個性詩を生み出す人麻呂のオリジナリティーを重くみる立場が優勢である。それは、略体と非略体・作歌のあいだに表記の面で連続性が認められるのと、古体／新体説によって、表記の進化が歌の質的な進化に重ね合わされたためであろう。ところが、阿蘇瑞枝は二つの歌群を生活背景・地理的環境・修辞の三方面から全般的に検討を加えた結果、いずれの側面においても、略体歌が非略体・作歌と大きく断絶する事実を明らかにした。[*12]とりわけ、枕詞（作歌〇・三六／非略〇・三七／略〇・二一／未詳歌〇・二五、一首平均以下同）・序詞（作歌〇・一一／非略〇・一二／略〇・三二）・反語表現（作歌一〇・六／非略一〇・五／略五・六／未詳歌／四・七）といった修辞的な側面で、略体歌が非略体・作歌から断絶し、むしろ作者未詳歌群に近似するという事実は、略体歌を単純に人麻呂の創作になるとみることを躊躇させるものである。

阿蘇説の要点は、略体歌の表記者は非略体・作者と同一人物であるが、歌の実態は民間歌謡であって、略体歌集は人麻呂の創作集なのではなく、人麻呂によって収集筆録された民間歌謡集であったとする。土屋文明も「人麻呂歌集の諸作は、既に流布が広く、衆人に親しまれてゐるので、あの暗号に近いやうな表記でも、人々はすぐにその全体を理解することが出来た」[*13]と述べている。もっとも文明には略体／非略体の認識はなく、人麻呂歌集のすべてを民謡とみるので、阿蘇ほど客観的な指摘ではないが、これを略体歌に限定してみれば、おそらく事実に近い捉え方になるであろう。けれども、このように略体歌を人麻呂の創造からまったく切り離すような見方はあまり支持されていない。

阿蘇や土屋文明の発言が一般化しないのは、略体歌の非創作性が「民謡（民間歌謡）」という用語で説明されているからであろう。民謡の概念はあいまいで、記紀歌謡との区別も判然とせず、この用語はかえって人麻呂歌集歌の実態を見えにくくする。民謡の問題を取り除けば、文明のいわんとするところは、人麻呂歌集歌（略体歌）が広く流布し、衆人に親しまれていたから、あのような暗号じみた文字面でもすぐに読めたということになろう。こうした視点はやはり無視できないものがある。もっとも、文明のいう「衆人」は「民謡」との関連で一般農民まで含めた民衆が意識されているのであろうが、それはいきすぎで、宮廷社会に属する人々に範囲を狭めた方がよい。人麻呂歌集の略体歌は、あくまでも宮廷社会に流布した和歌なのである。それらは、宮廷生活の日々折々、様々な宴席で歌われた無数の歌々のなかで世上に流行し、多くの宮廷人に愛唱された恋歌であろう。

平たくいえば、略体歌の実態は宮廷社会の流行和歌であり、だれもが口ずさめる歌であった。人麻呂はそのような人口に膾炙したお馴染みの恋歌を収集したので、わざわざ歌のことば（音形）を書き留める必要はなかったのである。人麻呂の関心は、大宮人たちの声として世上に流布する愛唱歌を文字の衣装で飾ることであった。いわば声のことばを文字に表現することである。そのとき、漢字のもつ表語性が存分に活用されたわけである。略体歌にみられる大量の固有訓字は、そのような経緯から選び出されたものであろう。

3　文字表現の効果

右に述べたのは、略体歌の文字法を捉えるうえではもっとも基本的なことがらであるが、略体歌の固有訓字は、たんに訓みにくさのみを指摘して済むわけではない。訓みにくさへの注目は、略体表記の問題を探る糸口にすぎない。固有訓字のはらむ問題の核心は、訓めないことよりもむしろ訓めることの方にあるからだ。先にリストアップした固有訓字には借訓がいくつか見られたが、それらは他の万葉歌の借訓に比べて興味深い側面をもっている。

11　一日　千重敷布　我恋　妹当　為暮零所見（10二二三四）　「一日／為暮」で時間経過を示す

18　是量　恋物　知者　遠可見　有物（11二三七二）　「量／恋」で恋心の多量さを示す

29　朝影　吾身成　玉垣入　風所見　去子故（11二三九四）　「玉垣入／風」で垣根に吹き入る風に譬える

35　垣廬鳴　人雖云　狛錦　紐解開　公無（11二四〇五）　「鳴／人云」で人の声を暗示させる

46　縿路者　石踏山　無鴨　吾待公　馬爪尽（11二四二一）　「石踏山／馬爪尽」で山路の険しさを示す

55　大船　香取海　慍下　何有人　物不念有（11二四三六）　「慍／物不念有」で感情の激しさを示す

これらの借訓字に共通するのは、たとえば「牛掃神之《うしはくかみの》」（9一七五九）や「名引秋風《なびくあきかぜ》」（10二〇九六）などのように、ただ音形を借りるのでなく、借訓字の字義も生かして意味の多重化をねらった用字が選択されていることである。むろん「蟻通《ありがよひ》」（6一〇〇六）だとか「不知夜経月乎《いさよふつきを》」（7一〇八四）といった例をあげるまでもなく、一般にも借訓字の字義を生かす技巧は珍しいことではない。にもかかわらず、略体歌の借訓字のなかに単純な借音がほとんどみられないのは、漢字の表語性を自覚的に活用しようとする書き手の志向によるものであろう。

こうした意味の多重化は、先にあげた正訓と義訓のばあいにもいえることである。あらためて7「小端見反恋（端っこだけちょっと見て、なお、かえって恋いしい）」・25「態不知（なすべき態度も知らず）」・43「神成（かむさび＝神らしく成る）」などをみてみると、これらが義訓字の本義を生かした文字表現であることは一目瞭然である。略体歌の固有訓字を正訓・義訓・借訓に区分けするのは、書き手に即していえばさほど意味のあることではない。書き手の関心は、もっぱら、訓字を用いていかに効果的に文字表現するかという点にあった。29「玉垣入風所見（垣根に吹き入る風のようにひっそりと）[*14]」、46「縿路者～馬爪尽（糸を括り寄せるように私が心で引き寄せて、馬の爪が尽きるくらい遠くからやって来る）[*15]」などは、漢字の表語性を巧みに利用した秀作であろう。声のことばが文字の衣装を纏うことで、歌の世界が驚くほど豊かになっている。このような観点に立つと、略体歌の文字法が歌の表現に深く食い込んでいることがよく分かるはずである。

8　従此川　船可行　雖在　渡瀬別　守人有（7一三〇七）　別／毎35例

13　秋夜　霧発渡　凡凡　夢見　妹形矣（10二二四一）　形／光儀11例　容儀9例

36　百積　船潜納　八占刺　母雖問　其名不謂（11二四〇七）　潜／隠25例　納／入40例

40　君恋　浦経居　悔　我裏紐　結手徒（11二四〇九）　浦経／浦（裏）触9例

54 淡海々 奥白浪 雖不知 妹所云 七日越来（11二四三五）所／許7例
64 大野 小雨被敷 木本 時依来 我念人（11二四五七）被／零63例 落14例
75 高山 峯行完 友衆 袖不振来 忘念勿（11二四九三）衆／多26例
82 人所見 表結 人不見 裏紐開 恋日太（12二八五一）表／上57例 裏／下56例 開／解33例 太／多26例

これらはみなごくありふれた語で、下に書き出したのを見れば分かるように集中に用例が多く、正訓もそれらの漢字でほぼ定着しているが、略体歌では、そのような一般的な用字があえて避けられている。これらの固有訓字と一般的な正訓字を比べて気づくのは、固有訓字の方が歌の字脈によほどぴったりしていることである。8「渡瀬別 守人有」は多くの渡瀬がそれぞれ別々に番人で監視されている様子を表す。40の「裏紐」はシタヒモが着物の裏に着けるものだからであり、「下紐」よりも具体的な文字面になっている。54「妹所」が「妹許」より具体的であることはいうまでもない。82「表結～裏紐開」も上・下という透明な位置関係よりもよほど現実味がある。この「裏紐開」は現行諸本でシタヒモアケテと訓まれているが、下紐をアケルという言い方は万葉集になく、古訓のようにシタヒモトケテとすべきであろう（元暦本・西本願寺本・寛永本等シタヒモトケテ）。49「紐不開寐」もヒモトカズであった。下紐を解くのは衣服を脱いで体を相手に開けることである。これらに「毎」「下」「許」「上」「解」といった文字が避けられているのは、そういったありきたりの正訓字では歌の現実感が損なわれてしまうからである。

75「高山 峯行完 友衆」もよく考えられた用字である。「友多」でもいっこう構わないようにみえるが、山の尾根に猪が群がる異様な情景は「衆」の方が具体的で、より現実感があろう。一般的な用字で「友多」とすると、かえって無色透明になってしまうのである。64「大野 小雨被敷」については、稲岡耕二が、「小雨零敷」

だと「山草小雨零敷」のように狭い範囲に焦点が搾られ易いが、「小雨被敷」だと「被」に覆う意味のあるところから、大野を一面に覆う小雨が想像される——と述べたことが意を尽くしている。[*16] 稲岡の説明はすこぶる的確であり、「小雨零敷」ではいかにもありきたりのイメージしか湧かない。稲岡は同じような観点から、19「無乏」・38「眉根削」・51「益遐」・74「足沾」などを取り上げ、納得のいく説明を施している。ただし、そこでは略体表記が古体の書法とされているので、こうした用字はすべて「言葉の分節化の度合いが未熟」で「文字と言葉のゆるい対応」の例として捉えられている。これらをみると、たしかに文字とことばはゆるく対応するが、しかし、それは決してことばの分節化の度合いが未熟なためではない。

　というのも、「文字と言葉のゆるい対応」は声と文字のずれとして現象するが、それは、歌の音声を忠実に記すことから解放された書き手の作為によって巧まれたもので、そこに、音声だけでは出せない文字表現の効果が期待されているからである。このような技法はむろん万葉集の随所にみられるが、人麻呂歌集の略体歌においては、それがそれぞれの歌の字脈に即応して表現を強化するために活用されている。13「夢見　妹形矣」で「光(容)儀」が捨てられたのは、このいかめしい漢語では「夢見」とのギャップが甚だしいためであろう。「夢見～形」の文字面の方が夢に見た恋人の姿のイメージによく合うのだ（ちなみに万葉集では「姿（すがた）」が一例も用いられてない）。36「百積　船潜納」は「船隠入」とするよりも、母に内緒で心の中に恋人を潜み納めるスリリングな心情が強められるであろう。そこには、書き手の解釈が加えられている。40「浦経」を「浦触」と書かないのは、この一首がうらぶれる時間的な経過の長さを歌うものとして解釈されているからである。

　先に述べたように、人麻呂歌集の略体歌は宮廷社会に流行した恋歌であった。歌の文句は誰でも知っていたので、声のことばを忠実に記録するのはいわば余計な行為であるが、それをあえてする書き手には、文字化の行為が〈表現の自由領域〉として与えられることになったのである。その自由さに歯止めをかけるのは、書き手によってなされる歌の読み（解釈）である。これまで取り上げてきたケースは、すべて、その解釈がすぐれて感受性に富み、豊かな想像に満ちあふれていたことを示している。しかも、注意しなければならないのは、個々のことばの語義よりも、一首の歌が全体として醸し出す印象の焦点を捉えることに関心が向けられていることである。

　和語を書き記すばあい、声のことばの語義は漢字の字義に照合されねばならない。そうした声と文字の対応関係が社会的に蓄積されて正訓字が定着していくが、略体歌の書き手は、そのような約束を無視しているように思われる。あくまでも歌のモチーフを詩的に追求し、そこでえられた読みを文字に表現しようと意図したのであろう。

4 韻律としての像

　好んで人口に膾炙された歌は、人々の意識のなかで少しずつ色あせていき、歌としてのリズムを弛緩させていく。略体歌の筆録者が、あえて特異な用字を選択したのは、広く流行して無個性化した宮廷人の愛唱歌に、再び本来のリズムを蘇らせるためであったろう。文字表現は、そのための方法として機能すべくされている。

5　是山　黄葉下　花矣我　小端見　反恋（7一三〇六）
18　是量　恋物　知者　遠可見　有物（11二三七二）
52　是川　瀬〃敷浪　布〃　妹心　乗在鴨（11二四二七）
65　遠妹　振仰見　偲　是月面　雲勿棚引（11二四六〇）
33　伊田何　極太甚　利心　及失念　恋故（11二四〇〇）

38　眉根削　鼻鳴紐解　待哉　何時見　念吾（11二四〇八）
57　秋柏　潤和川辺　細竹目　人不顔面　公無勝（11二四七八）

これらは、恋歌としての略体歌が文字表現のなかでどのように再生しているかを捉えるためにあげてみたものである。恋歌としての略体歌の特色は「恋死　恋死耶　玉桙　路行人　事告無」（11二三七〇）だとか「恋為　死為物　有者　我身千遍　死反」（11二三九〇）といった歌に代表されるような、恋うことの激しさと直接性であろう。命の燃焼として恋を歌うのが略体恋歌の韻律（響きと調べ）である。

このことはむろん固有訓字の有る無しにかかわらないが、声と文字が交差し干渉し合う現象は、特殊な表記により顕著にあらわれる。5歌はすでに取り上げたもので、「是山」「小端見」「反恋」など固有訓字がいくつも導入されているが、ここでは「是」に注目してみたい。略体歌では「是」が5「是山《この》」・65「是月面《この》」、18「是量《かく》」、52「是川《うぢ》」と三通り訓字で用いられている。いずれも一般の用字から孤立しており、とりわけ「是川」が特異である。注釈的には「是＝氏」の訓詁から説かれるが、「氏川」を捨てた理由としては、「是」の字義によって「コノ川」の意も含ませた臨場表現とする。[*17]「氏川」はそれで一応の理解はえられるとして、「是山」「是量」の方はどうであろうか。これらを臨場表現とするには難があろう。

指示語として「是」と「此」は類義とみてよいが、「此」は彼此の此で、遠称の「彼」に対する近称となり、「是」は是非の是で、正・直に同訓であるから「マサニコレ」といった強調の意を帯びる。ふたつの文字にははっきりとしたニュアンスの違いがある。「是山」と書くのは単純な近称ではなく、その山を強調して示す意図があったからであろう。「是量」もおそらく同様である。けれども、そのばあいの強調とは、たとえば語彙的に意味を強調するといったものではない。それは、ことばの音声を文字表現にイメージ化し、そうすることで歌の韻律感をより新鮮なものに更新することである。「是―量」の文字選択はそれに叶うものであろう。つまり、「量」は「是」で強調された対象を具象化し、カクバカリという切ない心情を像化して示すものになっているのである。もともと聴覚的な韻律現象が、そこではより視覚に訴えるものに切り換えられているのだ。「ウヂ川」はたまたま「氏」が「是」に通じるため、「是」の強調作用によって、「是川　瀬〃敷浪《せぜのしきなみ》　布〃」という修辞的な映像が、ことばの韻律としていっそう強められることになるわけである。この文字表現が臨場感に富むのは、歌のことばが像的なイメージで強化されているからに他ならない。

33「極太甚」は「極太恋」(11二四九三)にも用いられている。正訓字の「幾許」が避けられたのは、ココダの意味をストレートに表示するためであろう。「幾許」は漢籍に頻出するありふれた漢語であるが、助字に転用された「許」を含むため、すぐにはココダという声のことばに結びつかない。そのため「極太」という文字が採用されるわけである。ここで注意したいのは、それが音仮名ではなく、訓字で行われていることである。かりに「己許太」(14三三七三等)のような表記がとられたばあい、音形は示せてもイメージ(像)を示すことができない。その点、「極太」は文字面の視覚的な印象でココダの分量を示すことができる。いわば、声のことばが文字に像化される格好になっているのだ。「極太」の「太」はココダの音仮名で用いられているともみられるが、その音形は「太」の字義が描き出すイメージに像化されており、音声そのものが文字面に露出することはない。「極太」という用字は、音声を消去することによって歌の表現(韻律性)を強化する効果をはたすわけである。

このように、訓字を用いることで歌の韻律性が強化されるのは、表音に向かう用字を捨てることで、文字による像化がより鮮明にクローズアップされるためである。これを逆にいえば、ことばの像化を引き起こさないような訓字は、なんら韻律の強化にはあずからないということになろう。「幾許恋」といった常用の正訓字が採用されなかった理由もそこにある。同じことは、38「眉根削　鼻鳴紐解」や57「細竹目　人不顔面」にもいえるはずである。「眉根掻　嚏紐解」だとか「細竹芽　人忍」のような表記は、それが正訓字であることによって音声（和訓）を付着する文字面になってしまい、ことばのイメージがそれ自体で自己主張するのを妨げてしまうからである。23「世中／世間」と62「小雨／霂」には、例外的に和語の音形がそのまま表示されている。ところが、このお馴染みの和製熟字は人麻呂歌集ではじめて試みられたものなのである。いずれも正訓の漢語からずらすことで新鮮さをねらったのであろう。八十余例の固有訓字は、すべて非慣用といっても過言でない。これらを眺めていると、略体歌の書き手が、いかに文字に付着する音声を消去することに意を注いだか、その作業現場を彷彿とさせるものがある。

　とはいえ、「眉根削　鼻鳴紐解」や「細竹目　人不顔面」といった文字表現が効果を発揮できるのは、これらが「マヨネカキ　ハナヒヒモトケ」「シノノメノ　ヒトニハシノビ」と訓まれたときである。このような判じ物めいた書き方は、訓みうることを前提にしてこそ可能なのであり、けっして、どのように訓まれてもよいという前提で書かれているわけではない。人麻呂歌集の略体歌は、すでに述べたように宮廷社会の流行和歌であった。だから「眉根削　鼻鳴紐解」や「細竹目　人不顔面」のような判じ物めいた文字面でも、これらの歌を共有する人々はたやすく判読できたであろうし、書き手もまた、それを期待して書くのである。どのように書いても、少なくとも宮廷人のあいだでは、それによって歌の音声が見失われるようなことはなかったであろう。それだけになおさら、書き手は、声のことばをそのまま写し取るような凡庸な表記を嫌わねばならなかった。べつの言い方をすれば、書かれることによって、歌の音声は文字表現から分離されなければならなかったのである。

　なぜなら、一旦分離された声のことばは、たとえば「マヨネカキ　ハナヒヒモトケ」であれば、眉根を削る、鼻を鳴らすといったイメージによって、より強化された韻律に生まれ変わることができるからである。「シノノメノ　ヒトニハシノビ」のばあいはもっと多重的で、細竹の芽（メ）が「目」に転ぜられ、その目からの連想で、あの人の顔の面を見ない（シノビ）といったイメージに重層し、声のことばはめまぐるしく流動する。「小端見反恋」「是量恋物」「極太甚」「眉根削鼻鳴紐解」「細竹目人不顔面」は、いずれも恋歌として中心的なモチーフを担う部分である。そこにあえて特異な訓字が導入されているのは、人口に膾炙されて色あせた歌の韻律を、像的な表象によって不透明なものに異化し、そうすることで本来の激しさなり直接性のリズムを復活させるためであった。

このように、声のことばを像化して再生する技法は、これまで取り上げてきた固有訓字の大方についていえることである。先に取り上げた29・30「玉垣入　風所見」も、ホノカニという歌の音声が垣根を通る風のイメージに像化されているとみることで、この用字の美的価値がいっそう際立つであろうし、稲岡が適切に説明した64「大野　小雨被敷」なども まったく同様である。こうした技法は、そもそも、音仮名を避けて訓字で書くことを志向する略体歌の全体を貫く工夫であった。固有訓字は、そうした方法のより突出した箇所にすぎない。総じていえば、人麻呂歌集の略体歌において、書くことは〈声を文字で像化する〉ことであった。高木市之助の指摘した表現の立体化というのも、これを詳しくいえば文字による声の像化現象にほかならない。訓字で書くことの意義もそこにある。イメージ的な表象は漢字のもつ表語性に依拠するので、声を像化するには、そうした漢字本来の機能が積極的に活用されるのである。そして、像化された音声は、人口に膾炙して惰性化した歌のリズムを活性化し、その韻律性をより新鮮なものに再生させる。

けれども、略体歌のばあい、そうした韻律性は像化する文字表現において現象するので、それは読むことを通してしか体験しえないものになっている。その点で、略体歌はもはや口に詠まれる歌ではなく、目で読まれるべき歌なのである。

5 おわりに

万葉集に収録された二百首ほどの人麻呂歌集略体歌群は、すべて宮廷社会の流行和歌であった。略体歌の文字法を分析するばあい、このことはもっとも基本的な前提でなければならない。とはいえ、流行には必ずはやりすたれがある。人麻呂がこれらの歌群を筆録したのは、一時の流行がそろそろ終りを迎えつつあった時期であろう。

詳しい検討を省略していえば、文字の衣装を脱ぎ捨ててあらわれる略体相聞歌は、天智朝の歌垣的な相聞歌と天平期のやや内省化した作者未詳相聞歌の、ちょうど中間に位置づけることができるようである。命の燃焼として恋を歌うそれらの歌々は天武・持統朝の頃に愛唱された恋歌であろう。人麻呂は自身の生きた〈同時代の声〉が、新しい和歌のスタイルに押し流されていくのを惜しみ、それを文字の力で再生しようと企てたのである。人麻呂歌集の略体歌群は、わが国における和歌生成の揺籃を伝える記念碑にほかならない。このモニュメンタルな歌集が、次世代の宮廷歌人らによって熱心に読まれたことは、固有訓字のいくつかが赤人や虫麻呂あるいは巻十三の編纂者（金村・赤人説が有力[*18]）らに模倣されていることからも確認できよう。家持もまた若いころから人麻呂歌集に親しんでいたようだ。天平五年、家持十六歳の処女作とも目される「振仰而　若月見者　一目見之　人乃眉引　所念可聞」（6九九四）に、略体歌の固有訓字がふたつ用いられているのが目を引く。

これに限らず、略体歌の固有訓字を万葉集全般に追跡していけば、もっと興味深い事実がクローズアップされるであろう。本考察の調査はまだ粗雑であり、大きな問題をはらむ人麻呂歌集のほんの一面に触れたにすぎない。いずれにせよ、略体歌の文字法は、その美的感性と詩的技術の成熟度において、人麻呂の創造活動が行き着いた地点を示すものと考えてよいであろう。

注

＊1　西條勉「人麻呂歌集旋頭歌の略体的傾向―書くことの詩学へ―」二〇〇〇年三月『国文学論輯』21、本書所収、二「人麻呂歌集旋頭歌の略体的傾向」。

＊2　渡瀬昌忠「人麻呂歌集略体歌の表記法―係助詞「は」の文字化と読添え―」一九九七年十月『実践国文』52、「人麻呂歌集略体歌における助詞「を」の表記法―その文字化と読添え―」一九九八年三月『実践国文』53。いずれも、『渡瀬昌忠著作集　第一巻　人麻呂歌集略体歌論　上』所収。

＊3　小島憲之「万葉用字考実例―原本系『玉篇』との関聯に於いて―（一〜四）」一九七三年四月〜一九七八年九月『万葉集研究』第二・三・四・七集。

＊4　渡瀬昌忠「漢語の和訓と和訓書きの歌―人麻呂歌集略体歌の表記―」一九八五年十一月『国学院雑誌』、「人麻呂歌集略体歌の和訓漢語と和風義訓熟字―惻隠・心哀・玉響・昨と今―」一九八八年十一月『万葉集研究』第十六集。いずれも、『渡瀬昌忠著作集　第一巻　人麻呂歌集略体歌論　上』所収。

＊5　稲岡耕二「人麻呂歌集古体歌の〈非対応訓〉について―惻隠・心哀・無乏など―」一九八九年八月『論集上代文学』第十七冊。

＊6　山崎福之「略体と非略体―人麻呂歌集の表記と作者の問題―」一九八八年十一月『国文学』学燈社、「万葉集における漢語と表記―文字表現をめぐって―」一九九三年一月『万葉集と漢文学』和漢比較文学叢書九。

＊7　高木市之助「人麿歌集の用字法と人麿的なものとの関連について」一九五〇年六月初出、『高木市之助全集・第三巻』所収。

＊8　西條勉「天武朝の人麻呂歌集歌―略体／非略体の概念を超えて―」一九九九年十月『文学』、「人麻呂歌集旋頭歌の略体的傾向」前掲。

＊9　山崎福之前掲論文「略体と非略体―人麻呂歌集の表記と作者の問題―」。

＊10　渡瀬昌忠前掲論文「漢語の和訓と和訓書きの歌―人麻呂歌集略体歌の表記―」、『渡瀬昌忠著作集　第一巻

人麻呂歌集略体歌論　上』所収。
＊11　橋本達雄『万葉宮廷歌人の研究』（第四章）一九七五年二月。
＊12　阿蘇瑞枝『柿本人麻呂論考』（第三篇第一章）一九七二年十一月。
＊13　土屋文明『万葉集私注』（第六巻附録しをり6）一九八二年十月。
＊14　山崎福之前掲論文「略体と非略体─人麻呂歌集の表記と作者の問題─」。
＊15　稲岡耕二『万葉集全注・巻第十一』一九九八年九月。
＊16　稲岡耕二『人麻呂の表現世界─古体歌から新体歌へ─』（第一章）一九九一年七月。
＊17　渡瀬昌忠「人麻呂歌集略体歌の臨場表現」一九八三年九月『国語と国文学』、『渡瀬昌忠著作集　第二巻　人麻呂歌集略体歌論　下』所収。
＊18　橋本達雄「万葉集巻十三の表記と用字─拾遺・金村歌群との関連─」一九九二年八月『専修国文』51。

五　人麻呂歌集略体歌の「在」表記

1　はじめに

人麻呂歌集の略体歌では、アリ系助動詞のニケリ・タリ・リが「在」で表記されている。このことについては、後藤利雄[*1]や阿蘇瑞枝[*2]の基礎的な調査でも注意されていたが、その特異さにスポットが当てられたのは、上代文献を広く渉猟して「有」と「在」の用法を比較検討した沖森卓也の論文[*3]であった。

その後、人麻呂歌集の表記研究をリードする稲岡耕二[*4]と渡瀬昌忠[*5]の白熱した論争によって、この問題に対する関心が一挙に高められた。「在」の表記／無表記に論点を絞って、微に入り細を穿つ論戦であったが、議論は平行線を辿ったまま終息したようだ。あの緊迫した議論は何だったのか。いったい何が明らかにされたのだろうか。人麻呂歌集論を再生するためにも、稲岡・渡瀬論争の検証はぜひとも必要であろう。以下に、いささか私見を述べてみたい。とりあえず関連資料を一括掲載しておくことにする（丸カッコの番号は「在」を表記するもの、カッコは無表記を示す。下段は渡瀬説にいう構文形式を示したもので、＊をつけたケースについては後述する。本文校訂と訓読はおおむね塙本に拠った）。

A【ニケリ】

①我衣　色服染　味酒　三室山　黄葉為在（7一〇九四）	三室山→黄葉為在	客体叙述
②君為　浮沼池　菱採　我染袖　沾在哉（7一二四九）	我染袖→沾在哉	客体叙述
③春去　為垂柳　十緒　妹心　乗在鴨（10一八九六）	妹→乗在鴨	客体叙述
④零雪　虚空可消　雖恋　相依無　月経在（10二三三三）	月→経在	客体叙述
⑤世中　常如　雖念　半手不忘　猶恋在（11二三八三）	（我）→恋在	＊主体叙述

⑥石尚　行応通　建男　恋云事　後悔在（11二三八六）	建男→悔在	客体叙述
⑦行々　不相妹故　久方　天露霜　沾在哉（11二三九五）	（我）→沾在哉	＊主体叙述
⑧是川　瀬々敷浪　布々　妹心　乗在鴨（11二四二七）	妹→乗在鴨	客体叙述
⑨袖振　可見限　吾雖有　其松枝　隠在（11二四八五）	（相手）→隠在	客体叙述
(1)是山　黄葉下　花矣我　小端見　反恋（7一三〇六）	（我）→反恋	主体叙述
(2)秋野　尾花末　生靡　心妹　依鴨（10二二四二）	（我）心→依鴨	主体叙述
(3)恋事　意遣不得　出行者　山川　不知来（11二四一四）	（我）→不知来	主体叙述
(4)遠山　霞被　益遐　妹目不見　吾恋（11二四二六）	吾→恋	主体叙述
(5)忘哉　語　意遣　雖過不過　猶恋（12二八四五）	（我）→恋	主体叙述

B【タリ】

①吾妹子　見偲　奥藻　花開在　我告与（7一二四八）	花→開在	客体叙述
②天雲　棚引山　隠在　吾下心　木葉知（7一三〇四）	吾下心→隠在	客体叙述
③出見　向岡　本繁　開在花　不成不止（10一八九三）	花→開在	客体叙述
④山代　石田社　心鈍　手向為在　妹相難（12二八五六）	（我）→為在	＊主体叙述
(1)年切　及世定　恃　公依　事繁（11二三九八）	（我）→恃	主体叙述
(2)朱引　秦不経　雖寝　心異　我不念（11二三九九）	（我）→雖寝	主体叙述
(3)白玉　纏持　従今　吾玉為　知時谷（11二四四六）	（我）→纏持	主体叙述

(4)我屋戸　甍子太草　雖生　恋忘草　見未生（11二四七五）	甍子太草↓雖生	＊客体叙述

C【リ】

①海神　手纏持在　玉故　石浦廻　潜為鴨（7一三〇一）	海神↓纏持在	客体叙述
②海神　持在白玉　見欲　千遍告　潜為海子（7一三〇二）	海神↓持在	客体叙述
③春山　霧惑在　鴬　我益　物念哉（10一八九二）	鴬↓惑在	客体叙述
④千早振　神持在　命　誰為　長欲為（11二四一六）	神↓持在	客体叙述
⑤紐鏡　能登香山　誰故　君来座在　紐不開寝（11二四二四）	君↓来座在	客体叙述
⑥湖葦　交在草　知草　人皆知　吾裏念（11二四六八）	草↓交在	客体叙述
⑦足常　母養子　眉隠　隠在妹　見依鴨（11二四九五）	妹↓隠在	客体叙述
⑧肥人　額髪結在　染木綿　染心　我忘哉（11二四九六）	肥人↓結在	客体叙述

(1)雲隠　小嶋神之　恐者　目間　心間哉（7一三一〇）	(我)↓間	主体叙述
(2)霞発　春永日　恋暮　夜深去　妹相鴨（10一八九四）	(我)↓相鴨	主体叙述
(3)眉根削　鼻鳴紐解　待哉　何時見　念吾（11二四〇八）	吾↓念	主体叙述
(4)石根踏　重成山　雖不有　不相日数　恋度鴨（11二四二二）	山↓重成	＊客体叙述
(5)大野　小雨被敷　木本　時依来　我念人（11二四五七）	我↓念	主体叙述
(6)白玉　纏持　従今　吾玉為　知時谷（11二四四六）	(我)↓知	主体叙述
(7)烏玉　間開乍　貫緒　縛依　復相物（11二四四八）	(我)↓貫緒	主体叙述
(8)礒上　立廻香樹　心哀　何深目　念始（11二四八八）	廻香樹↓立	＊客体叙述

2　稲岡・渡瀬説批判

細部の込み入った論述はさておき、とり急ぎ論争の骨格を捉えてみよう。発端になったのは「〜ニケリ／在」(ニケリが在で書かれること。／は声と文字の対立を示す。以下同)の表記と無表記であった。ニケリは文法的にはニ(完了)＋ケリ(回想)の複合助動詞である。過去から持続する事象が現在において存続もしくは完了したことを感慨する表現で、一般には気づきの詠嘆(〜シテイルコトヨ!、〜シテシマッタコトダ!)と呼ばれる。右の一覧にあるように、略体歌中、ニケリを「在」で表記するのは九首、無表記が五首である。

これにつき、稲岡は表記されるのは「その状態が現在も続いていることの表現であり、「〜在」はそうした抒情のポイントを明示するために記されたもの」、無表記は「そのことに気づいた詠嘆の表現」であるとする。つまり、同じニケリでも現在の存続と気づきの詠嘆の二通りの意味があり、表記者(人麻呂)はそこを正確に読み取って、表記／無表記で区別したとする。タリ・リにもこの観点が適用され、「在」で表記されるのは「その動作や作用が現在も継続していることを抒情の焦点とする」表現であり、表記されないのは「その動作や状態がすでに起きたことを抒情の焦点とする」ばあいであるとする。稲岡説の特徴は、ニケリ・タリ・リを「在」で表記するのが、いずれも「現在の状態をとくに強調する」ため、とするところにある。これはかなり簡明な捉え方である。

一方、渡瀬は、無表記を「読添え」として捉え、読み添えにするのは、表記者があえて文字化しなくても読めると判断したからであるという前提に立つ[*6]。まず、ニケリが文字化されるのは「見ること(観察)によって確認される客体的事実を詠嘆する」ばあいであり、それらが「在」で表記されるのは「在」に「察」や「見」の意味があるからであって、「ニケリ／在」は「客体的事実を観察し確認して詠嘆する」表現であるとする。読み添えのばあいは、たとえば「われ恋ひニケリ」のように、「歌い手自身の主情的な詠嘆になっており、行為の主体は歌い手によって統一されている」ので、客体的な事象を観察する表現ではないとする。「タリ・リ／在」についても、表記されるケースは、やはり客体的な事象の存続もしくは完了を表しており、それらが「存（存続）」「居（鎮座）」「終（完了）」の意味をもつ「在」によって文字化されたとする。読み添えは、これもニケリと同じく「先行する動詞の主語は、抒情主体（吾）であるか、あるいは類型的な表現をとるもので、これらは、タリ・リの読み添えが「自然になされうる」ケースであると説かれている。

　渡瀬の論考は「在」だけでなく「有」「為」の用法も絡め、また、テアリ・ニアリの表記にも及んですこぶる訓詁注釈的であり、そのうえ「訓読漢字」という独自の概念が導入されていて、とても手短には要約できない。右は「ニケリ・タリ・リ／在」に焦点を絞り、所説のポイントを押さえてみたにすぎない。これを表記／無表記の基準で整理してみると次のようになる。すなわち、表記されるのは客体叙述のばあいで、その事象の有り様が「在」の字義（察・存・居・終）で示されるが、無表記のケースはいずれも「抒情主体（歌い手）によって統一された表現」であり、「より自然に、文脈上容易に読添えられた」ということになる。

　これは稲岡説とまったく対照的な見方であろう。なぜなら、稲岡が表記／無表記の区別を、アリ系助動詞の表す意味内容の対立（存続／気づきの詠嘆・完了）に求めたのに対して、渡瀬説では、それが、アリ系助動詞が統括する構文形式の対立（客体叙述／主体叙述）に求められているからである。この点に関する渡瀬の説明はかならずしも分明でないが、要するに「客体ガ～スル／主体ガ～スル」という叙述形式の違いが指摘されているのである（ここに言う「主体」とは、後に触れるように表現主体をさす）。ともかく、両者の議論が交差しないのは、分析の観点がまったく対照的なためであった。どちらの立場が、どれほど有効なのであろうか。具体的な事例を見据えながら、さらに踏み込んで両説の問題点を捉えてみたい。

いずれにせよ、もっとも前提的な事実は「在」がニケリ・ケリ・リの表記に共通して用いられていることである。むろん「在」は自立語の存在詞アリにも用いられるが、このばあいは正訓字になる（ただし「有」との混同あり）。助動詞ニケリ・タリ・リは存在詞アリから派生したので、アリ系助動詞として一括されるが、これらに「在」を当てるのは義訓であろう。いうまでもなくsignifiant（意味するもの＝音形）を示す用字ではない。ならばsignifié（意味されるもの＝概念）が表示されていることになるが、それはいったいどのようなものであろうか。

渡瀬は、「在」で表記されるアリ系助動詞二十一例につき、それぞれの歌に即して「察」「存」「居」「終」などの字義に細かく照合させている。[*7] そのばあい、アリ系助動詞がこれらの文字で書き分けられているわけではないので、訓詁による意味の区別はとりあえず論者側の措置とすべきであろう。渡瀬によれば「察」は気づきの詠嘆、「存」「居」「終」はそれぞれ継続・鎮座・完了の意とされる。これを書き手の作業に引き付けてみると、かれはニケリ・タリ・リの意味を訓詁的に細かく差異化しておきながら、いずれにも「在」を充てたということになる。書記行為として、これはかなり迂遠な作業であろう。ここはやはり、ニケリ・タリ・リに共通する何かが「在」で書かれたのだとみたいところである。

その点、稲岡説は明快である。ニケリ・タリ・リが「在」で表記されるのは、いずれも「現在その状態にある」ことを示すためとするので、三つの助動詞に共通する意味が捉えられている。いわゆる存続の意とみるのであるが、ただし、それは書かれたばあいである。文字化されないニケリ・タリ・リは別で、無表記のニケリは気づきの詠嘆、タリ・リは完了の意であって、これらはいずれも現在性に意味の中心があるわけではない、と説明されている。もしそうならば、やはり、書き手がデリケートに文法的な分析を加えていることになろう。はたしてどうであろうか。いくつか事例をあげてみよう。

A
①我衣　色服染　味酒　三室山　黄葉為在
(1)是山　黄葉下　花矣我　小端見　反恋

B
②天雲　棚引山　隠在　吾下心　木葉知
(3)白玉　纏持　従今　吾玉為　知時谷

C
①海神　手纏持在　玉故　石浦廻　潜為鴨
(3)眉根削　鼻鳴紐解　待哉　何時見　念吾

稲岡は「〜ケリ・タリ・リ」を含む文脈について、「人麻呂の判断は驚くほど正確に、緻密に働いている」といった趣旨を繰り返し述べている。けれども、文字の衣装を取り除いてAの①「〜モミチシニケリ」と(1)「〜ナホコヒニケリ」を比べてみると、「在」を表記しない後者が「現在、その状態にある」表現ではないと言い切れるだろうか。念のためAの①・(1)を音声表記で示し、声の歌として聞き取ってみることにしよう（A①「色服染《にほはしそめむ》」は渡瀬全注巻七の訓に従う）。

A①わがころも　にほはしそめむ　うまさけ　みむろのやまは　もみちしにけり
A(1)このやまの　もみちのしたの　はなをあれ　はつはつにみて　なほこひにけり

文字表記を意に介さなければ、A(1)のナホコヒニケリは詠嘆の表現であるが、状態としては「現在もやはり恋している」という意味を含むであろうから、「在」で文字化されてもよいはずである。反対に、「在」を表記する

A①のモミチシニケリを、一首の全体から気づきの詠嘆でないと言えるであろうか。これは、状態としては「現在、黄葉している」が、そのことを詠嘆的に表現しているとみるのが素直な読みではないか。そうでなければ、この歌は黄葉している状態を事実的に述べるだけの冷たい表現になってしまうはずである。稲岡はA①を、現在その状態にあることに「抒情のポイント」をおいた表現で、書き手はそれを正しく読み取って「在」で示したというが、その抒情のポイントこそ気づきの詠嘆であろう。このことは表記／無表記の対立にかかわりなく、すなわち、文字表記とはかかわりなく、ニケリ表現をとるA①〜⑨、A(1)〜(5)の十四首すべてにいえることなのである。

BCも同様であろう。「在」を表記しないB(3)「マキテモチタル　イマヨリハ」、C(3)「イツカモミムト　オモヘルワレヲ」は、表現そのものとしては、「在」を表記するB②・C①と同じように「現在、その状態にある」ことをいうことに変わりない。これも、タリ・リを表記しない他の十二首すべてについていえることである。ニケリのばあいも含めて、稲岡説では、それが「在」で文字化されるのは、書き手が「現在性を強調するため」であるとされる。だが、このような論の運びは一種のトートロジーではないだろうか。「在」を書かない歌が「現在性」の表現でないことの理由は、「在」を書くことが「現在性の強調」であるという、論者の立てた前提によってしか説明できないからである。

稲岡は、渡瀬が「〜ニケリ／在」を気づきの詠嘆とし、これを「在＝祭」の訓詁で解いたのを批判して、表記されないニケリも気づきの詠嘆であるから、文字化されることとされないことの対立点はどこにあるのか、と疑義を挟んだ。「在＝祭」に関しては、たしかにその通りであろう。渡瀬説は不備をかかえているが、しかし、稲岡の立てた基準も恣意的で、歌の解釈を歪めてしまうのである。表記／無表記に何か意味があるとすれば、その基準はもっと客観的なところに求められるべきである。

そこで先の資料一覧を眺めてみると、渡瀬の指摘した構文形式の対立に重大な関心を寄せざるをえなくなる。というのも、資料一覧の下段に示したように、アリ系助動詞によって統括される構文を［〜ガ、〜スル］という主述形式で分析し、客体叙述と主体叙述に区別すれば、その結果はきわめてあざやかに表記／無表記に対応するからである。三十八例中、対応しないのは六例（＊印）のみで、対応率は八十四％になる。偶然にしては異様な数値というほかない。アリ系助動詞が表記されるのは客体叙述、表記されないのは主体叙述という対応関係がほぼできあがっているのである。渡瀬はこの現象について、抒情主体（歌い手）によって統一された主情的な表現のばあい、ニケリ・タリ・リは「自然に読添えられる」[*8]のだという説明を繰り返している。いったい、なぜ、自然に読めるのだろうか。

渡瀬説において、その答えはじつは「読添え」という概念に用意されている。渡瀬のいう「読添え」は、書かなくても読めるものは読み添えにするということで、「文字化と読添えは表記の両面である」[*9]とされている。これを前提にすれば、確かに読み添えになっている語は書かれなくても自然に読めることになる。けれども、この論理は、稲岡とは別のかたちでトートロジーを免れないであろう。なぜなら、渡瀬のいう「読添え」概念が有効なのは、類型的な慣用表現か、さもなくば文脈によって読みが保証されるケースであるが、アリ系助動詞の表記／無表記はそのいずれにも該当せず、人麻呂歌集略体歌にだけみられるまったく特異な現象だからである。

3 アスペクトの像化

それにしても、どのような理由で、客体叙述のアリ系助動詞は文字化され、主体叙述のそれは文字化されないのであろうか。人麻呂歌集の略体歌に限ってみられるこの不思議な現象は、渡瀬の注意深い観察によってはじめて明るみに出されたのであるが、その理由はまだ十分には解明されていないのである。そこで、アリ系助動詞の名で括られるニケリ・タリ・リの性質に立ち戻ってみることにしよう。

先に触れたように、「在」の表示するものは音形（シニフィアン）ではなく、意味内容（シニフィエ）であった。それは書き手の解釈によって引き出されるが、助動詞のばあい、解釈すべきシニフィエは、動詞の表現をさまざまに規制したり方向づけたりする機能である。稲岡も渡瀬も、これを気づきの詠嘆だとか継続・完了といった用語で説明したが、略体歌の書き手（人麻呂）にはそういった文法概念は未知のものであった。にもかかわらず、実際にはかなりデリケートな区別がなされている。たとえば、ニケリは文字化されるがケリ（四例）および同類のキ（十二例）は文字化されず、タリやリと同じく完了系とされるツ（八例）・ヌ（六例）も文字化されないし（ただし、ツはテシ、ヌはニケリのばあい文字化）、また、推量系のム（四十二例）・ラム（五例）・ケム（七例）・マシ（五例）などは一貫して文字化されていない。そうしたなかで、ニケリ・タリ・リが表記されるのは（無表記については後述）、何らかの点でこれらが他の一群から区別されたからであろう。

これを、品詞分類的な範疇とは別の観点から眺めてみると、おおむね、表記はアスペクト系の助動詞、無表記はムード系の助動詞になっている。アスペクト（aspect＝相）にしろムード（mood＝法）にしろ、文法書の説明はいささか難解であるが、かいつまんでいえば、アスペクトは〈ある動作なり状態を開始～継続～終止～結果の流れで過程的に示す言い方〉であり、ムードは〈話されることがらに対する話者自身の気持ちを示す言い方〉である。[*10]双方の顕著な違いは、アスペクトが客観的であるのに対して、ムードは主観的であることだ。これに照らせば、ニケリ・タリ・リは、いずれも「～シテイル・～シテシマッタ」という客観的な状態を示す点でアスペクトの表現であるが、ニケリについては主観的な詠嘆の意も帯びてムード的な面が強い。ツとヌは完了の助動詞とすればアスペクト表現であるが、意味的には完了したことを確認する気持ちがあるとされるので[*11]、ムード的な性格をもっていることに注意したい。推量系の助動詞は、事態を推し量る気持ちを表す典型的なムード表現とされている。

「在」で表記される助動詞と、他の助動詞をアスペクト／ムードできれいに区分けすることはできない。しかし、この概念がさしあたって有効であると思われるのは、それらが、言語表現を発話の場に即して捉える生きた範疇だからである。アスペクトやムードは記述文法のカテゴリーであり、だから規範文法のカテゴリーほど相互排他的ではない。実際の発話ではひとつの言い方が両面を含むことがしばしばあり、それだけに、アスペクトやムードの分析にさいしては、発話状況に即した柔軟さが要求されるのである。いずれにせよ、ニケリ・タリ・リなどが「在」で表記されたりしなかったりする現象は、規範的な文法概念で抽象する前に、まず、具体的な言語行為――このばあいは歌を〈よむこと（誦詠）〉と〈書くこと〉の局面において捉えるべき問題なのである。そこで、とりあえず「～在」の表記と無表記が、アスペクトやムードとどのようにかかわっているか検討してみることにしよう。

この観点から注目すべきは、もっぱらアスペクトにかかわるタリ・リよりも、アスペクトとムードの要素をともに含むニケリである。ニケリのこうした性格は、稲岡説とも不可分であろう。稲岡説では「在」の表記／無表記によって、ニケリが現在の状態／気づきの詠嘆に区別されたが、これはそのままアスペクト／ムードに置き換えることもできるからだ。もっとも、ニケリの意味合いはかなり複雑である。つきなみにいえば、ヌは完了の確認、ケリはそれまで継続していたことへの気づきであり、どちらもアスペクトとムードを融合する助動詞である。ニケリを「気づきの詠嘆」というのは、ムードの面が重視されるからであるが、これを概念（用語のメタ言語的な意味）として固定してしまうと、ニケリの生きた姿が見失われてしまうであろう。この複合助動詞の入り組んだ意味合いを、竹内美智子は話者の心理に即してより具体的に次のように記述している*12（傍線と波線は引用者）。

「ぬ」には思うままにならない事の成り行きを嘆く気持、自然や時間の流れを感慨をもって眺める気持などが伴いやすい。そのような「ぬ」で表された成り行きを話手の確かな現在体験として認識する「けり」で承けることによって、「ぬ」の感情的意味は主体的にしみじみとした体験となるのである。

右の引用文中、傍線部はアスペクト、波線部はムードにかかわる。アスペクト的なものをムードが統括するという説明になっており、ケリについても「いつからとなく過去から継続してきて現在にあることを話手が現在の立場において認識する」ことであるとされている。〈キ＋アリ〉を語源とするケリは潜在的には客観叙述であるが、実際にはそれを回想する機能を担うので、ムード的な意味合いの方がより優勢になるのであろう。アスペクトはいわば背景化しているのである。ニケリのばあい、ニ（ヌ）がそれをいっそう助長することになる。略体歌において、そうしたムード的な「～ニケリ」表現のいくつかが「在」で文字化されるわけである。

ところが、「在」の文字そのものは、タリやリに当てる「在」との関係からみて、ムードではなく、アスペクトの意味を担わされているとみることができる。「～ニケリ・タリ・リ／在」は、アスペクト動詞の根源である存在詞「アリ／在」の転用とみられるからだ。漢語の「在」も、むろん、れっきとしたアスペクト動詞である。「アリ／在」の「～ニケリ・タリ・リ／在」への転用は、ニケリ・タリ・リの語源解析によるのではなく、アスペクト動詞アリの訓字として常用される「在」が、ニケリ・タリ・リのアスペクト的な機能にも通用されたからであろう。このように「～ニケリ／在」が存在詞「アリ／在」の転用であるなら、「～在」の文字はムードではなく、あくまでもアスペクトを表示しているとみなければならない。声と文字のあいだには、顕著なギャップが存するのである。

稲岡説では、このギャップが考慮されず、文字の表現と声のことばが表裏一体に捉えられている。そのため「在」の表記／無表記が、そのままアスペクト／ムードの対立として理解されているのである。これを簡単に示せば、《表記／無表記＝現在の状態（アスペクト）／気づきの詠嘆（ムード）》といったかたちになる。稲岡は「現在の状態／気づきの詠嘆」を相互排他的なものとするので、表記された「〜ニケリ／在」からムード（詠嘆）が排除され、表記されない「〜ニケリ」からはアスペクト（状態）が排除されてしまうのである。これが、どのような不都合をもたらすか、改めて確認しておこう。たとえば、先にあげた一覧のA⑨「袖振《そでふらば》　可見限《みつべきかぎり》　吾雖有《われはあれど》　其松枝《そのまつがえに》　隠《かくらひにけり》　在」に、稲岡は「袖を振ったら見えるぎりぎりまで見送ろうと、わたしは立っているが、あの松の枝に隠れてしまっている」という訳をつけ、下二句を次のように解説している。*13

全集に「その松の枝に隠れてしまった」と訳している（集成には「とうとう、あの松に隠れて見えなくなってしまった、ああ」とする）が、「―ニケリ」を含む歌で「―在」と記すのを見ると、「―している」意味を強調していると判断される。いまは隠れてしまっている、の意。

いわれる趣旨は「〜してしまった、ああ」とムード（主観的な気持ち）を前面に押し出す集成の読みを否定し、一首の抒情を「〜隠れてしまっている」というアスペクト（客観的な状態）で読み取ろうとすることである。だが、上句の「見つべき限り吾はあれど」で詠み手（女）の切ない心情が強調されているので、これを客観的な描写で承けるのは、歌のシンタックスからみていかにもアンバランスであろう。「（あの人が袖を振るのが）見えるぎりぎりのところまで見送ろうと、わたしは立っているが」という上句と、「（あの人は）松の枝に隠れてしまった」という下句の逆接関係は、詠み手の想いが松の枝に遮られてしまい、相手が見えないことを嘆くのに効果的な表現である。したがって、感情の表出は上句から結句へ向けて増幅されていくのである。結句からムード性を排除する稲岡の解釈は、このシンタックスに背くといわざるをえない。ここはなんとしても集成の「～しまった、ああ」という読みを正解としたいところだ。それでなければ歌にならない。

アスペクトやムードは、あくまでも現実の生きた言語現象である。そのような「～ニケリ」表現が「在」で文字化されるならば、それらは相互浸透的にはたらくであろう。右の歌でいえば、「～隠在」の文字表現においては、もともと背景ではどのような事態が生じるのであろうか。右の歌でいえば、「～隠在」の文字表現においては、もともと背景ではたらいていたアスペクト（隠れてしまった、という現実）が「在」の文字によって表面化し、そのためムード的な意味は文字の裏に伏せられたかたちになっている。しかし、一首の抒情を収束するムード（隠れてしまったことの嘆き）が、歌の表現そのものから排除されるわけではない。なぜなら、この歌のばあい、隠れてしまったことがアスペクトとして表面化したことによって、嘆きのムードはかえって強化されるからだ。単純なことだが、嘆きの原因は恋人が隠れてしまったことにあるので、その事態がクローズアップされれば、嘆きの感情もよりいっそう切実なものとなる。

「～其松枝 隠在」というかたちで書き出されたこの一首において、「～在」という文字表現のアスペクト性と「～ニケリ」という音声言語のムード性は、相互排他的な関係にあるのではない。まったく反対に、それらは、いわば互いに共鳴し合う関係をなしているのだ。書かれた歌の解釈としても、そのような角度から読み取る方がよほど素直であろう。そのさい、「在」の文字そのものはどのように機能するのであろうか。右に、「～隠在」は隠れてしまったことをクローズアップするといったが、詳しくいえば、視覚化し、イメージとして映像化することである。「～カクラヒニケリ」にもともと含まれていたアスペクトが、「～隠在」という文字によって像化されるのである。表記と無表記の違いも、そこにある。「～カクラヒニケリ」をただ「～隠」と書けばアスペクトは背景化したままだが、「～隠在」とすれば、「隠れている」というかたちでアスペクトが前景にあらわれ、そのため、それが視覚的な映像としてより強くイメージされることになるのである。

　このように、「～隠在」の「在」はアスペクトを像化する役割を担っている。このことは、アスペクトの性格からみても相応しい機能であろう。すでに触れているように、アスペクトは動作や状態の客観的な様相であるが、それはあくまでも話者の心的イメージのなかで表象されるものだからである。他の八例「黄葉在」「沾在哉」「乗在哉」「月経在」「猶恋在」「後悔在」「沾在哉」「乗在鴨」などについても、いちいち吟味するまでもなく、いずれもアスペクトが前面に出されることで詠嘆の感情をいっそう強める効果をもつのである。「～ニケリ／在」はアスペクトの像化として機能するとみてよいであろう。

　このことはニケリだけでなく、「～タリ・リ／在」の十二例についてもいえるはずである。タリ・リは典型的なアスペクト助動詞とされるので、改めて確認するまでもないのだが、渡瀬が、「在」の訓詁で個々の意味を細かく区分けし、そのいくつかを、特殊な意味合いに分析しているケースがある。「察」で解く「～ニケリ／在」の九首は、すべて客体的事実（アスペクト）を観察し確認して詠嘆する（ムード）意とされるので、右に述べたところと齟齬しない。「～タリ・リ／在」の十二例も、「存」で解かれるのはアスペクト性が把握されているとみてよいが、次にあげる七例は「終」や「居」で解かれ、「存」とは区別されている。[*14]

B①　吾妹子　見偲　奥藻　花開在　我告与（7一二四八）
B④　山代　石田社　心鈍　手向為在　妹相難（12二八五六）
C①　海神　手纏持在　玉故　石浦廻　潜為鴨（7一三〇一）
C②　海神　持在白玉　見欲　千遍告　潜為海子（7一三〇二）

C④　千早振　神持在　命　誰為　長欲為（11二四一六）
C⑤　紐鏡　能登香山　誰故　君来座在　紐不開寝（11二四二四）
C⑧　肥人　額髪結在　染木綿　染心　我忘哉（11二四九六）

渡瀬は、B「～タリ／在」の①と④を「～シテイル」という継続ではなく、完了とみており、花が咲く、手向けをする、ということは「過去の一時点において完了している」ので、これらの「～在」は「終」の意味で用いられているのだとする。しかし、この説明は微妙に誤謬を含むものである。「～タリ」の完了的意味は、あくまでもアスペクト（完了したことの状態）として表現されるのであって、「過去の一時点において完了している」から「終」の意味なのだという見方は、ややテンスに傾く嫌いがある。動作や状態は〈開始～継続～完了～結果〉という一連の流れのなかにあり、それらの各相がすなわちアスペクトである。これを語彙的に分割するのは、詠み手の表現意識に照らして微細に過ぎよう。「花が咲いたら」「手向けしたからであろうか」は完了や結果の様相（アスペクト）をイメージした言い方である。これらに「～在」が当てられるのは、その状態がなんらかのかたちで現在もアル（存在する）からである。その点で、アスペクトとしては、継続相と対立することなく、同一の範疇で捉えることができるのである。

C「～リ／在」の①②④⑤⑧は、「海神」「神」「肥人」「君」などの神格・人格が鎮座したり臨場したりすることの表現なので、「居」の義によって「～在」の表記がとられたとされている。[*15] 一種の尊敬表現と解釈するわけであるが、この識別はさほど意味をもたないであろう。挙げられている五例がすべて「～シテイル」という継続相であることは明白であり、アスペクトの観点からは、強いて他の継続相（Cの③⑥⑦）と区別すべき理由はないからだ。

渡瀬の訓詁的な差異化は解釈上の措置であって、書き手の立場からすれば十二例の「〜タリ・リ／在」はいずれもアスペクトの表現として受け取られていたとみてよい。すなわち、これらに「〜ニケリ／在」の九例をくわえて、人麻呂歌集の略体歌においてアリ系助動詞が「〜在」で書かれる二十一例は、いずれもアスペクトを像化する機能をもつと思われるのである。

4　書くことの内部

ところが、同じ「〜ニケリ・タリ・リ」であっても「在」を表記せず、アスペクトが像化されないケースがあるのはなぜであろうか。この問題は、いうまでもなく「在」の表記／無表記にかかわる。稲岡説でも渡瀬説でも、これの説明が一番の難問であった。

そこで、これまで辿ってきたところを整理してみると、まず、稲岡の立てた表記／無表記の基準（現存／気づきの詠嘆・完了）はすでに述べた理由で成り立たないが、渡瀬の指摘したアリ系助動詞が統括する構文形式の違い——すなわち、客体叙述のアリ系助動詞は「在」で表記され、主体叙述のそれは表記されないという現象は、まだ大きな疑問として残されたままである。この不思議な現象をアスペクトの角度から記述してみると、客体を主語にするアスペクトは「在」で書かれ、主体を主語にするそれは書かれない、ということになる。いったい、なぜ、客体のアスペクトは「在」で書かれ、主体のアスペクトは「在」で書かれないのか。先刻からの疑問は、すべてこの点に集約されるのである。

これを解く糸口は〈書く〉という行為そのものにあると思われる。なぜなら、アスペクトが一般に実際の言語運用（話す）においてイメージされるものであるとするなら、略体歌の表記者において、その言語運用とは〈歌を書く〉という行為に他ならなかったからだ。先に挙げたA⑨「袖振　可見限　吾雖有　其松枝　隠在」のケースでいえば、「〜カクラヒニケリ」という声のことばが文字に書かれるときに、書き手の脳裏にイメージされるアスペクトが「〜隠在」の表記をとらせるわけである。ならば、書かれないばあい、アスペクトの問題はどのようになっているのか、そしてまた、それは構文上の主述形式とどのような関連をもつのか。こうした問題に理解を得るためには、どうしても書く行為そのものを直視してみる必要がある。その辺のところを別の事例で考えることにしたい。

A①　我衣　色服染　味酒　三室山　黄葉為在（7一〇九四）
A(4)　遠山　霞被　益遐　妹目不見　吾恋（11二四二六）
A(5)　忘哉　語　意遣　雖過不過　猶恋（12二四八五）

まず、Aの①と(4)で主述の構文形式を対照させてみると、「在」を表記する①は「三室山ハ→黄葉シニケリ」という構文になるので、「黄葉シニケリ」の主格は「三室山」という客体である。一方、無表記の(4)は「吾ハ→恋ニケリ」という構文になる。この「吾」は①の「三室山」と同じ位相にあるのではなく、いわゆる表現主体と呼ばれるものである。表現主体は作中主体ともいわれるように、〈作中のわれ〉を歌の実作者から切り離し、一首の抒情を体現する主体の在り方を、表現レベルにおいて分析するために立てられた概念である。[*16]

この構造論的な概念を、歌が誦詠される現実に即して生成論的に捉え直せば、表現主体は、具体的には歌を誦詠する詠み手（一般には「歌い手」といわれるが、和歌はうたうものではなくよむものなので、「歌い手」という用語は避ける）によって体現されるとみなければならない。すなわち、「〜ワレコヒニケリ」の「ワレ」は、この歌の詠み手その人である。①の「～黄葉シニケリ」の主格「三室山」は詠み手にとっては客体的なものだが、⑷「～恋ニケリ」の主格は詠む主体そのものなのである。

このように、同じ「～ニケリ」という述部表現であっても、Aの①と⑷は、主格の在り方が異なっている。Aの⑸は「～猶恋」の主格が表現されていないが、「ワタシハ、ヤハリ恋シテイルコトダ」という意味であるから、むろん、⑷と同じく詠み手自身が主格になっていることは明らかである。これが渡瀬の指摘した客体叙述／主体叙述の実態であった。このような現象は「～在」の表記／無表記とどのような関連があるのであろうか。ふたたびA①にもどってみると、初句の「我衣」の「我」も表現主体の「我」である。これが「ワガコロモ～」と声で詠み出されるとき、表現主体の「ワガ」は詠み手によって担われるが、さて、書かれるばあいはどうなのであろうか。

書き手は、単なる記録者なのではない。というのも、先に述べたように、下句の「三室山　黄葉為在」という文字表記が、書き手のイメージにあらわれるアスペクトの像化であるなら、そのとき、かれは「ミムロノヤマハモミチシニケリ」という表現の内部にいなければならないからだ。この表現は、書き手の出会う内的現実なのである。書き手は表現の外部からことがらを記録するのではない。かれは歌の内部に入り込み、表現をまさに体験しているのだ。それが〈書くこと〉の実態である。この歌のばあい、「ワガコロモ　ニホハシソメム～」が「我衣　色服染～」と書き出されるとき、書き手は、当然、表現主体である「我」に同化しているとみるべきである。この点で、書くことは詠むことと同じ位相にあるといってよい。

とはいえ、一方で、書くことは歌の声を消去することである。詠むことと書くことは、やはり根本的に対立するとみなければならない。詠むことから書くことへの変化は、シニフィアンが聴覚的なものから視覚的なものへ切り替えられることである。なぜなら、歌が誦詠されるとき、詠み手の脳裏に意識される意味（シニフィエ）は自身の肉声（シニフィアン）に溶け合っているが、書く作業は、その聴覚的なシニフィアンを消去し、宙ぶらりになってしまったシニフィエの内実をすばやく文字に転換し、対象化していくことだからである。

このとき、書き手は聴覚イメージを視覚化することに注意を凝らし、そうすることで歌の内部に入っていく。そして、歌の内部に入ったとき、書き手は表現主体の立場を獲得して、おのずから〈作中のわれ〉そのものに変容していくのだ。そのような立場において、かれは「～ミムロノヤマハ　モミチシニケリ」という音声が担っているシニフィエを、文字によって表現するわけである。そのさい「モミチシニケリ」がアスペクトとして像化されるのは、それが、表現主体（書き手）にとって見られるべき対象として立ち現れるからに他ならない。こうして「～三室山　黄葉為在」という表記が成立するのである。

「在」を表記しないA(4)「遠山　霞被　益遐　妹目不見　吾恋」はどうであろうか。これが「～吾恋在」とされないのは、「コヒニケリ」という表現が、書き手の意識においてアスペクトとしては対象化されていないからである。その理由は、すでに触れているように、アスペクトが客観的な様相にかかわるということと切り離せない。なぜなら、「～（イモガメミズテ）ワレコヒニケリ」の「コヒニケリ」は作中主体の抒情であるが、書く行為のなかで書き手はその作中の〈われ〉に融合し一体化するので、それはまったく書き手自身の体験する抒情になっているからである。このように、「コヒニケリ」は書き手の体験として生じるものなので、書き手の主観から分離しにくい現象なのである。

先にみたように、もともと「～ニケリ」はムード性のつよい表現であった。それが書き手の主観に収束されるため、「ミムロノヤマハ→モミチシニケリ」のように、客観的なアスペクトとしては対象化されなかったのである。「コヒニケリ」のアスペクトは書く行為そのものが生み出す様態として、書き手自身の主観に溶け合っているわけである。書く行為のなかで生じるこうした現象は、「～タリ・リ／在」のばあいもまったく同様であろう。

B①吾妹子　見偲　奥藻　花開在　我告与（7一二四八）
B⑴年切　及世定　恃　公依　事繁（11二三九八）

C①海神　手纏持在　玉故　石浦廻　潜為鴨（7一三〇一）
C⑵霞発　春永日　恋暮　夜深去　妹相鴨（10一八九四）

「在」を表記するB①・C①は「花ガ↓ヒラク」「海神ガ↓（玉ヲ手ニ）マキモツ」という客体叙述であり、無表記のB⑴・C⑵は「（私ガ）↓タノム」「（私ガ）↓（妹ニ）アフ」という表現主体を主格にとる形式である。「在」が表記されるのは、歌のなかで表現される「花」や「海神」といった客体が、書く行為のなかで、〈今、そこに、そのような様相で存在する〉ものとして視覚的に立ち現れるからである。無表記の「タノメタル（頼りにしている）」「アヘルカモ（会ったことよ）」も、同じようにアスペクトを表現しているが、しかし、それは書き手自身の体験する様相である。したがって「コヒニケリ」のばあいと同様、書き手の主観に溶け合うアスペクトであり、そのため、書く行為のなかで客観的に視覚化される契機をもたないと考えられるのである。

　このように「～ニケリ・タリ・リ／在」の表記と無表記は、客体のアスペクト／主体のアスペクトにほぼ対応する。「在」が書かれないのは、おおむね表現主体を主格にとるケースであった。けれども、書き手は一首の構文を主述形式で区別して書き分けたのではあるまい。「在」の表記／無表記は、そのような文法的な基準から機械的に区別されるのではなく、あくまでも、歌を書く行為のなかで結果的に生じたものとみるべきである。ちなみに機械的な区分けに当てはまらないケースをあげてみよう。

A⑤　世中　常如　雖念　半手不忘　猶恋在（11二三八三）
A⑦　行々　不相妹故　久方　天露霜　沾在哉（11二三九五）
B④　山代　石田社　心鈍　手向為在　妹相難（12二八五六）
B⑷　我屋戸　甍子太草　雖生　恋忘草　見未生（11二四七五）
C⑷　石踏　重成山　雖不有　不相日数　恋度鴨（11二四二二）
C⑻　磯上　立廻香樹　心哀　何深目　念始（11二四八八）

「在」を書くA⑤・A⑦・B④の主述形式は「（私ハ）↓（カタテ、忘レズ猶）恋ヒニケリ」「（私ハ）↓（天露霜ニ）ヌレニケリ」「（私ハ）↓（手向ヲ）為ニケリ」となる。いずれも表現主体を主格にとる構文であり、無表記になるべきケースである。一方、B⑷・C⑷・C⑻は「甍子太草ガ↓生ヒタリ」「山ガ↓重成レタリ」「廻香樹ガ↓立テリ」の主述形式であるから、「在」が表記されるべきところである。例外のケースは三八例中六例のみで、機械的な区別によらないとすれば十分ありうる誤差とみられなくもないが、書くことの内部に引き戻して考えてみたい。

A⑤「～半手不忘　猶恋在」の「半手」は難訓である。これをカタテと訓み「ひたすら」の意とするのは（全註）、カタツが「祟」の訓であるから成り立ちにくいであろう。「半手不忘」を「ハタ（一方では）、タワスレズ（タは接頭語）」とする見方もあるが（注釋）、文字に即して有力なのは、カタテを「ちっとも」の意にとりカツテと同義とする説（古典全集）である。副詞のカタテが「半手」で表記されているわけであるが、このような義訓的な用字は略体歌にしばしばみられる書法である。そのばあい、「カタテ／半手」が「片方の手」のイメージによって二重化され、文字表現として像化されるのである。

この類は「玉垣入　風所見」（11二三九四）などが顕著な例で、ホノカニということばが「垣根に入る風」のイメージに像化されている。[*17] それと同じで、「半手不忘ナホコヒニケリ」の文字面は「半手＝片方の手」があたかもコヒニケリの主格であるかのようにはたらくので、客体叙述のかたちになったのではないか。A⑦「天露霜沾在哉」・B④「手向為在」はアメノユツシモとタムケが格助詞（〜ヲ）をとらないので、「天露霜〜」「手向〜」が提示語のようにはたらき、「天露霜ガ（私ヲ）沾ラシテイル」「手向ガ為サレテイル」というアスペクトでイメージされたのかもしれない。

「在」を表記しないものでは、B(4)「雖生」とC(4)「重成山」に異訓がある。これを「オフルトモ」「カサナルヤマハ」と訓めば、アリ系助動詞のリを含まない表現なので、検討資料のリストからはずれるが、やはり「オフレドモ」「ヘナレルヤマハ」の訓をとるべきかと思う。そのさい、集中の事例をみると、「雖〜」はほとんどすべて一字で返訓するパターンが定着しているので、二字で返訓する「雖生在」のかたちが嫌われたたのであろう。C(4)「ヘナレル〜」は「重成〜」が義訓であり、重なるイメージで像化が行われているため、書き手の注意がそちらに向けられた可能性がある。

C(8)「立廻香樹」のばあい、「タテル〜」が「オモヘル〜」「アヘル〜」に次いで固定化が強い[*18]ので分節されなかったのかもしれないが、この「タテルムロノキ」のばあい、書き手の注意はまちがいなく「ムロノキ」の文字化に集中したはずである。ムロノキは他に七例あり、字音二例、訓字では「室ノキ」が三例、「天木香樹木」（3四四六旅人歌）が一例である。「室木」とでもすれば「立在室木」とする余裕も生まれようが、「廻香樹」の用字選択にはよほどの注意が費やされたはずだ。

いずれにせよ、「〜在」の表記と無表記が、あらかじめ設定された何らかの基準によって機械的に行われたとは考えられない。「在」が書かれることと書かれないことの区別は、表面的にみれば、書き手のイメージ体験のなかで生じる意図せざる形態であったといってよいが、背後を探っていけば、それは、歌を書くという行為のいわば無意識的なメカニズムを投影した現象として捉えることができるのである。

5　おわりに

以上、人麻呂歌集の略体歌において、アリ系助動詞が「在」で表記されたりされなかったりする現象について検討をくわえた。この問題に関して稲岡・渡瀬論争のもたらした成果は貴重で、本論もほぼ全面的にそれに依拠するものであるが、疑問点を突き詰めていくと、双方の議論を成り立たせている前提そのものに疑問があるようだ。

簡単にいえば、どちらにおいても、表記というものを書き手の具体的な行為なり作業から切り離して捉えていることである。表記上の現象は、いかなる細部であっても書き手の行為によってもたらされるので、表記形態の含意するところは、〈書く〉ことの局面において捉えねばならない。表記論は書記行為論である。だから、書かれたもの（表記形態）の意味は、書くこと（書記行為）そのものにおいて読み解かれねばならないわけである。

書かれたものから書くことへの視点の切り換えは、人麻呂歌集のみならず、人麻呂作歌の読み取りにおいても必要である。その複雑なテクスト世界は、いずれも書く行為なしには構築されることがなかったからである。

注

＊1　後藤利雄『人麿の歌集とその成立』一九六一年十月。

＊2　阿蘇瑞枝『柿本人麻呂論考』一九七二年十一月。

＊3　沖森卓也「上代文献における「在・有」字」一九七九年六月『国語と国文学』、『日本古代の表記と文体』所収。

＊4　稲岡耕二「人麻呂歌集の訓みの基底（二）」一九八八年十一月『万葉集研究』第十六集、「書かれた言葉・書かれない言葉」一九八九年三月『萬葉』百三十一号、「人麻呂における時の表現と文字」一九九七年五月『萬

葉』百六十一号、『人麻呂の表現世界』一九九一年七月等。本稿の引用はすべて『人麻呂の表現世界』によった。

＊5　渡瀬昌忠 a「人麻呂歌集の略体歌と訓読漢字――「行行」の歌と文選・爾雅――」一九八八年八月『萬葉』百二十九号、b「人麻呂歌集略体歌の助辞表記――文字化と読添え――」一九八九年三月『萬葉』一三一号、c「人麻呂歌集略体歌の助辞表記（続）――文字化と読添え――」一九九〇年三月『萬葉』一三五号、d「人麻呂歌集略体歌の助辞表記（完）――文字化と読添え――」一九九〇年七月『萬葉』一三六号。a・b・c・dはいずれも『渡瀬昌忠著作集　第一巻　人麻呂歌集略体歌論　上』所収。

＊6　渡瀬前掲a・b。なお「在＝察」は沖森論文でも指摘されている。

＊7　渡瀬前掲c・d。

＊8　渡瀬前掲d。

＊9　渡瀬前掲b。

＊10　金田一春彦編『日本語動詞のアスペクト』一九七六年五月、山口佳紀『古代日本語文法の成立の研究』（第三章第三・四節）一九八五年一月、森山卓郎『日本語動詞述語文の研究』一九八八年三月、工藤真由美『アスペクト・テンス体系とテクスト』一九九五年十一月、等。なお、基本的なものとしては『日本語学』一九九〇年十月号の用語解説特集が有益である。

＊11　吉田金彦『上代語助動詞の史的研究』（第三章第一・二節）一九七三年三月。

＊12　竹内美智子『岩波講座　日本語7　文法II』（助動詞(1)）一九七七年二月。

＊13　稲岡耕二『萬葉集全注　巻第十一』一九九八年十月。

＊14　渡瀬前掲c。

＊15　渡瀬前掲d。

＊16　門倉浩「「献新田部皇子歌」と表現主体」一九八一年六月『古代研究』13（日本文学研究資料新集2『万葉集』に収録）、身﨑壽「吉備津采女挽歌試論――人麻呂挽歌と話者――」一九八二年十一月『国語と国文学』。

＊17　山崎福之「略体と非略体――人麻呂歌集の表記と作者の問題――」一九八八年十一月『国文学』学燈社。

＊18　吉田金彦前掲書。

六　人麻呂作歌の異文系と本文系

1　はじめに

人麻呂作歌の目立った特徴は多くの異文をもつことである。長短歌の複数歌群で形成される代表的な十一作品のうち、まったく異文をもたないのは「安騎野猟遊歌」（1四五～四九）と「石中死人歌」（2二二〇～二二二）だけである。他は多かれ少なかれ異文が併記されている。

むろん、異文をもつことじたいは何も人麻呂の歌に限ったことではない。万葉集全般についていえることであるが、それにしても人麻呂作歌は頻出する度合いが際立っており、他の一般的な状況と同列に扱えない面がある。それに関しては、最近は、ひところよく言われた口承による訛伝とする見方は影をひそめ、文筆による推敲と考える説が有力視されている。大筋として然るべき成り行きと思われるが、なお、問題がないわけではない。

文筆による書き改めとみるときには、未完成の初案（異文系）から完成された決定稿（本文系）へというかたちで、発展段階的に捉えられがちである。推敲説が抱え込んだこの弱点は、その後の研究によってやや改善され、異文系と本文系にそれぞれ独自性を認める見方が定着している。これは、異文系と本文系のいずれについても発表の場を想定することで成り立つが、しかし、この想定はあくまでも推測の域を脱するものではない。推敲という発想そのものが近代的であるという批判も、むげに退けることはできないであろう。

そこで、本考察では本文系と異文系の記載状況を点検しなおし、人麻呂作品の生成プロセスに探りを入れてみたいと思う。とりあえず、基本的な資料として人麻呂作歌の本文と異文の対照表をすべて掲げておく。

本文・異文の対照表

歌	番号	本文	異文	本文／異文
近江荒都歌	01	日知之御世従《ひじりのみよゆ》	(日知之) 自宮《みやゆ》	時間的／空間的
近江荒都歌	02	天下《あめのした》 所知食之乎《しらしめししを》	(所知) 食来《めしける》	切れる／切れない
近江荒都歌	03	天尓満《そらにみつ》 倭乎置而《やまとをおきて》 青丹吉《あをによし》 平山乎超《ならやまをこえ》	虚見《そらみつ》 倭乎置《やまとをおき》 青丹吉《あをによし》 平山越而《ならやまこえて》	書記的／誦詠的
近江荒都歌	04	御念食可《おもほしめせか》	所念計米可《おもほしけめか》	現在形／過去形
近江荒都歌	05	春草之《はるくさの》 茂生育《しげくおひたる》 霞立《かすみたつ》 春日之霧流《はるひのきれる》	霞立 春日香霧流《はるひかきれる》 夏草香 繁成奴留《しげくなりぬる》	書記的／誦詠的
近江荒都歌	06	見者悲毛《みればかなしも》	見者左夫思母《さぶしも》	主観的／客観的
近江荒都歌	07	志我能大和太《しがのおほわだ》	比良乃《ひらの》大和太	文脈的／現実的
近江荒都歌	08	亦母相目八毛《またもあはめやも》	将会跡思戸八《あはむともへや》	意味強化
吉	09	黄葉頭刺理《もみちかざせり》	黄葉加射之《もみちばかざし》	切れる／切れない
石見相聞歌	10	滷無等《かたなしと》	礒無登《いそなしと》	具体的／慣用的
石見相聞歌	11	滷者無鞆《かたはなくとも》	礒者《いそは》無鞆	具体的／慣用的
石見相聞歌	12	玉藻成《たまもなす》 依宿之妹乎《よりねしいもを》	波之伎余思《はしきよし》 妹之手本乎《いもがたもとを》	叙述的／詠嘆的
石見相聞歌	13	屋上乃山乃《やかみのやまの》	室上山《むろかみやま》 (乃)	文脈的／現実的
石見相聞歌	14	妹之当乎《いもがあたりを》 過而来計類《すぎてきにける》	(妹之) 当者《あたりは》 隠来計留《かくりきにける》	一般的／状況的
石見相聞歌	15	勿散乱曽《なちりまがひそ》	知里勿乱曽《ちりなまがひそ》	書記的／誦詠的
日並挽歌	16	天照《あまてらす》 日女之命《ひるめのみこと》	指上《さしあがる》 日女之命	慣用的／具体的
日並挽歌	17	天雲之《あまくもの》 八重搔別而《やへかきわけて》	天雲之 八重雲別而《やへくもわけて》	書記的／誦詠的
日並挽歌	18	神上《かむあがり》 上座奴《あがりいましぬ》	神登《かむのぼり》 座尓之可婆《いましにしかば》	切れる／切れない
日並挽歌	19	天下《あめのした》	食国《をすくに》	漢文的／儀礼詞章的
日並挽歌	20	其故《そこゆゑに》 皇子之宮人《みこのみやひと》 行方《ゆくへ》 不知毛《しらずも》	刺竹之《さすたけの》 皇子宮人 帰辺《ゆくへ》 不知尓為《しらにす》	叙述／枕詞

河島	21	夜床母荒良無《よとこもあるらむ》	（夜床母） 阿礼奈牟《あれなむ》	現在形／未来形
河島	22	相屋常念而《あふやとおもひて》	公毛相哉登《きみもあふやと》	不人称／二人称
河島	23	越野過去《をちのすぎゆく》	乎知野尓過奴《をちのにすぎぬ》	一般的／状況的
明日香皇女挽歌	24	石橋渡《いしばしわたし》	石浪《いしなみ》 （渡）	人工的／自然的
明日香皇女挽歌	25	石橋	石浪	人工的／自然的
明日香皇女挽歌	26	然有鴨《しかれかも》	所己乎之毛《そこをしも》	立体的／平板的
明日香皇女挽歌	27	片恋嬬《かたこひづま》	（片恋） 為乍《しつつ》	切れる／切れない
明日香皇女挽歌	28	朝鳥《あさとりの》	朝霧《あさぎりの》	対句的／断片的
明日香皇女挽歌	29	進留水母能杼尓賀有万思《ながるるみづものどにかあらまし》	（進留） 水乃与杼尓加有益《みづのよどにかあらまし》	主情的／視覚的
明日香皇女挽歌	30	明日谷将見等《あすだにみむと》	（明日） 左倍《さへ》 （将見等）	断絶的／継続的
明日香皇女挽歌	31	念八方《おもへやも》	念香毛《おもへかも》	意味強化
明日香皇女挽歌	32	御名忘世奴《みなわすれせぬ》	御名不所忘《みなわすらえぬ》	能動的／受身的
高市皇子挽歌	33	忌寸伎鴨《ゆゆしきかも》	由遊志計礼杼母《ゆゆしけれども》	切れる／切れない
高市皇子挽歌	34	天下 治 賜《をさめたまひ》	（天下） 掃賜而《はらひたまひて》	漢文的／儀礼詞章的
高市皇子挽歌	35	国乎治跡《くにをさめと》	（国乎） 掃部等《はらへと》	漢文的／儀礼詞章的
高市皇子挽歌	36	小角乃音母《くだのをとも》	笛乃音波	意味強化
高市皇子挽歌	37	協流麻侶尓《おびゆるまでに》	聞惑麻泥《ききまとふまで》	意味強化
高市皇子挽歌	38	冬木成《ふゆこもり》 春去来者《はるさりくれば》 野毎《のごとに》 著而有火之《つきてあるひの》	冬木成 春野焼火乃《はるのやくひの》	意味強化
高市皇子挽歌	39	冬乃林尓《ふゆのはやしに》	由布乃林《ゆふのはやし》（尓）	観念的／視覚的
高市皇子挽歌	40	念麻侶《をもふまで》 聞之恐久《ききのかしこく》	諸人《もろひと》 見惑麻侶尓《みまとふまでに》	主情的／視覚的
高市皇子挽歌	41	大雪乃 乱而来礼《みだれてきたれ》	霰成《あられなす》 曽知余里久礼婆《そちよりくれば》	観念的／視覚的
高市皇子挽歌	42	露霜之 消者消倍久《けなばけぬべく》 去鳥乃《ゆくとりの》 相競端尓《あらそふはしに》	朝霜之 消者消言尓《けなばけといふに》 打蟬等 安良蘇布波之尓《あらそふはしに》	一般的／状況的
高市皇子挽歌	43	然之毛将有登《しかしもあらむと》	如是毛安良無等《かくしもあらむと》	一般的／状況的

	44	吾大王《わがおほきみ》　皇子之御門乎《みこのみかどを》	刺竹《さすたけの》　皇子御門乎	叙述／枕詞
泣血	45	声尔聞而《おとにききて》	声耳聞而《おとのみききて》	書記的／誦詠的
	46	山道不知母《やまちしらずも》	路不知母《みちしらずして》	連作的／単独的
	47	打蟬等《うつせみと》　念之時尓《おもひしときに》	宇都曽臣等《うつそみと》　念之（時尓）	書記的／誦詠的
備	48	志我津子等何《しがつのこらか》	志我乃津之子我《しがのつのこが》	文脈的／現実的

表の上段、「吉」は吉野讃歌、「石見」は石見相聞歌、「日並」は日並皇子挽歌、「河島」は河島皇子挽歌、「明日香」は明日香皇女挽歌、「高市」は高市皇子挽歌、「血泣」は泣血哀慟歌、「備」は吉備津釆女挽歌を指す。下段の本文／異文の対照については、追って説明を加える。

2　本文系・異文系の対照

対照表に示したのは異文が本文中に「或云」「一云」の割注で挿入されているケースである。その他に、石見相聞歌の「或本歌」（2一三八・一三九）と泣血哀慟歌の「或本歌」（2二一三〜二一六）も割注の異文系と同じ性質をもつことが確認されている。

これらの「或本歌」と対照表に掲げた四十八例の異文と本文を、推敲の観点からはじめて本格的に分析したのは松田好夫であった。[*1]松田は、異文は未定稿の草案で、本文はそれを推敲して最終的に定稿化されたものとし、本文／異文の関係を、完成／未完成、緊縮／冗漫、個性的／伝統的・一般的・伝誦的・古謡的、詩形の整形／不整形、用字が漢文的・視覚的・芸術的／国文的・覚書き的・通俗的、といったかたちで対照させた。同じく推敲説に立つ稲岡耕二も、泣血哀慟歌の「或本歌」を細かく検討して、本文と異文の関係を、創作抒情歌的表現／限界文芸的表現とみている。[*2] 異文にみられる歌謡的な要素を限界文芸的とし、文字による推敲ということを強調するのであるが、おおむね松田論に同趣とみてよいだろう。

いずれにしても、推敲説は未定稿の草案から決定稿へと発展的に捉えるので、どうしても表現の優劣という見方をとらざるをえない。松田論が出た後、推敲説をより精密に検証した曽倉岑も、異文は用字・表現とも本文に劣るとみている。[*3] こうした見方については、異文と本文にそれぞれ独自性を認めるべきであるとする批判が出されているが、[*4] どのような点でなのか、その独自性が具体的に示されているわけではない。優劣の判断は解釈に基づく主観であるから、より客観的な比較が必要であろう。

右に掲載した一覧表は、比較の基準を〈文体〉と〈発想〉にもとめて本文系と異文系を対照したもので、表の下段に示したのは、この観点から双方を比べてみた結果である。四十八例すべてが文体・発想のいずれかで裁断できるわけではなく、やや説明に窮するケースも残るが、全体的な傾向としては、本文系と異文系は明らかに文体と発想を異にするようである。結論を先取りして言えば、およそ次のことが言えるかと思う。


［A］文体面では、異文系は誦詠体（声でヨム）、本文系は書記体（文字でヨム）の性格をもつ。

［B］発想の面でも、異文系は誦詠の場に即して現実的・状況的であるが、本文系は時間的にも空間的にも誦詠の場から離れ、文字テクストにおいて自己完結する傾向をもつ。


まず［A］の文体については、書きことばとしての性格がより顕著なもの（書記体）と、口頭で詠まれるのにふさわしいスタイル（誦詠体）のちがいで区別したもので、02・09・18・27・33などが、その分かりやすい例である。これらはいずれも異文系で連続していた文脈が本文系では切れ目が設けられるケースである。文を終息することによって意味上の効果が意図されていることもあろうが、切れる／切れないという形式上の差は、耳で聞く音声表現と目で見る文字表現の違いによると思われる。口頭で誦詠されるとき、詠み手は声で聴衆に話題を提示し、聞き手は詠み手の音声を期待するという、音声を介した提示／期待の関係が成り立っている。そのさい、文を終止しないスタイルは、詠み手と聞き手の間に成り立っているこの関係を維持し、ツギニドウナルといった期待感を強めるのにより効果的であると考えられる。

　そもそも人麻呂の長歌は、文に切れ目を入れずに延々とつなげていくところに際立った特徴がある。こうした連綿体は、聴衆を歌の世界に引き込むために編み出された技法であろう。しかし、耳で聞くのに適したこの文体は、目で見る文字ことばとしては冗長なところがある。本文系で、しばしば文に切れ目が入れられて連綿体が中断するのは、耳で聞く聴衆よりも、目で見る読み手が意識されているためであろう。もっとも、だからと言って異文系がはじめから声のことばで作られたとはかぎらない。歌が声のことばで作られるときは即興的な詠出のかたちをとるが、人麻呂作歌の異文系が誦詠の場でなんの用意もなく詠み出されたとはとても考えられないからだ。それはともかく、異文系は具体的な場において誦詠することを前提にして作成されていると考えられるのである。

　03・15・17・45なども、声と文字の差を示す好例である。03「ソラニミツ～／ソラミツ～」は、枕詞としてはソラミツが歌謡的で、ソラニミツは五音の音数律に整えられたかたちであるが、音数律は書かれた文字をヨムことでより明確に意識されるものである[*5]。15「勿散乱曽／知里勿乱曽」では、複合動詞（チリマガフ）を禁止形にするばあい、和語では複合する動詞の間にナを入れるのが一般的で、「勿散乱曽」のように「勿」を語頭に置くのは漢文風に書かれているからである。17の異文「天雲之　八重雲別而」、45の異文「声耳聞而　将言為便　世武為便不知尓　声耳乎」は口頭表現に特有の繰り返しが用いられているが、本文ではともにこの単調なリズムが嫌われている。これはかならずしも表現の優劣ではなく、文体の差とみるべきであろう。

19・34（35）は異文の「食国」「掃」が本文では「天下」「治」になっている。このばあい、異文の「食国」と「掃」がともに宣命や祝詞で用いられる儀礼詞章的な表現であるのに対して、本文系は漢文的な表現である。これらは日並皇子挽歌と高市皇子挽歌の用例であるが、ともに異文系の方が、殯宮挽歌の儀礼性を意識した表現といえよう。このふたつの挽歌では、20・44のように異文系で用いられている「刺竹の」という古い枕詞が叙述性をもつ表現に替えられている。この変更の理由はあまりはっきりしないが、「刺竹の」が繁茂する枝葉を讃美の比喩に転用する儀礼詞章的な性格をもつ点で、「食国」や「掃」に通じるところがあるかもしれない。漢文的・叙述的な本文系に比べて、いずれも異文の方が伝統的・口頭語的な性格をもつのである。20の「不知毛《しらずも》／不知尓為《しらにす》」にしても、口頭語としてはシラニスの方が古形とされている。

異文に古形性が認められるケースには、24（25）の「石橋／石浪」（イシナミは自然に並んだ石を渡ることと思われ、人工的に石を並べるイシバシよりも素朴である）、47の「打蟬等／宇都曽臣等」などがあるが、このような表現形態の新旧とは別に、次に掲げるような、本文系と異文系の比較によってそれぞれが詠まれた時間差の新旧が指摘されているケースがある。

21剣太刀　身に添へ寝ねば　ぬばたまの　夜床も荒るらむ／荒れなむ（2一九四）
23敷栲の袖交へし君玉垂の越智野過ぎ行く／越智野に過ぎぬまたも逢はめやも（2一九五）
30明日香川明日だに／さへ見むと思へやも／かも我が大君の御名忘れせぬ（2一九八）

21・23は河島皇子挽歌の長短歌。左注の「或本には、河島皇子を越智野に葬りし時に」によれば、葬送時の歌である。長歌はきわめて難解であるが、当該箇所については、本文の〈夜床も荒れているだろう〉は現在形、異文は〈夜床も荒れるだろう〉で未来形になっている。渡瀬によれば[*6]、異文は葬送が行われている〈今〉を起点として、その後を思いやるかたちなので、実際に葬送儀礼が行われた直後に詠まれるに相応しい表現である。本文の方はよほど後になってからのものであろう。23の異文「越智野に過ぎぬ」も越智野に埋葬されたことを言うので、長歌の異文に呼応する。30は明日香皇女挽歌で、本文の「明日だに見むと思へやも」は〈明日だけでも会えるだろう、とも思われないのに……〉の意である。澤瀉の言うように[*7]、異文は死の事実をまだ受け入れ難い心情から発せられるのに対して、本文の方はそれを厳粛な事実として受け入れた諦めの表現とみることができる。河島皇子挽歌と同じく、異文の方が死の直後に詠まれているとみてよい。

こうしたことから、異文をもつ人麻呂作歌に二度の誦詠機会を想定し、異文系を最初の発表、本文系はその後に発表されたときのものとし、二度目の発表の時に人麻呂は最初の表現を推敲したのだという見方がなされている[*8]。これが、現在もっとも一般的に受け入れられている推敲説である。たしかに、単なる机上での推敲説に比べてそのような考え方は合理的ではあるが、石見相聞歌や泣血哀慟歌などの文芸作品はともかく、殯宮挽歌のような一回性の強い長歌が繰り返して誦詠の機会をもったことを、事実として検証するのは容易ではない。基本とすべきは、あくまでも異文と本文の差をどのように捉えるかということである。

異文系と本文系を比較対照する基準として、まず文体の面に注目してきたが、[B]として、発想の面でも、異文系が誦詠の場に即しているのに対し、本文系の方は時間的にも空間的にも誦詠の場から離れ、文字テクストにおいて自己完結する傾向をもつことを指摘しておいた。右にあげた21・23・30は、本文系が殯葬儀礼の場から時間的に離れていくケースである。また、日並皇子挽歌と高市皇子挽歌にみられる19・34(35)・20・44などは、異文系の「食国」「掃」「刺竹の」といった用字が示す儀礼詞章的な要素が、本文系で非儀礼的な表現に改められているが、これらは本文系が現実の状況から別の水準に移し変えられたことと関わりをもつかもしれない。

日並皇子挽歌の16「天照日女之命／指上日女之命」も、これに類するケースである。この箇所については、異文に「指し上がる日女の命」とあるのは、日並皇子挽歌が詠まれた当時、皇祖神の称号がまだ確定しておらず、「天照らす」は人麻呂がこの歌を推敲する作業の中で成立したとする一説がある。[*9] しかし、天皇号がすでに天武朝で成立していたことからしても、持統初年に「天照らす」の称号が未成立であったとは考えにくい。異文で「指し上がる」が採られているのはもっと別の理由によるはずである。「指し上がる日女の命」とは、文字通り指し上がる朝日そのものをいうが、このような表現が採られているのは、歌が詠まれた状況に即応しているとみるべきではないか。人麻呂の挽歌と一緒に詠まれたと思われる「舎人等慟傷作歌廿三首」の中には、「朝日照る嶋の御門に〜」（2一八九）・「朝日照る佐太の岡辺に〜」（2一九二）があるので、人麻呂の挽歌が詠まれたのもおそらく日の出の時刻であった。異文の表現は、その状況に即応していることになる。一方、本文はそうした状況から分離したところで刪定されたので、一般的な表現をとったと思われるのである。このように、本文が文字テクストの中で自律する傾向は、他にも認められるようである。

07と48に注目してみよう。07「志我能大和太／比良乃大和太」は近江荒都歌の第二反歌（1三一）で、異文の「楽浪の比良の大わだ淀むとも〜」が本文では「楽浪の志賀の大わだ淀むとも〜」になっている。比良の地が大津京から遠すぎるので改められたとするのが一般的で、また、異文はもともと近江荒都歌とは無関係であって、比良行幸の時の歌が転用されたものとみるむきもある。[*10] しかし、いずれも憶測であろう。比良の大わだは比良の浦のことで、比良山麓に奥行きを広げて南北一〇キロも及ぶ広大な湾曲である。当時、近江の大わだといえばまずはこの「比良の大わだ」が想起されたであろう。「淀む」という具体的なイメージを喚起させるに相応しい固有名であったはずだ。一方、本文の「志賀の大わだ」が辛崎付近をいうのであれば、そこはごくなだらかな海浜である。そのような「大わだ」は存在しなかったであろう。このばあいは、異文の「比良の大わだ」の方が荒都歌の反歌としてより現実的なのである。それが非現実の「志賀の大わだ」に変更されたのは、第一反歌の「楽浪の志賀の唐崎幸くあれど〜」（1三〇）に揃えられたからであろう。それを可能にさせたのは、この歌群が現実的な背景から分離され、文字テクストの時空として自律したためなのである。

48「志我津子等何／志我乃津之子我」は吉備津釆女挽歌の第一反歌（2二一八）にみられる。この挽歌は人麻呂作歌の中でもすこぶる難解とされるが、通説によれば、「志我津子」「志我乃津之子」とも、題詞にある「吉備津釆女」の言い換えとされている。三者を同一人物と見るわけであるが、しかし、これには疑問がある。なぜなら、「吉備津」の「津」が津宇郡という固有名なのに対して、「志我津」「志我乃津」の「津」はもともと船着場を意味する普通名詞だからである。すなわち、本文の「志我津」はセットで固有名にはたらくとしても、ノで分断されている異文の「志我ノ津ノ子」の「津」は普通名詞の脈絡であるが、「津（船着場）ノ子」という表現は存在しなかったと思われるのである。

「〜ノ子」のパターンでは「来目ノ子」「蘇我ノ子」「三重ノ子」「出雲ノ子」など、氏名もしくは地名を冠して用いられている。「志我ノ津ノ子」をこの語法に当てはめると、「（志我ノ）津ノ子」の「津」は地名にはならないので、氏の名とせざるをえない。すると異文は「志我の津氏の子」の意となる。ところが、「ささなみのしがのツ」は「もののふのやそウヂ」と同一の修辞法であり、ササナミノシガノは「ツ（津）」を導く序に当たるので、[11]異文の実意は「ツ（津）ノの子」だけである。第二反歌の「天数凡津子之〜」（2二一九）の「凡津」が地名ならばササナミノを冠すべきであるが、「天数」を冠したのは地名ではなく、氏名（大津氏）だからであろう。結局、本文の「志我津子等」は題詞の「吉備津釆女」に形を合わせただけで、題詞の「吉備津釆女」と反歌の「志我津子等」「志我乃津之子」は別人物となる。ここで全体の解釈には立ち入らないが、神堀忍の説[12]に従うべきであろう。

とりあえず、〈文体〉と〈発想〉の面からいくつかの事例をあげて検討を加えてみたが、異文系にみられる誦詠体は発表の場に密着したスタイルで、本文系にみられる書記体は誦詠の場から離れた時に施される書き換えである、という見通しがえられたかと思う。本文系・異文系とも、それぞれ独自の価値をもつことはいうまでもない。けれども、推敲説では、本文系に比して異文系を稚拙な表現とみるので、不十分な注釈で済ますばあいが少なくなかった。「志我乃津之子」の語法が看過されてきたのもそのためである。

3　異文系から本文系へ

右に検討したところからすれば、人麻呂作歌の異文系は、それぞれの場で実際に誦詠されたテクストであった可能性が強いと思われる。それに対して、本文系の方はどうなのであろうか。本文系にみられるさまざまな変更点は、いくつかの作品に跨って共通するケースが見られる。こうした現象は、書き換えが個々別々に行われたのではなく、ある時期に一括して為されたことを示すのではないだろうか。その辺りの実情を捉えるために、泣血哀慟歌に注目してみることにしたい。この歌群では異文系が「或本歌」として全文で掲載されているので、異文系から本文系への転換を具体的に捉える糸口がえられそうである。まず、歌群の全貌を示しておく（塙本による）。

二〇七　柿本朝臣人麻呂妻死之後泣血哀慟作歌二首并短歌

天飛也《あまとぶや》　軽路者《かるのみちは》　吾妹児之《わぎもこが》　里尓思有者《さとにしあれば》　懃《ねもころに》　欲見騰《みまくほしけど》　不已行者《やまずゆかば》　人目乎多見《ひとめをおほみ》　真根久往者《まねくゆかば》　人応知《ひとしりぬべ》見《み》　狭根葛《さねかづら》　後毛将相等《のちもあはむと》　大船之《おほぶねの》　思憑而《おもひたのみて》　玉蜻《たまかぎる》　磐垣淵之《いはかきふちの》　隠耳《こもりのみ》　恋管在尓《こひつつあるに》　度日乃《わたるひの》　晩去之如《くれぬるがごと》

照月乃《てるつきの》　雲隠如《くもがくるごと》　奥津藻之《おきつもの》　名延之妹者《なびきしいもは》　黄葉乃《もみちばの》　過伊去等《すぎていにきと》　玉梓之《たまづさの》　使乃言者《つかひのいへば》　梓弓《あづさゆみ》　声尓聞而《おとにききて》
（一云声耳聞而《おとのみききて》）　将言為便《いはむすべ》　世武為便不知尓《せむすべしらに》　声耳乎《おとのみを》　聞而有不得者《ききてありえねば》　吾恋《あがこふる》　千重之一隔毛《ちへのひとへも》　遣悶流《なぐさもる》
情毛有八等《こころもありやと》　吾妹子之《わぎもこが》　不止出見之《やまずいでみし》　軽市尓《かるのいちに》　吾立聞者《わがたちきけば》　玉手次《たまだすき》　畝火乃山尓《うねびのやまに》　喧鳥之《なくとりの》　音母不所聞《こゑもきこえず》
玉桙《たまぼこの》　道行人毛《みちゆくひとも》　独谷《ひとりだに》　似之不去者《にてしゆかねば》　為便乎無見《すべをなみ》　妹之名喚而《いもがなよびて》　袖曽振鶴《そでそふりつる》　（或本有謂之名耳聞而有不得者《なのみききてありえねば》
句）

二〇八　秋山之《あきやまの》　黄葉乎茂《もみちをしげみ》　迷流《まとひぬる》　妹乎将求《いもをもとめむ》　山道不知母《やまぢしらずも》　（一云路不知而《みちしらずして》）

二〇九　黄葉之《もみちばの》　落去奈倍尓《ちりゆくなへに》　玉梓之《たまづさの》　使乎見者《つかひをみれば》　相日所念《あひしひおもほゆ》

二一〇　打蝉等《うつせみと》　念之時尓《おもひしときに》　（一云宇都曽臣等念之《うつそみとおもひし》）　取持而《とりもちて》　吾二人見之《わがふたりみし》　趍出之《はしりでの》　堤尓立有《つつみにたてる》　槻木之《つきのきの》　己知碁知乃《こちごちの》
枝之《えの》　春葉之《はるのはの》　茂之如久《しげきがごとく》　念有之《おもへりし》　妹者雖有《いもにはあれど》　憑有之《たのめりし》　児等尓者雖有《こらにはあれど》　世間乎《よのなかを》　背之不得者《そむきしえねば》　蜻火之《かぎろひの》
燎流荒野尓《もゆるあらのに》　白妙之《しろたへの》　天領巾隠《あまひれがくり》　鳥自物《とりじもの》　朝立伊麻之弖《あさだちいまして》　入日成《いりひなす》　隠去之鹿歯《かくりにしかば》　吾妹子之《わぎもこが》　形見尓置有《かたみにおける》
若児乃《みどりこの》　乞泣毎《こひなくごとに》　取与《とりあたふ》　物之無者《ものしなければ》　烏徳自物《をとこじもの》　腋挟持《わきばさみもち》　吾妹子与《わぎもこと》　二人吾宿之《ふたりわがねし》　枕付《まくらづく》　嬬屋之内尓《つまやのうちに》
昼羽裳《ひるはも》　浦不楽晩之《うらさびくらし》　夜者裳《よるはも》　気衝明之《いきづきあかし》　嘆友《なげけども》　世武為便不知尓《せむすべしらに》　恋友《こふれども》　相因乎無見《あふよしをなみ》　大鳥乃《おほとりの》　羽易《はがひ》
乃山尓《のやまに》　吾恋流《あがこふる》　妹者伊座等《いもはいますと》　人云者《ひとのいへば》　石根左久見手《いはねさくみて》　名積来之《なづみこし》　吉雲曽無寸《よけくもそなき》　打蝉跡《うつせみと》　念之妹之《おもひしいもが》　珠《たま》
蜻《かぎる》　髣髴谷裳《ほのかにだにも》　不見思者《みえなくもへば》

二一一　去年見而之《こぞみてし》　秋乃月夜者《あきのつくよは》　雖照《てらせれど》　相見之妹者《あひみしいもは》　弥年放《いやとしさかる》

二一二　衾道乎《ふすまぢを》　引手乃山尓《ひきてのやまに》　妹乎置而《いもをおきて》　山徑往者《やまぢをゆけば》　生跡毛無《いけりともなし》

或本歌曰

二一三　宇都曽臣等《うつそみと》　念之時《おもひしときに》　携手《たづさはり》　吾二人見之《わがふたりみし》　出立《いでたちの》　百兄槻木《ももえつきのき》　虚知期知尓《こちごちに》　枝刺有如《えださせるごと》　春葉《はるのはの》　茂如《しげれるがごと》
念有之《おもへりし》　妹庭雖在《いもにはあれど》　恃有之《たのめりし》　妹庭雖有《いもにはあれど》　世中《よのなかを》　背不得者《そむきしえねば》　香切火之《かぎるひの》　燎流荒野尓《もゆるあらのに》　白栲《しろたへの》　天領巾隠《あまひれがくり》

鳥自物《とりじもの》　朝立伊行而《あだだちいゆきて》　入日成《いりひなす》　隠西加婆《かくりにしかば》　吾妹子之《わぎもこが》　形見尓置有《かたみにおける》　緑児之《みどりこの》　乞哭別《こひなくごとに》　取委《とりあたふ》　物之無者《ものしなければ》
男自物《をとこじもの》　腋挟持《わきばさみもち》　吾妹子与《わぎもこと》　二人吾宿之《ふたりわがねし》　枕附《まくらづく》　嬬屋内尓《つまやのうちに》　日者《ひるはも》　浦不怜晩之《うらさびくらし》　夜者《よるはも》　息衝明之《いきづきあかし》　雖《なげけ》
嘆《ども》　為便不知《せむすべしらに》　雖眷《こふれども》　相縁無《あふよしをなみ》　大鳥《おほとりの》　羽易山尓《はがひのやまに》　汝恋《ながこふる》　妹座等《いもはいますと》　人云者《ひとのいへば》　石根割見而《いはねさくみて》　奈積来之《なづみこし》
好雲叙無《よけくもそなき》　宇都曽臣《うつそみと》　念之妹我《おもひしいもが》　灰而座者《はひにてませば》

二一四　去年見而之《こぞみてし》　秋月夜者《あきのつくよは》　雖度《わたれども》　相見之妹者《あひみしいもは》　益年離《いやとしさかる》

二一五　衾路《ふすまぢを》　引出山《ひきでのやまに》　妹置《いもをおきて》　山路念邇《やまぢおもふに》　生刀毛無《いけりともなし》

二一六　家来而《いへにきて》　吾屋乎見者《わがやをみれば》　玉床之《たまどこの》　外向来《ほかにむきけり》　妹木枕《いもがこまくら》

この作品は、第一歌群（二〇七・二〇八・二〇九）、第二歌群（二一〇・二一一・二一二）、第三歌群（二一三・二一四・二一五・二一六）の三つの長短歌群から成り立っている。そして、第一歌群は本文系と異文系に分かれるが、第二歌群の異文が「或本歌」として第三歌群を構成している。これを本文系と異文系に区分けして示すと、次のようになる。

本文系　第一歌群［本文］・第二歌群［本文］
異文系　第一歌群［異文］・第二歌群［異文］。第三歌群［或本歌］

この作品のばあいも、他の人麻呂作歌と同じく異文系がまず制作され、それが書き換えられて本文系が成立したとみてよいであろう。当面の問題は、三つの歌群において異文系から本文系への変更が、具体的にはどのような状況のなかで行われたのかということである。むろん、これには解釈上の問題にもかかわるので、これまでの議論をざっと整理しておこう。従来は、第一歌群と第二・第三歌群の「吾妹子（妻）」が同一人物かどうか、両歌群が連作であるか否か、この二つが主な争点であった。近年は、それに虚構性の問題が加わってきわめて複雑な議論が繰り広げられているが、おおむね次の四説に絞られる。

（甲）両歌群の妻は別人であり、二組は別々に作られた後で一括された。（真淵・澤瀉[*13]）
（乙）両歌群の妻は同一人物であり、二組は同時に作られた連作である。（契沖・山田・伊藤[*14]）
（丙）両歌群の妻は同一人物であるが、第一歌群は軽太子物語を背景にした構成で、第二・三歌群はそれを受けて連作的に詠み継がれたもの。（渡辺・橋本[*15]）
（丁）両歌群の妻は別人で、第一歌群は軽の忍び妻伝説に、第二・三歌群は実体験に基づいて仮構されたものだが、テーマ的には連作性をもっている。（金井・曽倉[*16]）

今ここで各説の是非を細かく吟味する余裕はないが、第一歌群と第二・三歌群の妻を同一人物と断定する見方は、山田『講義』に「その二首の長歌を以てせるものは、かの短歌の連作、又反歌の連作と同一の傾向にして、その二首にて一の意を完くするものなり」とあるように、二組の歌群を連作とみるところから出てきたことを、まずは確認しておかなければならない。澤瀉がこれを批判して「虚心に両者を読みくらべれば、これが同じ人の死を傷んだ作とは考えられないのが当然であろう」と述べたのは、連作という色眼鏡をはずして、文字通り「虚心に」両者を読み比べたからに他ならない。別人説と同一人説はそれぞれ別の根拠に立つので、そこに議論のすれ違いが生じたわけである。

たしかに第一歌群と第二歌群（第三歌群の問題については後述）を並べてみると、第二歌群の出だしが第一歌群を受けていると思われる点、あるいは、第二歌群の「吾妹子」が、第一歌群と重複しないように描写されている点など、連作とみるのに有利な面があることは否めない。[*17]とはいえ問題はかなり複雑なようで、右に示した丁説のように、両歌群の連作性を認めながら別人説をとる見方もある。丙説が「詠み継ぎ」という観点を導入したのも、乙説のように単純に連作＝同一人といえない面をもつからであり、別人的な要素を制作時期のずれによって合理的に説明しようとしたわけである。虚心に読み比べれば同一人とは考えられないという指摘は、どうみてもその通りなのである。そこで改めて注意してみると、二つの長歌が明らかに別の妻を詠んでいるとみられるにもかかわらず、両者が連作的にみえるのは、あいだに置かれている反歌、とりわけ二首目の反歌に原因があるといってよい。

秋山の黄葉を茂み迷ひぬる妹を求めむ山道知らずも
黄葉の散りゆくなへに玉梓の使ひを見れば逢ひし日思ほゆ

一首目は長歌の余韻を直に引きずって妻を喪った深い落胆の情を表現しており、長歌との結合性が強い。しかし二首目は、誰もが指摘するように「黄葉の散りゆくなへに」が一首目の「黄葉を茂み」から時期的に後れるのみならず、結句の「逢ひし日思ほゆ」も妻を亡くした直後の悲歎ではなく、しばらく時を経てからの追憶である。諸注には、妻の死を悲痛から沈静に収めていく構成を秀逸とみるむきもあるが、橋本達雄は、これが「打蝉と念ひし時に」の回想ではじまる第二長歌の方により密着している点に着目し、二首目の反歌は、ふたつの歌群を連結する役割を担っていると指摘している。橋本は詠み継ぎ説に立つので、その観点からみれば、第一歌群が詠まれた当初は一首目の反歌のみであったが、後に第二歌群が詠まれた時に、そこに生じた時相のずれを解消するために二首目の反歌が付け加えられたということになるわけである。詠み継ぎ説の是非はさておき、二首目の反歌が機能的な角度から捉えられ、制作時点が長歌と分離されていることに注意したい。

そこで改めて、第一歌群の長歌と二首目の反歌を読み比べてみると、たとえば、反歌の結句に「逢ひし日思ほゆ」とあるのに、長歌においてはふたりが逢ったことは語られていないなど、両者のあいだにはむしろ互いに矛盾した面がみられることに気付くはずである。むろん、「我妹子」は人目を憚る忍び妻であるから、逢瀬が語られることはないのだという想像も成り立たないわけではない。しかし、読みの根拠を歌の表現に求めようとするなら、次の文脈に忠実であるべきであろう。

〜ねもころに　見まく欲しけど　やまず行けば　人目を多み　数多く行かば　人知り　ぬべみ　さね葛　後も逢はむと　大船の　思ひ頼みて　玉かぎる　岩垣淵の　隠りのみ　恋ひつつあるに〜

第一歌群の長歌は三段に整然と構成され、初めに生前のこと（十八句）、次に訃報の知らせ（十六句）、そして最後に軽の市に立つこと（十九句）が詠まれている。右は冒頭付近から十八句までで、生前のふたりの間柄が語られる箇所である。連綿と続く文脈の焦点は、「後も逢はむと、思ひ頼みて、隠りのみ、恋ひつつある」とあるように、過去の逢瀬ではなく、これから逢おうとする思いに合わされている。すると、反歌に「逢ひし日思ほゆ」とあるのは、それと矛盾すると言わざるをえない。単なる時相のずれではなく、モチーフ自体が異なっているわけである。橋本の指摘するように、この一首を後の添加とみて削除してしまえば、途端に二つの歌群はばらばらに分離し、当然、連作的な構成も解体してしまう。要するに、二つの歌群の連作性は、この二首目の反歌によってかろうじて成り立っているのである。

もうひとつ、連作説の根拠にあげられているのが、第二歌群の長歌の「打蟬と　念ひし時に」という出だしの部分である。人麻呂歌でも他に類例をもたないこの唐突な表現は、第一歌群を受けるかたちで詠み出されたものとされている。[*18] しかし、金井清一は「この一見唐突な歌い出しは、前歌ではなく後歌自身の末句と照応するものとみるべきである」と批判している。[*19] 金井は続けて「妻の生前の姿を冒頭に、死後の状態を末尾に、同句反復の形式で表現して首尾照応させ、その無惨なコントラストをもって悲痛な哀傷をそそるべく構想されている」と述べる。第二長歌の末部は「打蟬と　念ひし妹が　玉かぎる　ほのかにだにも　見えなく思へば」となっているが、出だしの「打蟬と　念ひし時に」という唐突さは、末部に意図的に呼応させたもので、そこにこの作品の価値があるのだという趣旨である。

金井は妻に関しては別人説をとり、橋本の同人説と対立するが、右に示した二人の見解は従来にないもので、二つの歌群の捉え方に新しい視点をもたらした。ただし、ともに異文系と本文系の問題に触れるところが少なく、そのため所論の有効性を見極めるには到っていない憾みがある。そこで、この点を吟味してみることにしたい。

まず、橋本論であるが、二つの歌群が時期をずらして詠み継がれたとみるばあい、異文系がそうした作品生成にどのように関与したかが明らかでない。橋本は異文から本文への展開を、未定稿から定稿への推敲とみているので、はじめに異文系が作られ、それが書き換えられて本文系になるわけであるが、こうした推敲過程を、そのまま詠み継ぎによる書き換えに合致させて、うまく説明できるだろうか。橋本の示した推敲過程は次のようである。

こうした推敲過程と詠み継ぎの経緯は、どのように重なり合うのであろうか。橋本の見解にしたがって最初の誦詠時に二首目の反歌209が入っていなかったとみれば、そこでは未定稿が詠まれたことになろう。それから時を置いて、第一歌群に推敲が加えられ、209が添付されるのに合わせて、二番目の歌群が連作的に詠まれるわけであるが、この時も未定稿の第三歌群がまず詠まれるのであろうか。だとすれば、定稿の第二歌群は机上の推敲ということになり、異文と本文の関係が第一歌群のばあいと食い違うことになる。あるいは、二回目の時は、机上で推敲の作業が成されて定稿が披露されたとも考えられるが、そのときは、第三歌群の三首目の反歌216は実際には

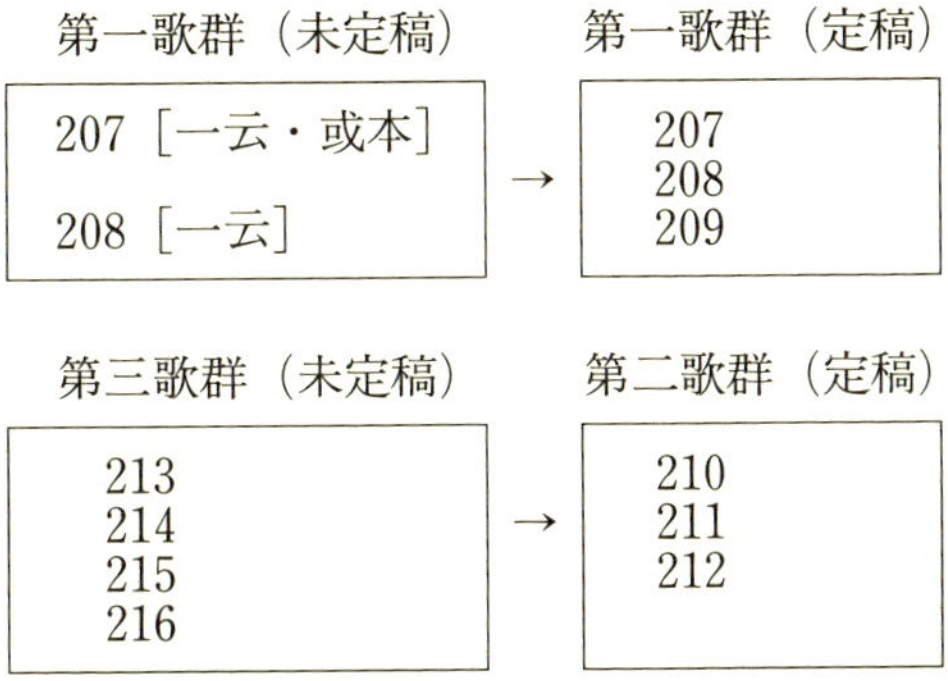

発表されないままで削除されたことになる。いずれの見方にも難があろう。結局、推敲説と詠み継ぎ説を融合して、納得のいく説明を行うのは困難と判断せざるをえないのである。

ここで、前節に検討した異文系と本文系の性格を想起してみたい。異文系は誦詠の場に密着した文体と発想をもち、本文系は文体・発想とも誦詠の場から離れるという性格をもっていたわけであるが、これを、右の図に即して具体的に捉えてみると、209を除く第一歌群の異文系と第三歌群（すなわち第二歌群の異文）は聴衆の前で誦詠されたものであり、209を含む第一歌群の本文と第二歌群（すなわち216をのぞく第三歌群の本文系）は誦詠の場から離れたところで変更されたもの、ということになる。この見通しのもとに、より細部の方に注目してみると、誦詠されたのは、その時点においては、それぞれが独自性をもつ歌群であったと考えられる。第一歌群は209を欠くので第三歌群との連結をもたず、第三歌群には第二歌群にはない三首目の反歌216をもつので、それ自体で自律する内実をもつからである。ちなみに、第三歌群の反歌三首をあげてみよう。

去年見てし秋の月夜は渡れども相見し妹はいや年離る（二一四）
衾道を引手の山に妹を置きて山道思ふに生けるともなし（二一五）
家に来て我が屋を見れば玉床の外に向きけり妹が木枕（二一六）

第三歌群の長歌は、「うつそみと　思ひし妹が　灰にていませば」と、妻が火葬にふされたことが語られている。右の三首目の反歌では、その葬送儀礼の直後のことが詠まれており、伊藤博が指摘したように[*20]、この歌群は長・短四首のセットで自己完結するようになっている。金井の指摘も、第二歌群の長歌よりも、この第三歌群の長歌で捉えた方がよほどぴったりすると思う。妻のウツソミの姿が灰になってしまう衝撃が、首尾を呼応させるまったく独創的な形式を生み出したわけである。この歌群は火葬によって新たに出現した死の衝撃そのものをモチーフにしているといってもよく、それは、第一歌群の伝統的な死の体験とはまったく別ものであった。異文系の二つの歌群は、それぞれ独立したモチーフによって作成されたとみるべきであろう。

一方、本文系の方は、まず第三歌群を自己完結させる三首目の反歌216が削除され、かつ、第一歌群との繫がりを強化する209が付け加えられている。こうした削除と添加は表裏一体であり、要するにその狙いは二つの歌群を連作化するところにあったとみてよい。二首目の長歌の末部が、「打蟬と　思ひし妹が　玉かぎる　ほのかにだにも　見えなく思へば」と改められたのは、火葬の描写が一首目の長歌と調和しなかったからである。こうした整合化は一首目の反歌にもほどこされており、「～妹を求めむ道知らずして」が「山道知らずも」に変えられたのは、二首目の長歌に詠まれている火葬の行われた「羽がひの山」に合わせられたからに他ならない。一首目の長歌が単独で詠まれるばあい、「山道」のイメージはどこからも出てこないであろう。これらの作業はいずれもテクスト内での表現の整合化であり、誦詠の場から離れた所で行われたとみてよい。

ところで、216の精緻な読みから第三歌群の自己完結性を指摘した伊藤博は、この異文系の歌群を「聴衆向き」であるとし、およそ以下のような結論を導き出している。すなわち、異文系から本文系への推敲は「個」の意識に貫かれて「文芸化への道」を志向しており、「より高尚により文学的にあらためたものを、より目の高い人々に提供するたるになされた」ものであって、「聴衆をも顧慮して制作された作品を自己の「歌箱」(控えのノート)に収めるにあたり、より完全なものを目指して「推敲」し、みずからの「定稿」となした」のである、と。ところが、一方では、その推敲が「自分のための定稿を企画すると同時に、より高次な人々の目をも意識した結果である」とも言われている。「定稿」が人麻呂自身の手控え(歌箱＝控えノート)であると同時に、より高次な読者も意識されているというのは、いったい、どのようなことであろうか。それらは、ふつうは相容れないはずのものである。

異文系が聴衆向けであり、本文系が文芸的・文学的であるというのは、おおまかにいえば、今取り上げている泣血哀慟歌のみについてではなく、先に対照表などによって示したように、異文系と本文系のほぼ全体に共通する傾向であった。したがって、伊藤の想定している「定稿」の実態は人麻呂作品の全般的な生成過程を視野に入れて考えるべきであろう。

4　歌稿と歌集

人麻呂作歌の本文系と異文系の問題は意外に奥が深く、初案から定稿へといった近代的な推敲説では片付かない面をもっている。異文と本文の分析は、個々の作品の形成論にも大きく寄与してきたのであるが、そのさい、作品の読み取りが推敲説に依拠しているなら、そうした読みの根拠は必ずしも磐石なものではないだろう。人麻呂の作品に関していえば、異文と本文の問題は個別的に作品論を積みあげていくよりも、人麻呂作品の総体的な生成過程を鳥瞰する視点の導入が不可欠なのである。

これまでの検討を通して明らかになった点を振り返ってみると、異文系については、何らかの儀礼や宴会の場で実際に披露されたものとみて間違いない。本文中に挿入される「一云・或云」形式と、本文に別立てされる「或本歌曰」形式のいずれにも、声で誦詠することを前提にした形跡が多様なかたちで残されているからだ。これを勘案すれば、異文系は、人麻呂が折々に要請されて制作した誦詠用のテクストとみてよいのではないかと思う。むろん、公表するために作成されたのであるから、異文系の段階でも、誦詠の場なり状況に合わせて入念な推敲を経た決定稿とみるべきである。異文系を不完全な未定稿とする進化論的な見方はもとより、異文系から本文系への改修にのみ「推敲」を想定する考え方そのものも、成り立つ余地を持たないであろう。ここはひとつ、大幅な発想の転換が必要である。

いうまでもなく、異文系から本文系の改編もひとつの推敲ではあるが、それは未定稿から決定稿への改善なのではなく、誦詠用として出来上がっていた決定稿を、別の目的のために書き換えることであった。こうした書き換えは、推敲というよりは改訂という観点から捉える方が適切である。つまり、本文系は異文系を改訂したものなのである。そのさい、異文系は誦詠用に作られているので、本文系は誦詠テクストのいわば改訂版ということになる。

そうした改訂はすでに述べたように、時間的にも空間的にも誦詠の場から離れた所で行われ、かつ、ある時期に一斉に為された可能性が強いと思われるのであるが、それが誦詠の場に供するものでないとしたら、いったい何のために行われたのであろうか。そしてまた、改訂が個別的にではなく一括して成されたのだとすれば、その時期は、いつなのか。あるいは、異文系の改訂作業は、人麻呂の作歌活動とどのようなかかわりをもつのか。本文系の実態は、これらの疑問を探るなかで明らかになっていくのではないかと思う。

右に示したいくつかの問題の中で、比較的かんたんに糸口がえられそうなのは一括改訂の時期である。人麻呂の作品は、まず異文系のテクストで成立していたわけであるが、成立時期の分かる作品の中でもっとも遅いのは、火葬のことが詠み込まれている泣血哀慟歌「或本歌」（２二一三〜二一六）で、制作されたのは文武四年（七〇〇）を過ぎたあたりであろう。万葉集の配列では、この歌の後に吉備津采女挽歌（２二一七〜二一九）と狭岑島死人歌（２二二〇〜二二二）・臨死歌（２二二三）が置かれているが、制作時期は不明である。巻二挽歌部の人麻呂作品は、ほぼ制作順に並んでいると思われるので、いずれにしても、泣血哀慟歌が晩期の作であることは動かない。そのあたりの作品に異文をもつのは、おそらく、一括改訂の時期が人麻呂の作歌活動の晩期であったことを示すものであろう。むろん、この時期の人麻呂の実人生を探る手掛かりはほとんどなく、臨死歌も人麻呂の実作かどうか疑われているのは周知の通りである。しかし、人麻呂の作歌活動が持統太上天皇の崩御する大宝二年（七〇二）あたりまでは継続していたであろうというのが、大方の推測になっている。

ところで、伊藤博・橋本達雄らによれば、この時期、人麻呂は持統太上天皇の命を受けて原万葉の編纂に携わったとされている。[*21]この、いわゆる《持統万葉》の痕跡はじっさい巻一・巻二に濃厚に存するが、人麻呂の参与については、これを証明する材料があるわけではなく、おおむね状況証拠に基づく推測にとどまっている。要はこの時期に人麻呂が何をしていたのかであって、そのわずかな糸口でも摑むことができれば、なんらかの展望がえられるはずである。そこでひとつの事実に注目してみたい。それは、泣血哀慟歌の「或本歌」に散見する次の用字である（カッコ内は第二歌群長歌の用字）。

恃有之《たのめりし》（憑有之）
世中《よのなか》（世間）
乞哭別《こひなくごとに》（乞泣毎）
息衝明之《いきづきあかし》（気衝明之）
雖眷《こふれども》（恋友）

ここにあげた「恃」「世中」「別」「息」「眷」は、どれもみな人麻呂歌集略体歌の固有訓字である。略体歌の固有訓字というのは、万葉集の中で、主に人麻呂歌集の略体歌に限って用いられる特殊な訓字を指す。ここで主にと言ったのは、略体歌以外でも、それを倣って使用されたと思われるものを含めるからであるが、略体歌の用字にはその類がかなりあって、「形《すがた》」「裏《した》」「開《とく》」など、およそ八〇例ほど確認できるのである。[*22]

右にあげたのを例にして具体的に説明すると、タノムは万葉集では「憑」が一般的で二二例あり、「恃」は当歌の他には「恃公依《たのみたるきみによりては》」(11二三九八)・「孋恃《つまとたのませ》」(11二四九七)の略体歌と、「思恃而《おもひたのみて》」(13三三〇二)だけである。ヨノナカは「世間」が三一例、「世中」は当歌の他には略体歌の二例(11二三八三・二四四二)のみで、ゴトニは「毎」が三五例で「別」は当歌の他には略体歌の二例(7一三〇七・12三一二八)と巻十三に一例(三三四五)、コフは「恋」が六三四例、「眷」は当歌の他に略体歌に二例(11二四八一・二五〇一)のみである。イキは「気」が一九例で、「息」は当歌の他に略体旋頭歌に一例(11二三五九)、憶良歌に一例(5八九七)ある。「息」は人麻呂歌集旋頭歌(略体歌)にみられるので別に考える余地を残すが、他の四例は略体歌に用いられる特殊用字である。これが、泣血哀慟歌の異文に見られるのは、いったい何を意味するのであろうか。「或本歌」の本文系に当たる第二歌群の長歌では、カッコに示したようにすべて一般的な用字で書かれているのである。

泣血哀慟歌の「或本歌」の表記が人麻呂歌集に類似することは、これまでにも橋本達雄や阿蘇瑞枝・古屋彰によって指摘されていた。*23 この事実をはやくから指摘していたのは橋本達雄である。橋本は「世中」「別」の存在に着目し、第二反歌にみえる「念邇《おもふに》」の使用などから、この「或本歌」が人麻呂歌集より所出したことを論じた。阿蘇は、石見相聞歌と泣血哀慟歌の「或本歌」を俎上に乗せて、これらの異文系は本文系に比べて助辞が表記されない傾向が強く、表記されるばあいでも訓字の使用が目立つことなどから、二つの「或本歌」は非略体歌集から出たものとした。加えて、新田部皇子献歌(3二六一・二六二)も題詞の形式や表記・用字の面から非略体歌集所出とされている。古屋の論は、橋本・阿蘇の指摘したところを、綿密に助辞の表記率を算出して検証したもので、結論としては泣血哀慟歌「或本歌」と新田部皇子献歌は非略体的だが、石見相聞歌にはその傾向が見られないとし、新たに、明日香皇女挽歌(2一九六～一九八)の本文と出雲娘子挽歌(3四二九・四三〇)を人麻呂歌集所出のものと推定した。このように、人麻呂作歌の中には、表記の面から人麻呂歌集と類似するものがあって、泣血哀慟歌の異文もそのひとつであるが、人麻呂歌集との類似は、異文系だけでなく、本文系の方でも指摘され、そのうえ略体／非略体の問題も絡んですこぶる不透明な様相を呈している。

あまり多岐に及ばないように、焦点を泣血哀慟歌の「或本歌」に合わせると、橋本・阿蘇・古屋の三氏とも、これが表記の面で人麻呂歌集の非略体歌に類似するとみることでは一致している。これを敷衍すれば、人麻呂作歌の異文系全体も非略体歌集との関連で捉える方向が拓けてくるはずである。しかし、これには竹尾利夫の反論がある。[*24] 竹尾は助辞の表記率の低さは認めながらも、個別的に「〜ト」「〜テ」などの助辞の表記様式をみると、「或本歌」は非略体歌よりも作歌との類似性が強いとしている。対象とされたケースについては、たしかにこれも納得できるようなので問題はいっそう不透明になってしまうのである。そこで基本の事実に立ち返ってみると、泣血哀慟歌「或本歌」の「恃」「世中」「別」「息」「眷」などの用字は、あくまでも略体歌の固有訓字であることに注意したい。その点では非略体歌といえないのであるが、助辞の表記状況からみて、略体歌の範疇に入らないことは明白である。じつはこれと似た性格をもつ人麻呂歌がほかにもみられるのである。それは、巻三の出雲娘子挽歌である。

山際従《やまのまゆ》　出雲児等者《いづものこらは》　霧有哉《きりなれや》　吉野山《よしののやまの》　嶺霏霺《みねにたなびく》（3四二九）
八雲刺《やくもさす》　出雲子等《いづものこらが》　黒髪者《くろかみは》　吉野川《よしのかはの》　奥名豆颯《おきになづさふ》（3四三〇）

この二首は、古屋が人麻呂歌集所出としたもので、「霏霺」は非略体歌にのみ用いられる。しかし、「〜ノ」「〜ニ」の仮名表記がないこと、「者」「哉」などは略体歌でも表記されること、「山際従」を「従山際」とすれば、そのまま略体表記になること、等々、二首とも助辞の表記状態はきわめて略体的である。この挽歌には「溺死出雲娘子火葬吉野時、柿本朝臣人麻呂作歌」という題詞があり、泣血哀慟歌「或本歌」と同じく火葬のことが詠まれている。時期的にも、ともに人麻呂の作歌活動の晩期に作られているはずである。そうした時期に、人麻呂作歌に略体的な要素が顕著にあらわれるのはなぜであろうか。泣血哀慟歌「或本歌」の特殊用字は、略体歌とどのような接点をもつのであろうか。

これらの疑問は、略体歌の書法を人麻呂の作歌活動の最初期（天武朝前期）に位置付ける立場からすれば、まったく解き難いものであろう。いわゆる略体＝古体説[*25]でこうした現象を説明するのは不可能である。そこで、略体歌の問題に触れておくと、すでに二三の拙論で検討したように、略体＝古体説は表記史的にみても誤りであって、人麻呂歌集の表記は非略体～旋頭歌～略体の順で推移したことが明らかである。[*26]はやくに身﨑寿が論じたように、人麻呂が略体表記を試みたのは、かれの作歌活動の晩期であった。[*27]泣血哀慟歌「或本歌」の実態を窺うには、略体表記に関する身﨑説の参照が不可欠であろう。とはいえ、泣血哀慟歌の異文が全体として略体表記でないことは言うまでもない。

泣血哀慟歌の「或本歌」に略体歌の固有訓字が五つも用いられているのは、どうみても偶然とは考えにくい。人麻呂の脳裏にこれらの用字がストックされていなかったとしたら、けっして起こりえない現象であろう。すると、この長歌が制作されたころ、人麻呂は一方で略体歌の採録にも従事していたことが推測されるのである。別の拙論で検討したように、略体歌は世上に流布していた流行和歌を収集採録したものとみられ、文字化にさいしても特別な関心が払われている。[*28]八〇種にものぼる固有訓字は、流行和歌を書き留めるために選び出された特別な用字であり、自身の創作歌には使用されないはずのものであった。少なくとも、人麻呂が泣血哀慟歌を略体表記で書く意識をもっていなかったことは確かである。おそらく、無意識のうちに、ついうっかり使ってしまったというのが実情なのではないか。用いられいてる五つの用字がきわめて特殊なだけに、まったく偶然の現象とは考えにくいこと、かといって略体表記が自覚的に採用されているわけではないこと、そして、そのころ人麻呂が略体歌の採集筆録に従事していたらしいこと、等々の状況を勘案すれば、どうもそのようにしか考えられないのである。

このように考えてみると、泣血哀慟歌の「或本歌」にみえる「恃」「世中」「別」「眷」「息」といった特殊用字は、異文系テクストの性格を具体的に示す指標になっていることが分かる。要するに、それはさほど正式なテクストではなく、ついうっかりが許されるような、かなり自由な書き物であって、たとえば手控えだとか作歌ノートといった、いわば歌稿の類であったのではないかと思われるのである。先に、異文系は人麻呂がそのつど書き記した誦詠用のテクストであったことを推測したが、これを裏付けるものがあるとすれば、こうした略体歌の固有訓字である。この歌群の「或本歌」は誦詠用の作品として制作されたものであろうから、公に発表されるときは声で詠まれる。テクストそのものが公表されるわけではないので、それはあくまでも手控え、もしくは歌稿といった性格をもつことになる。異文系が誦詠のために制作された作品であるということは、テクストの実態としては、それが歌稿であり、作歌ノートであることを意味するのである。

こうして異文系テクストの実態が判明してくると、本文系の実態もおぼろげながらみえてくるのではないだろうか。本文系が、時間的にも空間的にも誦詠の場から離れる傾向をもつのは、それが誦詠用のテクストとして改訂されたものではなかったからであろう。そして、文体の面で書記体に傾くのは、それが声で公表されるのではなく、文字によって享受されるものであったからだと思われる。だからこそ、泣血哀慟歌の「或本歌」にみられた手控え的な文字使いは、一般的な用字に改められねばならなかったのである。本文系の作品は、その文字表記が直に人目に晒されるようなものとして成立していたわけである。そのように誦詠の場から離れながら、私的な手控えではなくて、あくまでも公を意識して作られた文字テクストは、おそらく〈歌集〉の範疇で捉えるべきものであろう。異文系から本文系への改訂は、歌稿から歌集への質的転換であったと考えられるのである。

さて、このように、異文の改訂が単に字句の推敲にとどまらず、歌集の本文を刪定する作業であったとするなら、その歌集とは、具体的には伊藤・橋本らの言う〈原万葉＝持統万葉〉とみてよいだろう。本文系が原万葉のテクストとして成立したのであれば、異文系が一括改訂される事情もよく理解できるのである。本文系の成立は、原万葉の成立と不可分であったと考えられるわけである。のみならず、原万葉の編纂は人麻呂歌集や巻三・四の人麻呂作歌とも密接なつながりをもつはずである。人麻呂歌集は、おそらく人麻呂が自身の歌稿に収集採録していたものを材料にして編纂されたと思われるが、非略体の表記はすでに指摘があるように、いくつかの異文系と重なる傾向をみせている。また、巻三・四の人麻呂作品も、先に触れたように人麻呂歌集的な要素が顕著であった。

これまで、泣血哀慟歌「或本歌」や新田部皇子献歌・出雲娘子挽歌などを人麻呂歌集の範疇で捉えようとする試みはあったが、いずれもうまくいかなかった。その理由は、これらがさまざまな点で人麻呂歌集に重なる要素をもちながら、略体・非略体のどちらにも分類できない側面をもっていたからであった。そうした一見曖昧な表記は、手控え的な歌稿のスタイルであるとみれば、まったく別の展望がえられるはずである。すなわち、万葉集の人麻呂関係歌はすべて〈歌稿＝異文系〉を母胎としており、人麻呂歌集（非略体・旋頭歌・略体）、原万葉＝本文系、巻三・四の人麻呂作歌は、そこからさまざまな方法で採り出されたとみれば、おおかたの矛盾は解消されるのである。これを簡略に図示すると右のようになる。

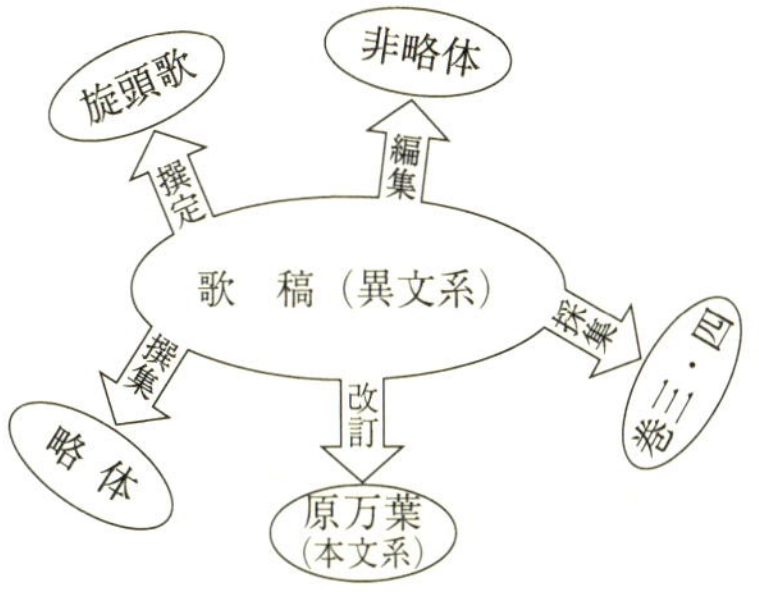

5　おわりに

従来、人麻呂作歌の異文系はおおむね未完成な草稿の類にみなされてきた。本稿でも異文系を便宜的に「歌稿」だとか「作歌ノート」「手控え」などの言い方で説明したが、しかし、肝心なのは、それが誦詠用のテクストであるということだ。誦詠のためのテクストとしては、それも入念な推敲を経たうえで完成されたひとつの作品なのである。ただし、声によって人々に披露されるため、その文字表記が人前に晒されることはなかった。この点は特に注意すべきであろう。

歌が文字で書かれるようになっても、その作品はまだ声で公表されていたはずである。こうしたあり方が後もずっと継続するのであろうが、一方で、声を介して享受されていた歌が〈集〉として書物に纏められる時期がやってくる。そうした歌集は、当然、声ではなく文字を介して享受されるものである。したがって、単に誦詠されている歌を寄せ集めるだけでなく、文字テクストとして自己完結するような独自の性格をもつことになる。歌集の出現は、歌のあり方を根本的に変化させる要因ともなったのである。このように、歌稿と歌集は質的な違いがある。人麻呂作歌の異文系（歌稿）と本文系（歌集）は、基本的にはそれぞれの存立基盤を異にしており、前者から後者への展開は声から文字への飛躍を意味するとみてよい。すなわち、書くことの文学としての和歌は、歌集というものの出現によってはじめて成立したというべきなのである。

万葉集は、文字テクストとして自己完結する仕組みを内蔵しているが、こうした〈集システム〉はおそらく人麻呂によって発見されたものである。この集システムの解明は、編纂論の基礎になるとともに、作品論の限界点をも明らかにするであろう。個々の作品は、基本的には集システムの規制の上に成り立っているとみなければならないからである。*29

注

＊1　松田好夫『万葉集 新見と実証』第四章「人麻呂作品の形成」一九六八年。
＊2　稲岡耕二『万葉集の作品と方法』第一章「推敲」一九八五年。
＊3　曽倉岑「万葉集における歌詞の異伝」『国語と国文学』一九六一年九月。同「万葉集巻一・巻二における人麻呂歌の異伝――詞句の比較を通して――」『国語と国文学』一九六三年八月。同「人麻呂の異伝をめぐって――巻一・巻二の場合――」一九六四年六月『美夫君志』七号。
＊4　神野志隆光『柿本人麻呂研究』Ⅱノ八「異伝の意味」一九九二年。
＊5　西條勉「定型と文字の間」『書くことの文学』二〇〇一年、『アジアのなかの和歌の誕生』所収。
＊6　渡瀬昌忠『柿本人麻呂研究　島の宮の文学』第二章第四節「人麻呂の長短歌の成立」一九七六年。
＊7　澤瀉久孝「「か」より「や」への推移」『万葉集の作品と時代』（一九四一年）所収。
＊8　曽倉岑前掲「人麻呂の異伝をめぐって」。伊藤博『萬葉集の歌人と作品　上』第五章「柿本人麻呂とその作品」一九七五年。渡瀬昌忠前掲『柿本人麻呂　島の宮の文学』。
＊9　橋本達雄「天地の初めの時」一九七六年初出、『万葉集の作品と歌風』所収。
＊10　神野志隆光「近江荒都歌成立の一問題――三一番歌は独立の短歌であったか――」一九七六年一一月『日本文学』。
＊11　土屋文明『万葉集私注二』（新訂版）一九七六年。
＊12　神堀忍「「吉備津釆女」と「天数ふ大津の子」」『万葉』83（一九七四年二月）。渡瀬昌忠『注釈万葉集《選》』（共著）一九七八年。
＊13　賀茂真淵『万葉考』、澤瀉久孝「人麻呂の妻」『萬葉歌人の誕生』（一九五六年）所収。
＊14　契沖『代匠記』、山田孝雄『萬葉集講義』、伊藤博前掲『万葉集の歌人と作品　上』
＊15　渡辺護「泣血哀慟歌二首――柿本人麻呂の文芸性――」『萬葉』77（一九七一年九月）。橋本達雄「泣血哀慟歌の諸問題」一九七七年初出、前掲『万葉集の作品と歌風』所収。
＊16　金井清一「「軽の妻」存疑――人麻呂作品の仮構性――」一九七〇年初出、『万葉詩史の論』所収。曽倉岑

「泣血哀慟歌」一九九九年、『セミナー万葉の歌人と作品　第三巻』所収。
＊17　橋本達雄前掲「泣血哀慟歌の諸問題」。
＊18　伊藤博前掲『萬葉集の歌人と作品　上』。
＊19　金井清一「事実と虚構──虚構確定の方法論をとおして──」一九七三年初出、前掲『万葉詩史の論』所収。
＊20　伊藤博『萬葉集の表現と方法　下』第七章第三節「人麻呂の推敲」一九七六年。
＊21　伊藤博『萬葉集の構造と成立　下』第九章「女帝と歌集」一九七四年。橋本達雄「万葉集の成立と構成」一九九六年初出、『万葉集の編纂と形成』所収。
＊22　西條勉「人麻呂歌集略体歌の固有訓字──書くことの詩学──」二〇〇〇年一〇月、本書所収、四「人麻呂歌集略体歌の固有訓字」。
＊23　橋本達雄「人麻呂作品の注記について──人麻呂歌集との関連──」一九六二年初出、『万葉宮廷歌人の研究』所収。阿蘇瑞枝『柿本人麻呂論考』第一篇第一章「人麻呂の歌」一九七二年、古屋彰『万葉集の表記と文字』第四章「柿本人麻呂作歌の表記の多元性」一九九八年。
＊24　竹尾利夫「泣血哀慟歌或本歌の資料性」一九八三年八月、『美夫君志』二十七号。
＊25　稲岡耕二『萬葉表記論』第一篇（上）「人麻呂歌集の論」、第二篇（下）「人麻呂歌集の論・補遺」一九七六年。
＊26　西條勉「人麻呂歌集旋頭歌の略体的傾向──書くことの詩学へ──」二〇〇〇年三月『国文学論輯』第二十一号、本書所収、二「人麻呂歌集旋頭歌の略体的傾向」。
＊27　身﨑寿「人麻呂歌集の位置──略体歌を中心に──」一九七八年六月『日本文学』所収。
＊28　西條勉「人麻呂歌集略体歌の「在」表記──書くことの詩学・続──」二〇〇一年一月『専修国文』六八号、本書所収、五「人麻呂歌集略体歌の「在」表記」。
＊29　西條勉「テクストとしての〈集〉──書く歌の成立──」（二〇〇二年二月『国文学』（学燈社）、「摩耗するパラダイム──作品論とは何であったか──」、『古代の読み方』所収。

七　石見相聞歌群の生態と生成

1　はじめに

柿本人麻呂の作品にみられる「或云」「一云」「或本」等は伝誦や推敲による変化ではなく、声で成り立つ歌から文字の歌への〈改訂〉による異同であった。このことは前の論考で述べた通りである。[*1]

人麻呂は宮廷歌人として機に応じて作品を制作し、それを宮中で誦詠し披講した。やがてそれらの歌々を素材にして歌集として〈原万葉集〉が編纂されることになるが、このとき、誦詠のために作られた声の歌は、文字ことばとして成り立つかたちに改訂された。声で成り立つ歌から、文字で自律する歌への転換である。今日『万葉集』のなかで本文として記載される人麻呂作歌は、おおむねそのような経緯によって成立したと考えられる。「或云」「一云」「或本歌」等の異文は、誦詠用のテクストが万葉集編纂のある段階で校合された痕跡であろう。そのため人麻呂作歌の記載状態は複雑になり、とりわけ石見相聞歌群（2一三一～一四〇）がもっとも錯綜したかたちになっている。

そういった様相は、むろん、この作品の成り立ちにまつわる情報量の豊富さをも意味するので、当然のことながら石見相聞歌群の制作過程についてはこれまで盛んに議論が交わされてきた。けれども、本文と異文の異同が伝誦によるのか、それとも推敲の軌跡なのかといった、それ自体が誤ったパラダイムに基づく議論が先行しがちであったため、歌群の生成については、必ずしもテクストに即して客観的な分析が行われてきたわけではない。現在のところほぼ諸説が一致しているのは、この歌群が三つのグループに分けられること、およびそれらの成立順くらいであろう。本考察では、これらの歌群の制作過程を〈改訂〉の角度から明らかにしたい。はじめに歌群の区分けと成立順を整理してみよう。

「柿本朝臣人麻呂従石見国別妻上来時歌二首并短歌」という題詞をもつこの作品は二組の長反歌群から成る。これを前編（一三一・一三二・一三三）、後編（一三五・一三六・一三七）とすれば、前編の異文反歌が「或本反歌曰」（一三四）として、また、同じ前編の異文長反歌が「或本歌一首并短歌」（一三八・一三九）として記載され、さらに前・後編とも「一云」の異文（一三一のように傍線で示す）を含むので、歌群は実質的には十三首から成り立っていることになる。この錯綜した歌群を、成立順（アルファベットで示す）を含めてまとめてみると、前編は本文系の一三一・一三二・一三三（C）と、異文系の一三一・一三四（B）、それに「或本歌」の異文系一三八・一三九（A）の三つの歌群に、後編は本文系一三五・一三六・一三七（E）と、異文系一三五・一三六・一三七（D）の二つの歌群に区分けすることができる。

これを、まず長歌は句毎に比較対照し、反歌については後に長歌のアルファベット記号に合わせて示してみよう。長歌で異同のある部分に傍線を引き、反歌では原文を掲載しておく。（割注で異文を記すB群・D群の歌番号には傍線を付けた）

（前編）

A 一三八（或本歌）	B 一三一（異文）	C 一三一（本文）
石見之海	石見乃海	石見乃海
津乃浦乎無美	角乃浦廻乎	角乃浦廻乎
浦無跡	浦無等	浦無等
人社見良米	人社見良目	人社見良目
滷無跡	礒無登	滷無等
人社見良目	人社見良目	人社目良目

（後編）

D 一三五異文	E 一三五本文
角障経	角障経
石見之海乃	石見之海乃
言佐敝久	言佐敝久
辛乃埼有	辛乃埼有
伊久里尓曽	伊久里尓曽
深海松生流	深海松生流

吉咲八師
浦者雖無
縦恵夜思
滷者雖無
勇魚取
海辺乎指而
柔田津乃
荒磯之上尓
蚊青生
玉藻息都藻
明来者
浪己曽来依
夕去者
風己曽来依
浪之共
彼依此依
玉藻成
靡吾宿之
敷妙之
妹之手本乎
露霜乃

能咲八師
浦者無友
縦画屋師
磯者無鞆
鯨魚取
海辺乎指而
和多豆乃
荒磯乃上尓
香青生
玉藻息津藻
朝羽振流
風社依米
夕羽振流
浪社来縁
浪之共
彼縁此依
波之伎余思
妹之手本乎
露霜乃

能咲八師
浦者無友
縦画屋師
滷者無鞆
鯨魚取
海辺乎指而
和多豆乃
荒磯乃上尓
香青生
玉藻息津藻
朝羽振流
風社依米
夕羽振流
浪社来縁
浪之共
彼縁此依
玉藻成
依宿之妹乎
露霜乃

荒磯尓曽
玉藻者生流
玉藻成
靡寝之児乎
深海松乃
深目手思騰
左宿夜者
幾毛不有
延都多乃
別之来者
肝向
心乎痛
念乍
顧為騰
大舟之
渡乃山之
黄葉乃
散之乱尓
妹袖
清尓毛不見
嬬隠有

荒磯尓曽
玉藻者生流
玉藻成
靡寝之児乎
深海松乃
深目手思騰
左宿夜者
幾毛不有
延都多乃
別之来者
肝向
心乎痛
念乍
顧為騰
大舟之
渡乃山之
黄葉乃
散之乱尓
妹袖
清尓毛不見
嬬隠有

置而之来者	置而之来者	置而之来者
此道之	此道乃	此道乃
八十隈毎	八十隈毎	八十隈毎
萬段	萬段	萬段
顧雖為	顧為騰	顧為騰
弥遠尓	弥遠尓	弥遠尓
里放来奴	里者放奴	里者放奴
益高尓	益高尓	益高尓
山毛超来奴	山毛越来奴	山毛越来奴
早敷屋師		
吾嬬乃児我		
夏草乃	夏草之	夏草之
思志萎而	念思奈要而	念思奈要而
将嘆	志怒布良武	志怒布良武
角里将見	妹之門将見	妹之門将見
靡此山	靡此山	靡此山

室上山乃	屋上乃山乃
自雲間	自雲間
渡相月乃	渡相月乃
雖惜	雖惜
隠比来者	隠比来者
天伝	天伝
入日刺奴礼	入日刺奴礼
大夫跡	大夫跡
念有吾毛	念有吾毛
敷妙乃	敷妙乃
衣袖者	衣袖者
通而沾奴	通而沾奴

反歌

A一三九　石見の海打歌の山の木の間より我が振る袖を妹見つらむか（妹将見香）

B一三四　石見にある高角山の木の間ゆも我が袖振るを妹見けむかも（妹見監鴨）

C一三二　石見のや高角山の木の間より我が振る袖を妹見つらむか（妹見都良武香）

C一三三　笹の葉はみ山もさやに乱るとも我は妹思ふ別れ来ぬれば
D一三六　青駒が足掻きを速み雲井にそ妹があたりは隠り来にける（当者隠来計留）
D一三七　秋山に落つる黄葉しましくは散りな乱ひそ（知里勿乱曽）妹があたり見む
E一三六　青駒が足掻きを速み雲井にそ妹があたりを過ぎて来にける（当乎過而来計類）
E一三七　秋山に落つる黄葉しましくはな散り乱ひそ（勿散乱曽）妹があたり見む

2　「或本歌」の評価

右の表は現行の配列を改めてやや見慣れない格好になっているが、生成過程をみるばあいにはこのほうが分かりやすいであろう。表面的にではあるが、前編の長反歌A→B→C、後編の長反歌C→Dという移行が一望できるからである。これをみると前編の方が後編よりもひとつ歌群が多く、この非対称が石見相聞歌群の生成を不透明にしてきた理由のひとつであった。制作順序については、題詞を鵜呑みにする戦前までの研究はともかく、本文批判的な研究が一般化する戦後の成立論においては、次のような段階を想定することでおおむね諸論が一致するようである（／は呼応して一つの歌群をなすことを示す。いわゆる連作）。

第一次段階＝A（一三八・一三九）
第二次段階＝B（一三一・一三四）／D（一三五・一三六・一三七）
第三次段階＝C（一三一・一三二・一三三）／E（一三五・一三六・一三七）

すなわち万葉集で「或本歌」とされているA群の長反歌が単独でまず作られ、つぎに前編・後編のセットで異文系のB／D群が制作され、最終的に本文系のC／E群が成立したと考えるわけである。この見方をはじめて打ち出したのは伊藤博[*2]であった。伊藤は異文系から本文系への変化が推敲によるものであるという前提のもとに、はじめに「初稿」としてA群の長反歌が制作され、それがB群のかたちに推敲される過程で、これのモチーフをより深く表現するD群が作り出され、いわゆる求心的構図を成す前編＋後編のセットが制作されたとする。伊藤によれば、人麻呂はこれをさらに推敲して一三三「笹の葉はみ山もさやに云々」によってうたい収める本文系の歌群を制作したのであるが、前編はこの一三三歌で閉じられることによって「作品的完成を遂げた」とされている。

しかし、この見方だと前編が一三三歌をもって閉じられ完結するのであるから、後編との続きぐあいがうまく説明しにくいきらいがある。伊藤説のこの難点を解消したのが橋本達雄の論考[*3]であった。橋本は成立過程に関する伊藤の図式をそのまま受け継ぐが、一三三歌については「妹」に焦点を当てた前編と「吾」に焦点を当てた後編とを連結するはたらきをしていると述べる。つまり一三三は自己完結的なのではなく、むしろ後編との橋渡し的なはたらきをするとみるのである。このように考えれば、第三次段階におけるC／Eの連作的な構造がより鮮明になって、かりに推敲説に立つとしても最終的な形態にふさわしいものとなるであろう。伊藤・橋本論とは別の角度から、渡瀬は A群「或本歌」系長反歌（一三八・一三九）を前編の原形と考えてこれに詳細な注解を加える論考[*4]を発表した。

読みにかかわる細かい問題は後で詳しくとりあげることにして、いくつか議論はあるものの、制作順序についてはおおむね右に示した三段階を承認してよいかと思う。すると単独で成立したA群「或本歌」系の長反歌が、渡瀬のいうように石見相聞歌群の原形であった可能性が高いとおもわれる。ところが、この歌群に対する従来の評価はすこぶる低く、渡瀬のような扱いは真淵あたりからはじまる異文系軽視の長い風潮にあって、きわめて珍しいケースといわなければならない。ちなみに一三八・一三九の評価をめぼしい注釈書からざっと拾ってみよう。

『考』…いと誤多し。
『古義』…凡てこの或本歌は長短ともに甚く劣れり。
『総釈』…一三一が伝誦されて居る間に通俗化されたもの。
『評釈』…伝唱による変化で、平明ではあるが拙い説明に改められた。
『注釈』…作者の草案。それに推敲を加へて語法を整へた。
『私注』…意味が通じない。調子はひどく劣る、感銘はマイナスに近い。
『全注』…説明的で、感動が乏しい。

このように「或本歌」の長短二首セットは、近世から今日にいたるまではなはだ評判が悪いのであるが、その理由は時代によって異なる。近世国学の諸注は「一云」「或云」「或本歌云」といった異文系は撰者の原注ではなく「古注者の所為」（春満『童子問』）とみるのが一般的で、後人の手による改悪とされることが多い。ただし、右にあげた『考』や『古義』でもばあいによっては異文系を採用することもあってケースバイケースで扱われ、すぐ後に参照する『代匠記』のように優劣の評価なしにきちんと注釈されることもあった。それが近代になると「伝誦」の観点から捉えられて、[*5]右にあげた『総釈』や『評釈』『私注』などのように冷遇されたり、さらには「推敲」という見方があらわれたことで『注釈』や『全注』のごとき評価を生むことになる。[*6]

伝誦説と推敲説のちがいは、前者が、異文系を人麻呂の実作にあらずと判断するのに対して（この点、近世の諸説では不問）、後者は人麻呂じしんの「初案」ないし「草稿」とみて、作品としては未完成なものとされることである。そういったちがいはあるものの、異文系の位置付けをめぐる〈古注〉〈伝誦〉〈推敲〉というパラダイムは、いずれも一貫して異文系を本文に比べて劣ったものとすることでは共通性がみられる。近年はもっぱら推敲説が席巻しているわけであるが、しかし一三八・一三九の長反歌は、推敲説のいうようにほんとうに拙い未熟な草稿なのであろうか。もしそうだとすれば、そういった不完全なテクストが、いったいなぜ『万葉集』の本文校合に参照されたりするのであろうか。

そこでいずれのパラダイムにも囚われない立場で、あらためてA「或本」系の一三八・一三九をB（以降に扱う部分は本文系Cも同文）と比較しながら、表現に即して読みとってみることにしよう。前に掲げた比較対照表で異同をみると、異文／本文で大きくちがうのは冒頭部の「津乃浦乎無美／角乃浦廻乎」と結句部の「角里将見／妹之門将見」であることが分かる。他はおおむね文体的、修辞的な範囲内でのバリエーションである。あらっぽくいえば、AとBは首と尾において目立った異同が認められるのである。その部分を分かりやすく示してみよう。

（A一三八）
石見の海
津の浦を無み
浦無しと
人こそ見らめ
……はしきやし
吾が妻の児が
夏草の

（B一三一）
石見の海
角の浦廻を
浦無しと
人こそ見らめ
……………夏草の

思ひしなへて　　思ひしなへて
なげくらむ　　　しのふらむ
角の里見む　　　妹の門見む
なびけこの山　　なびけこの山

A一三八「石見の海　津の浦を無み　浦無しと　人こそ見らめ」について、真淵は「こは津能乃浦回乎の能と回を落し、無美はまぎれてこゝに入たる也」（考）と誤字脱字説をとり、先に紹介したように「此外いと誤多し」という評価を下した。『私注』の「意味が通じない」という酷評もこの歌句に注したものであるが、いずれもB一三一「石見の海　角の浦廻を　浦無しと」を基準にした判断であり、しかもその第三句「浦無し」を「よい浦がない」とする『代匠記』（初・精）の解釈にもとづいている。一三一の冒頭部は、契沖説を容れると「石見の海の角の入江を良い浦（船を寄せやすい、風景が良い）」がないと人は言うが云々」くらいに解釈できるが、これを基準にして一三八の冒頭三句「石見の海　津の浦を無み　浦無しと」を理解しようとすれば、たしかに意味が通じない言い方といえる。

ところが契沖は「津乃浦ヲナミハ上ニ角乃浦回ト云所ノ名ニハアラテ、大舟ナトアマタ泊ル津トナル浦ノナシト云心ナルヘシ」（精）と述べている。これはA「津の浦」とB「角の浦」を別々に考えるべきことを述べたもので、一三八をそれじたいでみれば「石見の海は、船着き場にするような入江がないので、浦がないと人は言うが」となり、それなりにきちんと筋のとおる表現になっている。

それでは一三一冒頭部はどうであろうか。右にもっともらしい現代語訳をつけたのは契沖説によったまでで、原文のままだと「石見の海の角の入江（浦廻）を、浦のない海岸だと人は言うが」といった訳になる。これは

「角の浦廻」といっておきながら「浦無し」と続くので、よくよくみると筋のとおらない言い方である。だから契沖は「能浦（良い浦）」と「能」を補って解釈したわけである。諸注でこのところを問題にしているのは武田『全註釈』だけのようで「角ノ浦ミというのは、浦があるようにも取れるが、それは大局についていい、浦無シ滷無シの方は、部分について言っているらしい」と述べている。これは「角の浦廻」の「浦」と「浦無し」の「浦」について、前者は地形を大きく捉えて言い、後者は細かい地形について言っているのだという趣旨かと思うが、文意がやや不明確になっている。うまいぐあいに説明できなかったのであろう。

「浦無し」は沢瀉『注釈』の言うように「日本海に面したこのあたりの海岸は直線的で、所謂曲浦の趣に乏しい事を云ったもの」とみるほかない。そこで「津野の浦回を、入江になった浦の無いところと人はみるだろう」（注釈）という訳になるのであるが、この文章は「津野の浦」を出しておきながら「浦がない」というのだから、日本語の表現としておかしい。それで最近の注釈書は「石見の海の角の海岸をよい浦がないと人は見るだろう」（全注、新編全集もほぼ同文）といった訳をつけている。これなら日本語としてまともな文章になる。ところがこの訳は、原文の「角乃浦廻」を「角の海岸」と訳しているので誤訳といわざるをえない。反対に変な日本語になっている『注釈』は、訳としてみれば正確なのである。なぜこのようにねじれるのかといえば、一三一の原文「石見之海　角乃浦廻乎　浦無跡」に問題があるからにほかならない。誤解をおそれずにいえば、近世以来の定説とは逆に、一三一の冒頭表現は一三八の改悪である可能性がつよいのだ。

そのことを裏づけるために、ここで結句部の方に視線を転じてみよう。「或本歌」の一三八は「私の妻が、嘆いている、角の里を、見よう（なびけ、この山）」という叙述に七句を費やして一首を閉じる。一方、一三一は二句少ない五句で閉じているが、削ったところは「はしけやし　吾が妻の児が」であり、その結果「偲んでいる、妹の門を、見よう（なびけ、この山）」という表現が生まれた。AからBへの書き換えのなかで「角の里」が「妹の門」に変えられたことになる。つまり「角」が冒頭に繰り上げられているのであり、そのため「角」という地名が一三八では結句部にあるのに対して、一三一ではそれが冒頭部に置かれるというちがいをみることになるわけである。

これにつき、たとえば伊藤『釈注』は「一三一歌のように最初に場所を限定してこそ、角が妹の里であることを示すことができる」と述べている。その方が表現としてずっと優れていることを強調するわけである。けれども、この考え方にはちょっとした勇み足があって、じつは一三一の冒頭部は、そのままでは「角」が「妹の里」であることを保証しない表現のようなのである。岸本由豆流『攷證』の見解を引いてみよう。

（角里が）角浦、高角山など、同所ならば、まへの歌（一三一のこと――引用者）のおもむきにては、国府より、妻と別れて、上る道のほどと聞ゆるを、こゝにかくよめるは、角里に妻を置たりと見ゆ。いづれを是とせんとは思へど、おそらく、この歌の方誤りなるべし。

これはどういうことかというと、一三一の「角乃浦廻」の歌は国府から角を通過するあたりで詠まれており、人麻呂の妻は角からは離れた（実際には二〇㎞ほど東）国府の近くに住んでいたはずなのであるが、一三八の「角里」は「妹」の住む場所として詠まれているので、どちらが正しいのであろうか、というのである。由豆流は妻が国府近くに住んでいたと考えるので、一三八を誤伝、一三一を正伝とした。しかし、一三一に詠みこまれている「角乃浦廻」が妹の里であることは、歌意の理解としても伊藤のいうほど自明ではない。というのも一三一の文脈は〈角の浦には荒磯があって、そこに玉藻が生えており、その玉藻のように靡きあって寝た妻と別れて遠くまで来た。私を思っている妻の家の辺りが見たい、靡け、この山〉といった骨子になっているので、この文脈からじかに〈角の浦＝妹の里〉の関係を読み取ることはできないからだ。「角」と「妹」のふたつの要素は、あいだに挟まれた〈(角の浦)→荒磯→玉藻→(妹)〉という修辞的な連鎖によって結びつけられているにすぎない。

それにもかかわらず、一三一冒頭部の読みとしては伊藤の方が正しいであろう。つまり妻が国府の近くに住んでいて、角を妻の里とする一三八を誤伝とみる『攷證』の判断は誤りと言わざるをえない。一三八はけっして誤伝ではなく、渡瀬の言うようにこの「或本歌」こそが一連の歌群の「原形」とみなければならないのである。一三一の冒頭表現は、一三八の結句部にある〈角里＝妹の里〉のモチーフを修辞的に膨らませるような格好で作られており、だからこそ「角の浦廻」の「角」には〈妹の里〉の意味合いが含まれるのだ。ようするに、B群一三一の表現はA群一三八を前提にして成り立っていることが明らかなわけである。

3　現地性／遠隔性

そこで次に考えなければならないのは、そういった原形的な性格をもつ第一次段階の歌群がどのようにして成立したのかという問題である。これについては伊藤も橋本も第一次を含めて第二次・第三次とも、すべて宮廷で作られたものとみており、石見相聞歌を扱った多くの諸論諸注もほとんどすべてこれに倣っている。

ところが、伊藤は第二次段階のB群反歌一三四歌が「我が袖振るを妹見けむかも」と、回想の叙述になっていることについて「身も心も高角山ならぬ都に在るような感じで、いかにもこの一首で一群を完結させた姿勢である」[*7]とし、後に『釈注』ではっきりと「都で宮廷人に披露した事実が地金を現している」と述べている。これは貴重な指摘とおもわれる。というのも「見けむかも」の結句は、一三四を含むB群の長反歌が帰京後に作られたことを示すとみるほかないので、このことから推して、A群は帰京前に現地で制作された可能性が生じてくるからである。

じじつ、はやくに木村正辞も時制に着目し、一三四について「此歌は道すがらの詠にはあらで、後によみたるなるべし」（美夫君志）と指摘していた。そこにはA～Eの全歌群を視野においた生成プロセスへの関心はみられないが、B群に先行するA群は「妹見つらむか」と現在形で叙述されているので、単純に考えただけでも、この一三八・一三九の二首は石見の現地で作られた可能性があるとみなければならないはずである。けれども伊藤は、まずA群が単独に披露され「続編をせがまれて」異文系のBD群が制作されて、さらに聴衆の再三の求めに応じて本文系のCEが成立したとみるのである。これでは、せっかく一三四の時制（回想的姿勢）から得られた視点が生かせないであろう。「見つらむか」から「見けむかも」への変化は、詠まれる場が現地から遠隔地へ移っていることを暗示する表現になっているからである。

時制に対する伊藤の着眼とは別に、すでに触れているように、渡瀬はA群「或本歌」系長反歌（一三八・一三九）を前編の「原形」と考えているのであるが、制作場所についても「歌はすぐ妹のもとへ届けられたであろう」*8と述べて現地制作を示唆している。ただ、渡瀬の石見相聞歌成立論はかなり複雑で、次のような段階が想定されている。

第一次成立→異文長反歌（A一三八・一三九／D一三五・一三六・一三七）

第二次成立→本文長反歌（C一三一・一三二・一三三／E一三五・一三六・一三七）

ここでは前編・後編のセットがA／DからC／Eに推敲されるという図式が立てられているので、B群の異文長反歌B一三一・一三四の入る余地がなくなっている。渡瀬説では、このB群はA群の流れを受けつつ、C群の異伝として「伝誦の世界とかかわって成立した」とされている。つまり、右に示した第一次成立から第二次成立への展開は人麻呂じしんによる創造活動の結果であるが、B群には後人の手が加わっていることを推測するのである。推敲説と伝誦説の折衷であるが、さしあたり問題とするA群についても、現地で単独に成立したとしながら、D群とセットになった時点を第一次成立とし、しかもこのA／D群のセットは帰京後に宮廷で成立したと考えられている。A群の位置付けが不明確であるといわざるをえない。

しかしそういった疑問はあるものの、渡瀬がA群を現地成立と認定したことじたいは新見として尊重されるべきである。この「原形」がすなわち本考察にいう第一次段階のかたちである。そして、帰京後にそれが宮廷用に改訂されたときにB群一三一・一三四が成立し、同時にD群一三五・一三六・一三七も創作されて、ここに前編／後編のセットが出現する。これが第二次段階である。やがてそれが歌集編纂のためにさらに改訂されるわけであるが、この第三次段階のことは後でとりあげることにして、さしあたり第一次～第二次段階の経緯について考えてみたい。

まずは、A群一三八で「角」の地名が冒頭部にない理由である。伊藤は表現モチーフのうえからこのことを特に重要視して、一三八歌の未熟さを指摘した。しかし、かりにこの長歌が石見の現地で誦詠された作品であるなら話は別である。現地で作られたゆえに「角」はむしろ自明の前提になっているので、それはわざわざ冒頭に示すには及ばないことがらだからである。反対に一三一の冒頭部で、意味的な整合性に逆らってまで「角」のモチーフを詠みこむのは、誦詠される場所が現地から遠く隔たっていたことの証と考えられる。このようにA群一三八とB群一三一は、表現の面で現地性と遠隔性の区別がみられる。そのことをよく示すのが、一三八「将嘆」と一三一「志怒布良武」の違いである。さきに対照したところをもう一度、必要な部分だけ抜き出してみよう。

（A一三八）
夏草の
思ひしなへて
なげくらむ
角の里見む

（B一三一）
夏草の
思ひしなへて
しのふらむ
妹の門見む

ナゲクとシノフの意味的な区別は「シノフは内面的、ナゲクは外形にあらわれている。シノフの方が奥行きが深い」（全註）といった説明が、歌の解釈としては無難のようにみえる。しかし、上代語としてのシノフは「（甲）そこにあるものを賞美する／（乙）近くにない人や物事を思慕する」（万葉ことば辞典）というように、もっと具体的なイメージで用いられていることに注意したい。[*9] 一三一のシノフは（乙）の意味であるが、じっさいにこれがどのような文脈で用いられるか、いくつか例を引いてみよう。

①巨勢山のつらつら椿つらつらに見つつ思はな巨勢の春野を（1五四）
②山越しの風を時じみ寝る夜おちず家なる妹を懸けて偲ひつ（1六）
③高円の野辺の秋萩な散りそね君が形見に見つつ偲はむ（2二三三）
④うつせみの世は常なしと知るものを秋風寒み偲ひつるかも（3四六五）

①は甲のケースで、額田王の有名な「黄葉をば取りてぞしのふ」（1一六）がその典型例である。②は旅先から家の妻を思う歌（軍王歌の反歌）、③は死者を偲ぶ歌（志貴皇子挽歌）で、時間・空間どちらも〈いま・ここ〉から

遠ざかった乙にあたる例である。④は家持の「亡妾悲傷歌」の一首で「朔に移りて後に、秋風を悲嘆しびて家持が作る歌」という題詞が付けられている。ひと月ほど経過してからの歌であり、この「偲ひつるかも」のシノヒもむろん乙の意味である。つまり、ナゲキに比べてシノヒの方が時間的に後で、空間的にも遠く隔たっていることが表現されているわけである。それに比べて「ナガ（長）イキ（息）」を語源とするナゲキは、心理的な含みよりも行為に根をもつ表現であり、「夜はも　息づき明かし　嘆けども　為むすべ知らに」（2二一〇、泣血哀慟歌）に典型的にあらわれているように、嘆きの原因（妻の死）からさほどはなれていない、むしろそれと密着して発せられる感情である。

石見相聞歌のばあい、「妹」のナゲキ・シノヒの原因はいずれも「吾」との別れであった。語の意味からみてA一三八のナゲキは別れの直後の感情であり、B一三二のシノヒはそういった直情的な悲しみが静まってからの表現とみるべきであろう。長歌におけるこの「偲ひ」の感情は、対応する反歌の「妹見けむかも」という回想の時制とつながっているとみてよい。ここにも現地性／遠隔性の違いがあらわれている。B群は現地から離れたところ、ようするに都において成り立つ表現に改められているわけである。滷／磯の異同にもそのような事情が窺えるとおもう。ただし、これには別の問題が含まれる。

（A一三八）
滷無しと
人こそ見らめ
……
よしえやし

（B一三一）
磯無しと
人こそ見らめ
……
よしえやし

（C一三一）
滷無しと
人こそ見らめ
……
よしえやし

滷は無くとも　　磯は無くとも　　滷は無くとも

このように滷／磯はA→B、B→Cと二転してもとに戻るかたちになっている。従来このきまぐれな変化が推敲説ではうまく説明できず、そのため渡瀬はB一三一を推敲からはずしてこれを伝誦によるバリエーションとみたのであった。この厄介な問題は後に回して、とりあえずA→Bの変化を考えてみよう。まず、カタとイソの事例を示しておく。

①飫宇の海の潮干の潟の片思に思ひや行かむ道の長道を（4五三六）
②妹に恋ひ吾の松原見渡せば潮干の潟に鶴鳴き渡る（6一〇三〇）
③水伝ふ礒の浦廻の石つつじ茂く開く道をまた見むかも（2一八五）
④磯の浦に来寄る白波還りつつ過ぎかてなくは誰にたゆたへ（7一三八九）
⑤天雲の　影さへ見ゆる　隠口の　泊瀬の川は　浦無みか　船の寄り来ぬ　磯無みか　海人の釣り為ぬ　よしゑやし　浦は無くとも　よしゑやし　磯は無くとも　沖つ波　競ひ漕ぎ入来　白水郎の釣り船（13三二二五）

集中、カタ（滷・潟）は六例、イソ（磯・礒）は四十五例見られるが、アリソ（荒磯）が三十九例あるので、これを加えるとカタに比べてイソの方が圧倒的に多いといえる。A一三八はその少ないなかの一例であるが、万葉集には固有名も含めて塩湖を意味するカタの用例はみられないので、地形的には①②のように干潟のことであろう。イソについて言えば、歌の表現においては③④⑤のように、ウラ（浦）とイソ（磯）が対になる傾向がみられる。

このことは、ウラ／カタの対が石見相聞歌のＡ一三八・Ｃ一三一の他にはみられないのと対照的である。歌謡的な性格をもつ⑤はＢ一三一との類似性がはやくから指摘されてきた長歌で、ウラ／イソのセットが民謡的な土壌に根を張るのではないかと思わせるものがある。それだけ安定した表現であり、石見で作られたとみられるＡ一三八が、現地を遠く離れて都の宮廷人向けに披露されるときに、伝承的な土壌に根を張る安定した表現に改められることはありえたであろう。

それがさらなる改訂で「磯→滷」と旧に復することについては後で考えることにして、Ａ一三八からＢ一三一への変更箇所で、主題に関わると思われる部分に目を向けてみよう。すなわち終結部である。Ａ一三八は「はしきやし　我が妻の児が」から七句を費やし、やや間延びして一首を閉じるが、Ｂ一三一ではこの二句が削られ五句で収束する。かたちの上では終結部が短歌形式になっているので、ずっと洗練された格好になっている。しかし、二句が削られたのはそのためではなく、本当のねらいは主題の明確化であろう。帰京後の改訂はたんにＡの現地性を遠隔的表現に改めるだけでなく、これと連作的に対になるもうひとつの長反歌を創作して、前編／後編から成るより大がかりな作品群に仕立て上げることが目論まれている。

そのさいふたつの歌群は、中西[*10]・橋本[*11]が指摘したように前編は別離の叙述に先立って「妹」の描写に重きをおき、後編は別離する「われ」の心境を語ろうとしたのである。つまり、後編Ｄが「われ」を中心にして制作されるのに並行して前編Ｂは「妹」に焦点をあわせることが明確になり、そのため、それに抵触するような要素が削り取られることになったわけである。「われ」を含む「玉藻なす　靡き吾が寝し」と「はしきやし　吾が妻の児が」のフレーズが削られたのは、そのような経緯からであったとおもわれる。

これは、ＡがＢに改められ、別にＤが作られるという推敲的な経緯によるものではなくて、もともとＡに含まれていた主題が、誦詠の場所と享受者の変化（現地→都）に即応してＢ（前編）とＤ（後編）に分化されようとしていることを意味するであろう。A群はそれだけで自律するが、そのA群を改訂したB群はD群とペアになることではじめて成り立つように作られている。A一三八の四三句にたいして、前編（B・C）と後編（D・E）がともに三九句なのは、まさにそういった構造的な関係を如実にしめすものといえる。この点で、前編の主題を「別れの拒絶」、後編の主題を「別れの受容」とみる塩谷香織の読みとりは、[*12] 帰京後の作品についていえることであって、別れの現場から離れて作者の心情が客観化された段階ではじめて可能になった構想ではないだろうか。

4　声の歌／文字の歌

それでは次に第三次の段階として、BD→CEの改訂についてみてみよう。前編だけでいえばB→Cということになる。この段階は、宮廷で誦詠され声で成り立つ歌を歌集に収めるさいに、文字で自律するかたちに改訂されたと考えられる。

そのことをストレートに示しているのは、後編の第二反歌「知里勿乱曽（D一三七）／勿散乱曽（E一三七）」の異同である。どちらもチリマガフという複合語の禁止形であるが、異文系はチリナマガヒソと二語のあいだに助詞を入れるのに対し、本文系は語頭にナが置かれている。このばあいどちらが本来的かというと「打莫行」（3二六二）・「念勿和備曽」（12二一七八）・「伊多久奈布里曽」（19四二二二）などの例に照らして、異文系の方が和語表現の本来のかたちであったと思われる。『注釈』が「所謂漢文式の用字」と指摘するように、本文系は文字ことばとして自律することが求められたので漢文式に書かれたのであろう。これなどは、第二段階から第三段階への展開が文体の面で誦詠体から書記体への改訂であることをしめす典型的な例である。

先に検討した前編長歌「滷」と「磯」の交換も、この問題にかかわっているのではないかと思われる。A→B

→Cへの展開において、はじめに「滷」が「磯」に変わるのは誦詠の場が現地から都へ移るにつれて表現が類型化されたためであるが、それが再度の改訂で旧に復するのはなぜであろうか。神野志隆光は「第一次の推敲において伝誦的類型を借りることによって、表現において口誦の基盤を共有することを目論んだ。そして定稿では棄てた」[*13]と述べているが、棄てられた理由については言及がない。そこで、あらためて文脈を点検してみると、B一三一は「磯無しと　人こそ見らめ……よしえやし　磯は無くとも……和たづの　荒磯の上に」となっていて、人言とはいえ「磯」がないと言いながら美しい玉藻が生える「荒磯」があるとされている。たしかに「荒磯」と「磯」は別のイメージもあるが、これらは入れ替え可能であった。

①みさご居る磯廻に生ふるなのりその名は告らしてよ親は知るとも（3三六二）
②みさご居る荒磯に生ふるなのりそのよし名は告らせ親はしるとも（3三六二）
③網引する海人とか見らむ飽の浦の清き荒磯を見に来し我れを（7一一七八）

②は①の異伝（或本）で、「荒磯」と「磯廻」が交換しただけである。③は「浦／荒磯」がセットになっている例であり、これは先に触れたように「浦／磯」のセットと同じイメージとみてよい。このように「荒磯」と「磯」は通じ合うところがあるので、「磯」がないことを言いながら玉藻の生える「荒磯」を詠みこむのは矛盾であろう。再度の修正で「磯」が「滷」に戻るのは、そのところに注意が向けられたからではないだろうか。そのさい「磯無しと」「磯は無くとも」と「荒磯の上に」はいくつか句を隔てているので、声で成り立つ歌のばあいは、そういった表現上の齟齬はあまり意識されないのだと思う。もっとも、声の歌を、それがじっさいに詠み上げられるときの状態でイメージするのはそうたやすいことではない。声の歌であっても、わたしたちはどうして

も視覚的に文字ことばとしてイメージしてしまうからである。
声で成り立つ歌は、その生態に即していえば時間の経過とともにそのつど消え去る音声現象として耳で享受される。そのばあい韻律上のまとまりは五・七音のフレーズであり、これが叙述の基本単位ともなっていると考えられる。[*14] 音声はそのつど消え去るので、あまり時間的に長いフレーズの叙述は成り立ちにくいからである。意味的な整合性が保たれるのはせいぜい〈五七音×2〉くらいであろう。石見相聞歌の韻律構造もほぼそのようになっている。

♪石見の海〜角の浦廻を――」。
♪浦無しと〜人こそ見らめ――」。
♪磯無しと〜人こそ見らめ――」。
♪よしゑやし〜浦は無くとも――」。
♪よしゑやし〜磯は無くとも――」。
♪いさなとり〜海辺をさして――」。
♪にきたづの〜荒磯のうえに――」。
♪か青く生ふる〜玉藻沖つ藻――」。

無理を承知のうえで声で誦詠されるときの状態をイメージしてみると、このようになるであろうか（ただし、♪は音声であることだけを示す）。これらの歌は音楽的に歌われたわけではなく、あくまでもことば自体のリズムにおいて誦詠される。〈〜〉〈――」〉はリズムの切れ目を、〈――」。〉は息つぎ（ブレス）を示す。五七音の一行は誦詠のリズムでいえば四拍子＋四拍子＝八拍子で、このくらいの長さが一呼吸の標準的な音量である。叙述の流れも、この五七の音量で意味的なまとまりを分節しながら進行していることが見て取れるかと思う。じっさいの誦詠は、右に文字化したような線条的な進行ではなく、韻律単位で折り返しながら累積的に進行する。

やや乱暴な言い方をすれば、ことばが耳で享受されるさいには文法的な意味のつながりよりも、韻律単位ごとのまとまりの方が優先されるであろう。声で成り立つ歌のばあい、表現の文脈的なつながりよりもリズム単位の方が優先される。たとえば、テープレコーダーなどに録音した音声をそのまま文字に起こしても意味が通じにくいのはそのためであるし、口誦的な歌謡に繰り返しが多いのも、意味が韻律単位ごとにまとまる傾向をもつからである。そのようなわけで「磯無しと……磯は無くとも……荒磯のうえに……」という文脈的な不整合さも、じっさいに耳で聞くばあいには、あまり目立って意識されないであろう。声のことばは五七音のリズム単位ごとにまとめ上げられ、意味的にもそのなかでひとまず完結したかたちで受け取られるので、韻律単位（五七音の一行、ないし長くて二行）を超えた不整合さはさほど意識されないわけである。

これが意識されるのは、歌の表現が音声からはっきりと分離され、文字ことばとして自律したかたちで享受されようとするときである。目で享受される文字ことばは音声とちがって消え去らないだけでなく、声のことばを成り立たせていた韻律形式を分解し、あらたに目で感知される文脈という基準が設定される。文脈は語と語を韻律単位を超えたレベルでつなげるはたらきをする。文脈によって、声のことばの段階では背景（context）に隠れていた文法的（統辞的）な関係が表にあらわされる。文脈の実体は、もはやそのつど消え去る音声言語ではない。それは、時間を超えて視覚の捉えつづける書きことばによってはじめて可能にされた意味のつながりなのであり、文字言語において成り立つ文法的・統辞的な関係である。

このように「磯無しと……磯は無くとも……荒磯のうえに……」という表現が文脈的に不整合であることを意

識させるのは文字ことばである。そのため、一首の意味が声から分離して文字ことばによって自律しようとするとき、「磯」は「滷」に書き換えられることになる。同じようなケースは、次の異同にも見られる。

（A一三八）
波の共　か寄りかく寄る
玉藻なす　靡き吾が寝し
しきたへの　妹が手本を
露霜の　置きてし来れば

（B一三一）
波の共　か寄りかく寄る
はしきやし　妹が手本を
露霜の　置きてし来れば

（C一三一）
波の共　か寄りかく寄る
玉藻なす　寄り寝し妹を
露霜の　置きてし来れば

これも第三段階の「玉藻なす　寄り寝し妹を」（C一三一）がはじめの「玉藻なす　靡き吾が寝し」（A一三八）とほぼ同じで、旧に復したようにみえる。AからBへの変化はすでに述べているように、第二段階で「玉藻なす　靡き吾が寝し」の「吾」が避けられたためと考えられるわけであるが、これがそのまま、最終の段階に受け継がれなかったのはなぜであろうか。その理由は「（波の共）か寄りかく寄る（はしきやし）妹が手本を」という修飾‐被修飾の関係にしっくりいかないものが感じられたためであろう。

この部分はもともと「（波と共に）寄る→玉藻」（A一三八）という無理のない表現であったが、改訂の結果「（波と共に）寄る→手本」（B一三一）という不自然なつながりになってしまった。韻律単位ごとのまとまりで詠めばそれでもよいが、書きことばの表現においては文脈上の前後関係に視線が向けられるために、そういった不整合が意識されることになる。この部分の異同も、声で成り立つ歌が文字で自律する表現に改訂されていることを示す証拠と見てよいであろう。あるいは、これなどは推敲といえば言えなくもないが、しかし、推敲が要請される歌の生態を捉えることがもっとも肝心なのである。

もう一つ、文字ことばへの改訂と思われる部分がある。それは前編の第一反歌「雲居にそ　妹があたりは　隠り来にける」（D一三六）と「雲居にそ　妹があたりを　過ぎて来にける」（E一三六）の異同である。異文系は、最近の注釈書でも「本文よりも抒情が主で、未精錬」（全注）、「やや無理な表現」（釈注）といったぐあいに評価が低い。しかし、それらは推敲というパラダイムにとらわれた偏見であり、客観的な判断とはいえない。というのも、渡瀬が分析したように長歌との関連においていえば、本文系の方があえて完成度を損ねた表現になっているからである。[*15]長歌の結句部から異文系（D一三五・一三六・一三七）で引いてみる（作図は渡瀬による）。

大舟の渡の山の　黄葉の散りのまがひに　妹が袖さやにも見えず
妻籠る室上山の　雲間より渡らふ月の　惜しけども隠らひ来れば
天伝ふ入日さしぬれ
　大夫と思へる吾も
　　しきたへの衣の袖は　通りて濡れぬ

（反歌）

青駒が足掻きを速み雲居にぞ妹があたりは隠り来にける
秋山に落つる黄葉しましくは散りなまがひそ妹があたり見む

異文系は、このように長歌末部と二首の反歌が波紋型に対応して構成されている。一三六「妹があたりは隠り来にける」が長歌の「妹が袖（が）……隠らひ来れば」に対応するのは明らかであり、ともに〈妹（の袖／あたり）

が――隠れてしまう〉という主述構文をとる。渡瀬は、これを「妹があたりを過ぎて来にける」に変えると「対応関係がやや弱くなる」と述べている。その通りで、すぐに「隠らひ来れば／過ぎて来にける」の差が目につくが、細かくみると「妹があたりは隠り来にける／妹があたりを過ぎて来にける」の構文上の違いも無視できない。異文系「妹があたりは」は提示格であるが、本文系の「妹があたりを」は客語であり、構文的な対応も無くなることになる。

つまり、異文系で形成されていたきれいな波紋型の対応がほとんど壊されているわけである。その意図は何であろうか。異文系で波紋型に揃えられているのは、渡瀬の図に明らかなように音声的な呼応を求めたからであり、それは声で成り立つ歌にふさわしい技巧であった。一方「妹があたりを過ぎて来にける」に変えられている本文系は、反歌が二首とも「私」を主格とするかたちに揃えられて、主題的なイメージがひとつの焦点で結ばれるようになる。おそらくそこにねらいがあったのであろう。声の歌では音声の響きぐあいを重視する表現が求められ、文字で成り立つ歌のばあいは、主題的な焦点の統一が重視されたわけである。

5　時制と話者

異文系と本文系の異同について、いくつか取りあげてきた。おおむね〈現地性から遠隔性へ〉〈声の歌から文字の歌へ〉といった方向で説明できるかと思われる。では、前編第一反歌の時制が現在形→過去形→現在形となって最後の段階で旧に復するのはなぜであろうか。このような変化は「滷／礒」と同じケースのようにみえる。やはり、文字で成り立つ歌の生態にかかわるのであろうか。

A一三九　石見の海打歌の山の木の間より我が振る袖を妹見つらむか（将見香）
B一三四　石見にある高角山の木の間ゆも我が袖振るを妹見けむかも（見監鴨）
C一三二　石見のや高角山の木の間より我が振る袖を妹見つらむか（見都良武香）

問題の反歌を三首並べてみるとこのようになる。ただしA「将見香」の訓には議論があって「将見」をミツラムと訓むのは無理であるとし、これを一三四にもとづいて「将見香聞《ミケムカモ》」と訓む説が出されている（注釈）。しかし本文・訓とも古写本に異同がなく、誤写説はとりにくい。「（妹）将見香」はふつうにはミムカ・ミラムカのいずれかであろう。どちらも音数の関係から採れないとすれば、ツを補って「妹見ツラムカ」の通説にしたがうほかないように思われる。ミ・ツ・ラム（カ）は現代語訳は「見たであろうか」でよいが、こまかくみれば〈現在完了＋現在推量〉であるから過去のテンスではなく「今ちょうど見終わったところであろうか」といった状況をあらわしている。微細なニュアンスを含むことは確かであるが、時制のうえではミムカ・ミラムカと同じく現在の範疇におさまることには変わりない。ほかにも人麻呂作歌の異文／本文には、このように時制が現在化する傾向がみられる。

＊…いかさまに　思ほしけめか／いかさまに　思ほしめせか（1二九）
＊…神登り　いましにしかば／神上り　上りいましぬ（2一六七）
＊…夜床も　荒れなむ／夜床も　荒るらむ（2一九四）

右は順に「近江荒都歌」「日並皇子挽歌」「川島皇子葬歌」の異同で、上が異文系、下が本文系である。どれもみな問題を含むケースなので、ここでは解釈には立ち入らず、異文から本文への展開で時制が現在化する事実にのみ注目することにしよう。石見相聞歌の例は孤立したものではなく、どうやら人麻呂作歌の本文系に共通する性格であるらしい。このことはいったい何を意味するのであろうか。

あらためて言うまでもなく、時制（tense）というのは表現された世界の時間的な位置を示して過去形・現在形・未来形を区別する形態である。これらはいずれも〈今〉を基点として測られるが、歌における時制の基点は、じっさいに表現が実現されているその生態から捉えていく必要がある。つまり、声で成り立つ歌のばあいと、文字で成り立つ歌のばあいを区別しなければならないということである。まず声の歌のばあいであるが、例として、さしあたり問題にしているB一三四で考えてみよう。

♪イワミニアル　タカツノヤマノ　コノマユモ　ワガソデフルヲ　イモミケムカモ

いまこの歌が声で詠み上げられたとする。そのさい忘れてならないのは、声で成り立つ表現は、詠み上げられているその瞬間にしか存在しないということである。音声レベルに注目していえば、「石見にある」がイ〜ワ〜ミ〜ニ〜ア〜ル〜と発語されるとき、イとワ、ワとミの音が時間的に同時に存在することはできない。ワの音は先行するイの音が消え去ってから発声され、また、そのように耳で享受される。そして、表現される時制は、音声が発せられるその瞬間にしか存在しない〈今〉との関係によって決まるのである。一三四「…イモミケムカモ」（妻は見ていたであろうか）は、この表現が発語されるその瞬間との関係において、ようするに、歌の生態に即していえば、詠み手が声を発する瞬間的な〈今〉を基点にして、それが過去の出来事であることを表す。つまり、声で成り立つ歌は、そのつど消え去る〈瞬間の今〉を時制の基点とするのである。

ところで、そのようにして表現された〈瞬間の今〉というのは、詠み手によって歌が発声される瞬間でもあるから、それはまた詠み手の〈今＝現在〉でもある。たとえば、現在形で表現される一三九「…イモミツラムカ」でいえば、ここで表されている出来事の時間は、その表現を生み出している詠み手の現在とほぼ重なりあうのである。つまり、声の歌における時制の基点は、詠み手にとっての現在でもある。したがって、そのばあい、表現するもの（詠み手）と表現されるもの（作品）、あるいは表現の外部と内部は融合し連続していることになる。即ち、表現の内部にあってその表現を生み出す〈作中のわれ〉を話者という術語でいうとすれば、声の歌において、いわゆる話者は機能的には詠み手と重なることになるわけである。

それでは、文字の歌のばあい、時制の基点はどうなっているのであろうか。結論からいえば、文字で成り立つ歌は、作中に設定されている〈話者の現在〉を時制の基点とする。そして作中の現在は文字に書かれ、そのようなかたちで表現として成り立っているのだから、それは消え去らない〈今〉、いいかえれば読むたびに再現される〈永遠の現在〉である。そしてそれは、当然のことながら、文字表現の外部にあって詠み手の体験する時間とは無縁である。したがって〈話者〉は詠み手と直接的なつながりをもたず、表現の内部において自立した存在となる。

身﨑寿が話者（語り手・作中主体・作中のわれ）を作者からきりはなして作品の内部に定位すべきことを主張し、[*16]また、品田悦一が、作品の内部にたち現れる「叙述する主体」と、作品を産出した主体（作者）を区別しなければならないと述べたのも、[*17]原理的にいえば、文字で成り立つ歌の性格からくる定義づけであった。その点でそれは適切な定義であり、万葉歌の表現分析にこれを導入した試みは高く評価されてよい。しかし問題なのは、そういった試みが、いわば暗黙のうちに『万葉集』という文字テクストの歌に即して為されていることである。そのため、文字テクストに残される声の歌の痕跡を捉えることができず、異文系と本文系の関係から掘り起こされる石見相聞歌のダイナミックな生成過程を捉えることができない。もっと、声で成り立つ歌の生態を視野におさめる必要があるのだ。

そこで、あらためてABC三首の反歌に戻って、時制の問題を、それぞれの生態に即して考えてみたい。第一段階のA一三九は声の歌であるから、時制の基点は詠まれるその時々の、消え去る現在である。すでに触れているように時制が現在であるのは、表現内容が誦詠の時とほぼ同じ時間帯であることを示す。これは表現の現地性とも対応するであろう。B一三四も声の歌であるが、時制が過去なのは表現される出来事が詠み手のいる現在からみて、過去のことがらに属することを示す。この時間のずれは、詠み手が現地からはなれたために生じる表現の遠隔性であって、帰京後に詠まれていることの証拠にほかならない。

さて、第三段階にあるC一三二は文字で成り立つ歌である。時制の基点は〈作中の現在〉であり、「見つらむか」は、話者が、再現される現在の時間帯にいることを示す。作中に設定されている〈今〉はどのようになっているであろうか。C群の長反歌三首を引いてみよう。

玉藻なす寄り寝し妹を　露霜の置きてし来れば
この道の八十隈ごとに　万たびかへりみすれど
いや遠に里は離りぬ
いや高に山も越え来ぬ
……
夏草の思ひしなへて　偲ふらむ妹の門見む
なびけ　この山

（反歌）

石見のや高角山の木の間より我が振る袖を妹見つらむか

笹の葉はみ山もさやに乱るとも我は妹思ふ別れ来ぬれば

（或本反歌）

石見にある高角山の木の間ゆも我が袖振るを妹見けむかも

長歌における時制の基点は、「吾」が「妹」と別れて山や里をいくつも越えて、おそらく最後の見納めとして妻の家を見ようとしている〈今〉である。その場所は、第一反歌で詠まれる「高角山」の峠（象徴的には山頂でもよい）であろう。長歌の「この山」を高角山とする見方もあって、その方が合理的なところもあるが、しかし、そのばあい長歌における「吾」の〈今〉は高角山を過ぎた時点に置かれていることになり、第一反歌の「吾」が高角山の峠にいるのとずれが生じてしまう。このずれを解釈上で調整するのは難しく、「この山」はやはり通説にいうように、高角山から眺めやってなお妻の里を見えにくくしている手前の山とみるしかない。第一反歌が「……高角山の木の間から私が振る袖を、妻は見たであろうか」と疑問形で詠まれるのは、妻とのあいだにそういった障害物があるからなのである。[*18]

ともあれ、この反歌の時制はすでに触れているように過去のテンスではなく、「今ちょうど見終わったところであろうか」という現在の状況をあらわしている。妻の側からみるなら、「吾」が高角山の峠のあたりにいて、袖を振るのがちょうど見えなくなったあたりで詠まれた格好になっている。つまり、長歌も二首の反歌もほぼ同じ時制の基点をもつわけであるが、細かくみると、一首目の反歌は長歌に描かれる〈現在〉の情景を引きずり、二首目の反歌はそれから離れて後編の歌群に向かう心情を表している。しかし、こういったくい違いも、時制の基点が共通なので、話者の時間体験が歌の配列にしたがってスムーズに進行するようになっているのである。

ところで一首目の反歌が、もし一三四「～我が袖振るを妹見けむかも」のままならばどうであったろうか。これだと「～あの時、妻は見たであろうか」と過去を回想するかたちになるので、この反歌に設定されている時制の基点すなわち〈話者の現在〉は、高角山を越えた時点からずっと経過したところに想定しなければならない。すると、長歌と反歌のあいだで時制の基点が分裂するので、話者の時間体験を統一的に把握するのが難しくなってしまう。当然、文字テクストの読者も時間的な位置がとりにくくなる。このことを指摘したのが伊藤論文であった。伊藤がＢ一三四を「身も心も高角山ならぬ都に在るような感じ」と評することができたのは、この歌を文字ことばにおいて受け取ったからにほかならない。

けれども、これを声の歌の生態に即して受け取れば、そういった不自然さは生じないであろう。なぜなら、声の歌と文字の歌とでは、時制の基点がまったく異質だからである。声の歌のばあい、時制の基点は表現の外部にある読み手の現在に重なり、しかもそれはそのつど消え去る〈瞬間の現在〉なので、長歌と反歌のあいだには文脈的な関連が形成されておらず、したがって、時間はかならずしも連動しないからである。一方、文字の歌のばあい、時制の基点はずっと消えずにありつづけ、読み返されるたびに再生する〈永遠の現在〉である。したがって、時間的な関係も相互的であることが意識される。

人麻呂は帰京してから宮廷貴族の前で誦詠したＢ一三四を、後になって文字で成り立つ歌に改訂したのであるが、そのさい反歌の時制を現在に改めた。これは一見すると、最初のＡ一三八に戻ったようにみえるが、おなじ現在形でも時間の構造がまったく異なる。Ａ一三八は瞬間の現在であったが、Ｃ一三二は永遠の現在なのである。そのように反歌の時間を長歌のそれに連動させなければ、文字の歌として成り立たないということであるが、じじつとして、そのように改訂されていることは、人麻呂がそういった文字言語の表現原理に気付いていたことを意味する。

6 おわりに

人麻呂は声の歌を文字の歌に改訂するなかで〈永遠の時間〉を創造した。石見相聞歌群の生成とは、そのような創造的営為の軌跡にほかならない。

声のことばの時代、すなわち無文字時代において、永遠の時間とは神話のなかで実現されている時間のことであった。文字の時代が到来したとき、神話的な時間は解体されたわけであるが、人麻呂は、神話的な時間が崩壊した後に、ふたたび永遠の時間を発見した。ただし、それは文字ことばの地平で成り立つ永遠の時であった。このことは「万葉」の意味とも無縁ではないだろう。『万葉集』という書名が万代の意味をもつのは、文字テクストとしての歌集そのものの存立構造に由来すると考えられるのである。

注

＊1 西條勉「人麻呂作歌の異文系と本文系—歌稿から歌集へ—」二〇〇二年一月、本書所収、六「人麻呂作歌の異文系・本文系」。
＊2 伊藤博「石見相聞歌の構造と形成」一九七五年四月、『萬葉集の歌人と作品 上』所収。
＊3 橋本達雄「石見相聞歌の構造」一九七七年六月、後に『万葉集の作品と歌風』(一九九一年二月)に収録。
＊4 渡瀬昌忠『渡瀬昌忠著作集 第七巻 柿本人麻呂作家論』第四章第一節「石見妻との別離の歌群」二〇〇三年三月。

＊5　土屋文明『万葉集総釈』（一九三五年五月）あたりが、いわゆる伝誦説の初めと思われる。
＊6　澤瀉久孝「人麻呂の妻」（一九五一年十月、後に『萬葉歌人の誕生』に収録）が推敲説の嚆矢と思われる。
＊7　伊藤前掲論文。
＊8　渡瀬前掲論文。
＊9　内田賢徳「上代語シノフの意味と用法」一九九〇年二月、『帝塚山学院大学日本文学研究』第二十号。
＊10　中西進『柿本人麻呂』一九七〇年十一月、一五一頁。
＊11　橋本前掲論文。
＊12　塩谷香織「石見相聞歌の構成―別れの拒絶と受容―」一九八四年三月、『五味智英先生追悼上代文学論叢』所収。
＊13　神野志隆光「石見相聞歌論」一九七七年一月初出、後に『柿本人麻呂研究』（一九九二年四月）に補筆収録。
＊14　西條勉「歌謡のリズムと音数律以前―和歌期限の詩学―」一九九九年六月、『アジアのなかの和歌の誕生』所収。
＊15　渡瀬昌忠「石見相聞異文長歌―対句と構成―」一九八六年三月『日本文学』、後に『渡瀬昌忠著作集第七巻柿本人麻呂作歌論』に収録。
＊16　身﨑寿「柿本人麻呂献呈挽歌」一九七七年十二月『万葉集を学ぶ』第二集、「人麻呂挽歌の〈話者〉」一九八八年一月『日本文学』、「歌の中の叙述の主体という観点はどのような歌のよみかたをひらくか」一九九六年五月『国文学』（学燈社）等。身﨑『人麻呂の方法』二〇〇五年一月。
＊17　品田悦一「人麻呂における主体の複眼的性格」一九九一年五月『萬葉集研究』第十八集、同「人麻呂における主体の獲得」一九九一年五月『国語と国文学』。
＊18　塩谷香織前掲論文。塩谷は、高角山を見納め山とするなら、そこからみて妻の里を隠す山のあるのを想定するのは矛盾であるというが、それは高角山をあまり大きくイメージしすぎた見方であろう。高角山を連なる山々の果てにあるとイメージすれば、その最果てに位置する山の峠からみて、麓の方にある妻の里を見えにくくする山があってもおかしくはない。身﨑は『人麻呂の方法』第十二章「石見相聞歌」で、「～無理を承知でそ

のやまに対し「靡け」と命ずるほかないのだ。この「山」こそは……「見納め山」にほかならない」(二四八頁)、あるいは「一三一の最終場面は、「語り手」が、「見納め山」たる「高角山」の山頂をこえてしまったあと、そこで「妹」と自分とをへだてるやまに対して「妹が門見む靡けこの山」と命じている、その時点と地点がそれにあたる」(二五一頁)と述べている。これは塩谷説そのものである。身﨑は、この読み方に基づいて、時間を巻き戻さずに第一反歌への展開を読み取ろうとして、「高角山の木の間より我が振る袖を〜」が、高角山が靡いたという幻想のなかで詠まれたものとみる。しかしいくら幻想だからといっても、靡いて平たく伏した状態になった高角山から手を振ることがあるだろうか。伊藤がいうように、「靡けこの山」と命じた場所は「高角山」であり、「人麻呂の切実な叫びにもかかわらず、眼前の山は靡かなかった。当然、門に立つ妻も望みえない。人麻呂はその妻の姿を幻想しつつ、袖を振って最後の別れを告げる」(釈注)のである。

八　人麻呂の声調と文体

1　はじめに

万葉集の研究に、本格的な作品論の到来を告げたのは清水克彦の『柿本人麻呂―作品研究―』（一九六五年）あたりであったろうか。清水は「あとがき」で著作のねらいについて「柿本人麻呂の作品を、主としてその作品の言語に即しつつ、分析し、総合することを通して、人麻呂作歌の特質を明らかにしようと意図したもの」であると述べている。

ここで言われているように、いわゆる作品論のコンセプトは作品の言語に即してその特質を明らかにするところにあった。そのように言えば、すでにこれはだいたいの文学作品を読むばあいに当てはまる、いわば方法以前の常識になっているといってもよい。しかし万葉集の、とりわけ柿本人麻呂の創り出した作品についていえば、そのような自明性はかえって問題を見えにくくする。

そもそも人麻呂歌のばあい「作品の言語」とはどのようなものを指すのか。また、そこで明らかにされる「特質」とは何であろうか。作品論の立場からみれば、これらの疑問に対する答えははっきりしている。すなわち人麻呂作品の言語とは『万葉集』に書かれている文字言語のことであり、人麻呂作歌の特質とは、いうまでもなく文字言語として受け取ったばあいのそれである。このような見方は、作品論的なアプローチではごくあたりまえの認識になっているといってよい。ところが、そういった常識の陰で忘れられているのがじつは声調をめぐる問題なのである。

たしかに、いまや「声調」はほとんど死語になっている。この用語を持ち出して人麻呂を論じるのはアナクロニズムであり、失笑をかうだろう。今日かくも声調論が不人気なのは、それが印象主義的であり主観的な概念であるというレッテルが貼られているからである。たしかに、そのような傾向があったことは否めない。しかし声調論がおちぶれたほんとうの理由は作品論の台頭にあった。分かりやすく言えば、文字言語に価値を置くパラダイムが、音声言語に向かう声調論を追放したかたちになっているのだ。声調論が印象主義的、主観的であるといわれるのは、それが声という、刹那的にしか存在しない対象を相手にするからである。これに対して作品論は、いちど書かれたらそう簡単に消失しない文字言語を扱うので、客観的な議論を組み立てやすい。

そういった経緯から声調論がすたれていったわけであるが、これは人麻呂歌の生成を捉えようとするばあいに大きな損失になるのではないだろうか。というのも、人麻呂と同時代を生きた人々にとって、人麻呂の歌は文字言語のかたちでかれらの眼前に示されたのではなく、音声言語としてあらわれたからである。音声言語においてこそ、人麻呂の歌は衝撃的であった。むろんわたしたちも人麻呂の和歌をひとつの衝撃として体験するが、それは、人麻呂の作品に最初に触れた人々のものとは質を異にする。すくなくともかれらは『万葉集』という書き物《テクスト》によって人麻呂の作品に出会ったのではなかった。かれらは声のことばで人麻呂作品を体験したのだ。一方、わたしたちは文字言語によって人麻呂作品を読んでいる。この違いは大きい。

けれども、もしそれだけのことであるなら問題はむしろ単純化されるであろう。事態はいささか厄介なのである。なぜなら、人麻呂はあのような壮大で陰影に富んだ歌を即興で作っていたとは考えられず、当然、文字による推敲を重ねた結果と考えなければならないからだ。人麻呂は文字で歌を創作し、声のことばで公に発表した。声の歌を文字で作ったわけである。そのパラドックスのなかに人麻呂の衝撃の真相が隠されている。本考察ではその辺のところを、人麻呂歌における詩の技法（prosody）という観点から捉えてみたい。

2 技術としての声調

とりあえず、声調について考えなおしてみる必要がある。そもそも声調とは何なのか。声調という用語がすでに忘れ去られている現状からすれば、こういったもっとも基本的なことがらから再スタートするのもやむをえないであろう。そして、それは具体的には斎藤茂吉の声調論を読み返すことにほかならない。茂吉は短歌における「声調」が賀茂真淵や香川景樹の論じた「調べ」とほぼおなじものであることを認めながら、次のような概念規定を試みている。[*1]

短歌の声調は、音の要素のみでなく、意味の要素をも同時に念中にもって論ぜねばならなぬ。それからその二つの結合から成る「句単位」を以て「声調の単位」として論じなければならぬ。

声調とは歌を発声するときの音調のみならず、それの担う意味的な側面も不可欠の要素であるという見方は、真淵や景樹の「調べ」ではあまり注意されていなかった。五七五七七の各句を「声調の単位」とするというのも分析的な見方であり、モダンな思考になっている。ところが、それにもかかわらず声調は「直覚的な感じ」であって「音韻学的に、或は実験心理学的に、細かに分析して、百分率などを以て結論を附けたりすることは、殆ど役に立たない」と述べられている。声調はあくまでも主観的に感受されるべきものであり、そのためには「修練が要る」のである。しかも「声調の要素は複雑微妙」ということになれば、それの感得はもはや職人技にちかいものとなる。

茂吉が分析的に議論をすすめる一方で、このように、どうみても主観的としか言いようのない発想に傾いているのには、それなりの理由があった。それは茂吉の発想が、まだ真淵の「古の歌は調を専とせり。うたふものなればなり」（にひまなび）といった近世的な「調べ」の内実を引きずっているからである。調べというのはもともと管弦のひびきをいう語であったが、真淵は歌をうたわれるものとして捉えていたので、この語を用いたのである。真淵を発展させた景樹は「歌はことはるものにあらずて調ぶるものなり」（内山真弓『歌学提要』より）と述べている。ここでいわれる調べは「物に感じて、おのづから出くる嗟嘆《なげき》の声」であり、「調をはなる、時は哀感なくして、歌のうたたる妙用をうしなふものなり」とされている。つまり、調べというのは単なる声ではなく和歌の声であり、それは「天地に根ざして、古今をつらぬき、四海にわたりて異類を統《すべ》るもの」なのである。そこでは和歌の声が形而上学的に普遍化されており、「畢竟しらべとは歌の称《な》なり」とまでいわれる。

このような加熱したもの言いにくらべると、茂吉の発言はずっとおだやかである。それは、かれの議論が「言語表象には意味の要素と音の要素の二とほりがある」という、ことばに対するモダンな見方をベースにしていたからであった。茂吉によって国学的、前近代的な「調べ」の概念が捉え返され、いたずらに神秘化されていた和歌の声におそらくはじめて分析のメスが加えられることになったのである。しかし、すでに述べたように、結果として出されている声調の様相については、真淵や景樹を質的に乗り超えることができなかった。茂吉の声調論には限界があったわけであるが、いったいどのような作業が行われ、いかなる結論が導き出されていたのであろうか。

茂吉が行った作業は、まず、音数の単位としての五音句・七音句が意味上のまとまりとしても機能していることを確認して、これを「声調の単位」として捉えたこと、そして、その声調の単位をさらに細かく分解することによって、短歌における音と意味の最小単位を求めたことである。茂吉はさまざまな事例を数多く挙げながら、たとえば、次のようなかたちで具体的に示した。

はるすぎて	なつきたるらし	しろたへの	ころもほしたり	あめのかぐやま
2 3	2 3 2	2 3	3 4	3 4
5	7	5	7	7

短歌は音数律であるから、声調の実態は、このように究極的には音数のリズム形式に還元されることになる。[*2]これを骨組みにするような格好で、さらに音感、語感、枕詞、序詞などの修辞的な要素を加味しながら、意味と音声がかもし出すさまざまな効果が吟味されていく。ところが作業のはてに茂吉がゆきついたのは「さういふ分析的穿鑿よりも、直感的結論が大切であり、そして、その直感は稽古修練によらねばならぬものであるから、結論は主観的である」（注2論、一八九頁）という確信であった。手堅い作業のわりに結論がドグマ的な気がしないでもないが、茂吉が音数分解の方法にほとんど信憑性を求めなかったのは正しかったかもしれない。どのみち、右のような分析は機械的韻律論[*3]の亜流にすぎないからだ。

万葉集の声調を分析するばあいも、茂吉はやはり「声調の単位」（注1論）に固執し音と意味の結合に、万葉ならではの特色を見出そうとする。けれども「声調の単位が皆整つてゐて、細かに乱れることがない」だとか、「一首の声調は豊かで太くて潤いがある」といった言い方が繰り返されている。これを茂吉は「感」といい、声調の問題は「終極には「感」による解決を要求してゐる」という結論に帰着するのである。

さて、そういった「感」が捉えた人麻呂の声調が連続的、流動的、音楽的、原始的混沌、あるいはディオニソス的とも言われるものであった。[*4]これらは、後に動乱調[*5]とも言われるわけであるが、どのように呼ぶにせよ、それらはかつて真淵が「勢は雲風に乗りて御空行く竜の如く、言は大海の八百潮の湧くが如し」（万葉考）と評したのとさほどの開きはない。ようするに真淵の用いた比喩を概念的に言い換えたものにすぎない。もっとも真淵のばあいは長歌からの印象が強いのに対して、茂吉はもっぱら短歌に目を向けるという違いはあるが。

　ささなみの志賀津の子らが罷道の川瀬の道を見ればさぶしも（2二一八）

　もののふの八十うぢ河の網代木にいさよふ波のゆくえ知らずも（3二六四）

たとえばこれらについて茂吉は、句ごとに多用される「の」あるいは「が」「に」などが連続的、流動的な声調を形成し、また「いさよふ波の」「ゆくえ知らずも」が「運動の相」をあらわし、「罷道の川瀬の道」「見ればさぶしも」は「静止しない心の動きに随順する」ような表現になっているのだ、と述べている（注4論）。むろん、こういった分析的な要素のみから人麻呂の声調が理解できるものでないことも述べられているが、そのことはさておき、ここでひとつ注意したいことがある。それは、茂吉が人麻呂の声調を説明するばあいに、しばしば「技法」という言い方をしていることである。これは真淵や景樹とおおきく異なる点である。

近世国学の調べは「世にまうけとゝのうる調べにあらず、おのづから出くる声」（歌学提要）であり、つまるところそれは神から授けられたものであった。茂吉のいう声調は、これを逆手にとっていえば「世にまうけとゝのうる調べ」そのものであろう。長いあいだ和歌の声を覆ってきた神秘のベールがはがされたわけである。とはいえ、茂吉はそのことを積極的に主張したわけではなかった。たとえば「これも亦人麻呂の好む技法の一つである」だとか「人麻呂は斯ういふ技法を好んだ」とかいうぐあいに、かなり控えめな言い方をしている。じつはこの指摘は茂吉が初めてではなく、かれの師匠に当たる伊藤左千夫がすでにそのことを指摘していたのである。左千夫は人麻呂の歌に対する不満を四点あげている。[*6]

　一、文彩余りあつて質是れに伴はざるもの多き事

　二、言語の働が往々内容に一致せざる事

三、内容の自然的発現を重んぜずして形式に偏した格調を悦べる風のある事

四、技巧的作為に往々匠気を認め得る事

これらは人麻呂の歌が形式を重んじて技巧に走っていることを批判したもので、一般に人麻呂崇拝を旗幟とするアララギ派にあって、この発言は茂吉も「革命的な言説」と評するほど大胆なものであった。茂吉が先師のことばを念頭に置いていないはずはないが、しかし、茂吉のいう「技法」にはネガティブなニュアンスは含まれていない。そこに師説との違いがあった。久松潜一も人麻呂の声調を技巧の産物とする立場から「人麻呂の歌には決して素材のままのものはない。生なものは少しもない。どこまでもそれが韻律化され格調化されて居る」[*7]と述べている。ここでは「韻律」という用語が用いられているが、後で触れるように、茂吉が声調という角度から明らかにしようとしたのも、おおかたは韻律の問題として捉えることができるのである。しかもそれは、久松の指摘する通り、素材のままのものは一つもなく、すべて加工の手が加えられているとみなければならない。

すると、ここに新しい視点がひとつ可能となる。すなわち**声調とは技術である**という見方である。左千夫の見解に対する是非はさておき、人麻呂歌に技巧が含まれることじたいは歴然とした事実といってよい。もしそうでなければ、人麻呂の声調はまさに景樹のいう「おのづから出くる声」になってしまうであろう。茂吉には人麻呂の連続的、流動的な調べが天賦のものではなく、あくまでも技術（ワザ）の産物であるという認識があった。けれども、それは先師によって批判的に用いられたものであるため、茂吉自身はそのことをあまり積極的には述べたくなかったらしい。それで韻律論を借りて声調に客観分析を加えたりするわけであるが、この作業は茂吉じしんにとってほとんどなんの意味ももたなかった。

茂吉の意向にかかわらず、かれの感受した人麻呂歌の流動的・連続的な声調が巧まれたものであるとするなら、

したがってまた、それが技術にほかならないことをニュートラルに見据えるならば、声調というものについて、これまでのようなネガティブな評価とは違った側面が見えてくるはずである。まずいえるのは、技術の一般的な性格からみて、声調は生み出された結果として捉えるよりも、何かを生み出すための方法として捉えるべきである、ということだ。ようするに声調とは詩法（prosody）の一種にほかならない。人麻呂の方法を問題にするばあいには、声調というものに注目しなければならないわけである。声調を捉えるためには、生み出された結果としての表現形態を分析するのではなく、表現を生み出すものの方に目を向ける必要がある。

ここに声調を、生み出された結果としての表現形態であるとする見方を批判したのは、茂吉の作業を念頭に置いているからである。茂吉は五七音句をさらに細かく分解したり、助詞の繰り返しによる連続的表現など、表現形態にかかわるいくつかの側面を分析し、それらに声調の由来を求めようとしたわけであるが、すでにふれたように、そのような作業は茂吉自身の実感するところを裏付けるものにはなりえなかった。流動的、連続的、音楽的あるいは原始的混沌といった用語は、客観分析の結果として示されたものではなかったのだ。これらは茂吉の直感が導き出したフレーズにほかならなかった。あらためて言うまでもないことだが、声調はなにか外的な実体のたぐいではない。

そうすると、茂吉が提出した声調の定義も再考しなければならないことになる。声調は音と意味の結合から成り、句単位のまとまりが声調の単位となっているという見方は、近世国学の「調べ」からすると、説明として納得しやすいかにみえたが、じっさいは何の役にも立たなかった。茂吉の定義が理解しやすくみえるのは、それが言語学的な言語観をほとんどそのまま持ち込んで成り立っているからである。音と意味の結合というのは近代的な言語観そのものであり、それに「句単位」という定型用語が付加されるので、和歌の問題らしくみえるが、かなり形式主義的な見方である。茂吉がじしんの作業結果にさほど信憑性を持たなかったのはもっともである。

一方、茂吉が確信していた声調は、あくまでもかれ自身のなかで心理的、主観的な直感として生じている心的現象であった。それは、歌の表現形態にストレートに反映されるようなものではない。古めかしい言い方をすれば、声調という用語で捉えられているものは表現形態に現れない、和歌のもつ根源的な何かなのだ。このように言えば「歌はことわるものにあらず、調ぶるものなり」という真淵のことばに戻ってしまいそうであるが、考えてみれば、茂吉には真淵を否定しようとするつもりは微塵もなかった。ただ、近代人の一人としてそれをなんとか合理的に説明しなおしたかっただけなのである。

3　文体のリズム

このように、声調があくまでもわたしたちじしんの内部に生起する感覚的な現象であるとすれば、それを捉えるにはいったいどうすればよいのか。茂吉が言うように「感」に頼るしかないのであろうか。もしそうならば、声調の実体は探れば探るほど真淵や香景の「調べ」に近いものとならざるをえない。〈和歌のことば〉を神秘化せずに捉えるにはどうすればよいのか。そこで、こころみに〈リズム〉という視点を導入してみよう。

茂吉が客観分析を志向しながら、本音のところでは直感に基づく理会に信憑性を求めたのは、声調がリズムという現象に深くかかわっているからであると考えられる。それは、声調の概念のもとになっている〈調べ〉がもともと音楽用語であったことからもうかがえることで、茂吉じしんも心的なインパクトのもっとも強い人麻呂の声調については「音楽的」であると述べている。それはまた「連続的」「流動的」あるいは「運動の相」だとか「静止せない心の動き」といった言い方と重なるわけであるが、具体的な作品にもどってみると、たとえば次のような歌によって確認されている。

石見のや高角山の木の間より我が振る袖を妹見つらむか（2一三二）

ともしびの明石大門に入らむ日や漕ぎ別れなむ家のあたり見ず（3二五四）

茂吉によれば、これらが音楽的で流動的な声調を形成しているのは「らむか」「らむ」などの助動詞によって揺らぎや休止の効果がはたらき、詠み下ろす調子に複雑な変化が生み出されるからである、といったぐあいに説明される（注4論。三五七頁）。そのあたりの一番肝心なところを直感的な修練にもっていくのが茂吉流の説き方であり、そういった筆致がいかにも主観的で印象批評的であると言われるわけである。しかし、直感的な把握しかないのだといわれれば、まさにその通りであろう。そのこと自体はとくに批判されるべきものではない。問題があるとすれば、そういった直感ないし主観の出どころに目が向けられていないことである。いったい「感」なるものはどこからやってくるのか。

いうまでもないことだが、何かを把握するときに直感的なひらめきがはたらくのは、心的な体験としてはまぎれもない事実である。具体的に説明するのは難しいが、体験としては否定できない。「感」のはたらきは対象化しにくく、たとえば芸術的な作品に触れたときの感動と同じで、あくまでも、ことばによる対象化以前のいわば実感として捉えるしかない性質のものだ。茂吉がいうところの声調も、そういった類のひとつであろう。そこで、これを〈リズム〉の概念でとらえてみたい。つまり、ここに**声調とはリズムである**という視点を設定してみるわけである。

L・クラーゲスによれば独語の Rhythmus（rhythm・リズム）はギリシャ語の rheein（流れる）に由来しており、リズムの語義は「流れるもの＝不断に持続的なもの」であるという。[*8] クラーゲスは、そこから「リズムは生命の脈動であり、生命現象そのものである」という定義を導き出している。リズムというカタカナ語はそのままですっかり日本語として定着しているが、この外来語にあえて和語を当てれば「流れ」になるわけである。〈リズム＝流れ〉は固定せず、とどまらないものであり、つねに流動し生成する。それはまさに生命現象と呼ぶにふさわしい。生きている感覚はつねに生成のなかにあり、生命とはリズムそのものである。和歌の声調が、生命的な感覚を呼び起こす流動であるというのは、かならずしも誇張した言い方ではなかったのだ。有名な「花に鳴く鶯、水にすむかはづのこゑを聞けば、生きとし生けるもの、いづれか歌をよまざりけむ」（古今集仮名序）も、そこにつながっているはずである。

このような角度からあらためて見直してみると、近世の〈調べ〉説にも別の説明がつくのではないか。さきに紹介したように景樹は調べとは歌そのもののことであり、おのずから発せられる声である、ともいう。そして「誠実より為れる歌はやがて天地の調にして、空ふく風の物につきてその声をなすが如く、あたる物としてその調を得ざる事なし」（新学異見）と述べる。これは、和歌の本質は無作為のうちに天地自然の生命に共鳴することを譬えたものである。こういった前近代的な観念論も、その真意を探れば、和歌を詠むことが生命の活動に深くかかわり、生きていることの証であるという考え方にもとづくといえる。その点で、クラーゲスがいうリズムの本性ともけっして無縁ではない。近世の歌論は、和歌という文学を人間の生の営みとして根源的に捉えようとしていたわけである。

もっとも、だからといって人麻呂の声調を説明するのに真淵の「勢は風雲に乗りて御空行く竜の如く」といった比喩を復活させるわけにはいかない。なぜなら、そもそも人麻呂歌の調べがこういったイメージで対象化される裏には、ひとつの誤解が存するからだ。くわしく言えば、「古の歌は調を専とせり。うたふものなればなり」（にひまなび）ということばは、どうやら真淵じしんの勘違いから発せられたと思われるのである。その調べの様は「のどにも、あきらにも、さやにも、遠くにも、おのがじゝ得たるまにまになるものゝ、つらぬくに高く直き心をもてす」（にひまなび）と説明される。調べはうたわれることによって生ずるとされながら、「高く直き声をもてす」と言われないところをみると、実際には歌われるときの声の印象からくるものではないらしい。
つまり、「のどにも、あきらにも、さやにも」と言われる調べは耳で聞く肉声の音調であるよりは、「心」に呼び起こされるイメージなわけである。であるから「勢は風雲に乗りて御空行く竜の如く」の比喩も、歌われるときの音声の印象ではなく、その音声が呼び起こす歌の内容もしくはイメージに基づく心象であったとみなければならない。むろんそれは茂吉のいう音と意味の結合としての〈声調〉にも重なるわけで、声調のリズムとは音のリズムであるとともに、いわば意味のリズムとでも言うべき性質を帯びている。このことは、茂吉のばあい、声調を音と意味との結合と捉えているのでむしろ当然のことであろう。じじつ茂吉は両面にわたって分析し言及していた。けれども、すでにみたように茂吉は意味的な分析には信憑性をおかず、本音のところでは音声的な、つまりは音楽的な印象を重視したのである。「連続的」「流動的」という用語が、音声的な印象をさしていることはいうまでもない。声調という用語も、声の調べということを意識したものである。

このように、真淵や景樹にみられた勘違いは、どうやら茂吉にもそのまま受け継がれていたようである。かれらが声のリズムであると認識していたものは、じつは心象（イメージ）のリズムであった。しかし、ここに心象のリズムと言ったのはあくまで便宜的な言い方にすぎず、そのばあいの〈心象〉とは正確にいえば〈音＝シニフィエ〉と結合した〈イメージ＝シニフィアン〉である。したがって〈心象のリズム〉は、結局のところは〈シニフィアン／シニフィエ〉のリズムということになる。その点で声調とはまさしくことばのリズムであった。

しかも、純粋に声のことばであるよりは、書きことばにあらわれた意味のリズムである。茂吉はいうまでもなく、真淵や景樹にしても、彼らが声のことばとしてイメージしたものは、じつは書きことばの担う音声にほかならなかった。そのばあいシニフィアンとしてはたらいているのはあくまでも視覚的な文字である。したがって、そういった表現形態はもともと文体の問題として扱わなければならない性質をもっているのである。

ここに持ち出した〈文体〉という用語は、ごくふつうに言語表現のスタイルといった意味あいで用いている。広くいえば音声言語についても文体と呼ばれることがあるが、それはそのつど消え去る音声表現そのものではなく、それを文字に書き取ったうえで言われることだ。じじつ、茂吉も結局のところ文字化された字面を示しながら論じざるをえなかったのであり、そういった面からの見方もふくめて〈声調〉という概念が立てられていたわけである。もともと声の調べをいう声調に文字の要素を持ち込むのは矛盾するようにみえるが、このような見方は、たぶん人麻呂歌を捉えるばあいにはむしろおおいに役に立つはずである。なぜなら、はじめに述べたように、人麻呂歌は声の歌を文字で作るという矛盾によって生み出されているからである。

茂吉の声調論につきまとっている煮え切らない主観性を多少なりとも払拭していえば、**人麻呂歌において声調とは文体であった**。こういった観点から捉えなおしてみると、声調とは心的現象としてのことばのリズムであるが、人麻呂歌において、それは視覚の対象である文字表現の形態としてあらわれている、ということになる。茂吉のいう連続的・流動的な声調のありさまも、文体の問題として捉えなおしてみなければならないのだ。このことをじっさいに人麻呂歌で確認するにはどんな歌をもちだしてきてもよいだろう。たとえば「近江荒都歌」で具体的に考えてみよう。

玉たすき　畝傍の山の
橿原の　ひじりの御代ゆ
生れまし　神のことごと
栂の木の　いや継ぎ継ぎに
天の下　知らしめししを、」

そらにみつ　大和を置きて
あおによし　奈良山を越え
いかさまに　思ほしめせか
天ざかる　鄙にはあれど、」
石走る　近江の国の
ささなみの　大津の宮に
天の下　知らしめしけむ
天皇の　神の命の
大宮は　ここと聞けども、」
大殿は　ここと言へども、
　春草の　茂く生いたる
　霞立つ　春日の霧れる
ももしきの　大宮ところ
見れば悲しも

この歌の特色は切れ目がないことである。五七調で構成される七音句になんと終止形がひとつもない。「玉たすき　畝傍のやまの」からはじまり、「見れば悲しも」で終わる三十七句は、たったひとつのセンテンスに仕立て上げられている。まさに茂吉のいう「連続的」そのものである。さらに、五音句に枕詞（傍線部）が頻繁に用いられていること、および対句の多用なども挙げなければならない。しかもそれらが「を」「ど」「ども」といった逆接表現で区切られる文脈構成も、文体的には大きな特色をなしている。

人麻呂歌のこういった特色は、多かれ少なかれこの作者の他の作品にも認められる傾向であり、はやくから指摘されてきた。たとえば、西郷信綱は茂吉の用語を借りて「このディオニソス的声調は、人麿においてほとんど突風のようにあらわれ、また突風のように吹き去っていった点で、なかなか正体がつかみにくい」[*9]と述べている。人麻呂の作風はまさに突風のようであった。それは、額田王の「春秋歌」と比べてみるとよく分かる。

「冬ごもり　春さりくれば
　鳴かざりし　鳥も来**鳴きぬ。**」
　咲かざりし　花も咲けれど
　　山を茂み　入りても**取らず。**」
　草深み　取りても**見ず。**」
秋山の　木の葉を見ては
　黄葉をば　取りてそ**しのふ。**」
　青きをば　置きてそ**嘆く。**」
そこし**恨めし。**」
秋山我は。」

この表現の特色は、人麻呂歌とはまったく反対に七音句に終止形が頻繁にみられることである。枕詞もひとつしか用いられていない。共通するのは対句が多く見られることであるが、しかし、細かくみると人麻呂の対句は形式性がより前面に出ていて、そのなかで叙述が展開するのに対して、額田王のばあいはほぼ同一内容の繰り返しになっている。句数の分量的な違いもあるが、おなじ長歌形式といっても、文体の面では大きな差がある。まして、主観的な印象に左右される声調にいたっては、それこそ雲泥の差があるといっても言い過ぎではないだろう。こういった劇的な異変は、いったいどのようなメカニズムのなかで生起するのだろうか。

額田王歌の句切れをみると、五七音かもしくはそれの繰り返しで終止していることがわかる。これはひと呼吸の長さにほぼ対応しているとみてまちがいない。つまり、呼吸のリズムがそのまま表現の句切れを形成しているのである。呼吸と表現の間にこのような対応関係がみられるのは、この歌が生身の肉声で誦詠されることによって生み出されているからにほかならない。土居光知の音歩説[*10]によって明らかにされているように、一回の息継ぎで生み出される音量は、だいたい〈五音＋七音＝十二音〉以内に収められる。もっとも、このように言うのは結果からみた説明であり、じっさいには、音声を四拍子のリズムで区切りながら発語されることで作られたものである。

この辺の説明にはいわゆる四拍子説[*11]が有効であるとおもわれるが、うたわれる生態に即して言えば、ようするに即興的に詠み出される歌である。そして急いで付け加えるならば、もともと歌は、歌謡の時代からずっと即興で歌い出されるのがごく当たり前の姿であった。額田王の歌はその点ではむしろ歌謡的といえるので、そこに人麻呂歌との決定的なちがいがある。人麻呂歌のばあい、歌が生み出されるのは文字ことばにおいてであった。声の歌と文字の歌、このギャップをどう捉えるかが一番の問題となるのである。

即興歌についてみてみると、五・七音は韻律上の単位として機能しているとみてよい。のみならず、それはまた語の正当な意味において茂吉が示した「声調の単位」であった。肉声のリズムとしての調べは息継ぎという生身にかかわるので、意味やイメージよりも快・不快といった身体的な感覚とつながっており、ことばでは説明しにくい微妙な味わいは、茂吉がいうようにまさに「感」による体得にたよるしかないであろう。ところが、そのつど消え去る即興の音声がひとたび文字化されてしまうと、右に書き出したような文字ことばの表現に固定されてしまい、声調的なものは文体のリズムに変換されてしまうのである。

このあたりのところを人麻呂の「近江荒都歌」と比べてみると、どのようなことが言えるであろうか。人麻呂歌のもっとも顕著な特徴は七音句に終止形が極端に少ないことである。これを額田王の歌と同列に考えれば、四十句ほどの歌が息継ぎなしで詠まれることになるが、実際にそんなことはできるはずがない。人麻呂の歌は、はじめから生身の呼吸で詠み出されているのではなく、言い換えれば、声のことばで即興的に作られているわけではなく、文字に書き出しつつ生み出されているのである。このばあい文字は声の変換装置であり、声の写しではない。声が文字に変換される過程で、即興的な声の歌を成り立たせていた韻律単位の枠が解除され、息継ぎ形式から自由になった表現が生み出されたことの結果が、のべつ幕なしに続くあの「連続調」にほかならない。

このように、いわゆる「連続調」と呼ばれる形式は生身の声のレベルで成り立っているわけではなく、肉声が客体化され、身体性が払拭されたときにはじめて生み出されるのである。

4　おわりに

かつて声調という用語で捉えられたものは、詩法の面からみれば、いわば声を客体化する技術にほかならなかった。人麻呂歌において文体のリズムは、肉声的な、したがって身体的なレベルを超えたところで形成される。しかも、それは文字を媒介にして行われるのである。

したがって、誤解をおそれずに要約すれば〈声の客体化＝文体の成立〉という関係が成り立つことになる。一見パラドックスのようにみえるが、その背後には〈書くこと〉の問題がある。その意味で、人麻呂歌において〈声調〉の概念で捉えられてきたものは、じっさいには声そのものの問題ではなくて、声を客体化する文字の問題にほかならなかったのである。

かつて呉哲男が、口誦から文字へという直線的な文学史観を評して「文字表記が定着することによって逆に口誦性の価値が見出されるという逆説を見逃してしまう」[*12]というかたちで批判したが、この視点は人麻呂歌を捉えるばあいにも有効であろう。むしろ、人麻呂歌の詩法においてこそ当てはまるのではないか。いずれにしても、ほんらい文体の問題であるはずのものを声調の概念で捉えることは、書くことの問題をあたかも歌うことの技術にすりかえることに等しい。そのような角度から技法＝詩法（prosody）の問題がクローズアップされることはないであろう。

注

＊1　斎藤茂吉「萬葉短歌声調論」一九三五年五月、『萬葉集総釈第一』所収。後に『斎藤茂吉全集第二十一巻』に収録。引用は全集本八頁。

＊2　斎藤茂吉「短歌声調論」一九三二年四月、後に『斎藤茂吉全集第十六巻』に収録。引用は全集本一三九頁。

＊3　元良勇次郎「リズムの事」一八九〇年七月・芳賀矢一「日本韻文の形式に就きて」一八九二年六月・大西祝「国詩の形式に就きて」一八九三年十月（ともに『明治歌論資料集成』に収録）等が、茂吉の論文で引用されている。こういった機械的韻律論の代表的な著作として、岩野泡鳴『新体詩の作法』（一九〇七年十二月、岩野泡鳴全集第十一巻に収録）を挙げることができる。

＊4　斎藤茂吉「人麻呂短歌の声調」一九四〇年七月、後に『齋藤茂吉全集第二十一巻』に収録。全集本三五四頁。

＊5　五味智英『古代和歌』一九五一年一月初版、第三版（一九五七年二月）を、後に『増補古代和歌』として再

版。増補本七三頁に「沈痛な動乱調」という有名なことばがある。五味「人麻呂の調べ」(一九七五年十月、後に『萬葉集の作歌と作品』に収録)は、動乱調を詳しく分析したもの。関連論文に、稲岡耕二「動乱調の形成—混沌への凝視—」一九八五年二月(『万葉集の作品と方法』第二章3)がある。

＊6　伊藤左千夫「柿本人麻呂論—萬葉新釈一巻中—」一九一〇年四月、後に『伊藤左千夫全集第七巻』に収録。

＊7　久松潜一「柿本人麻呂」一九三一年十二月、『短歌講座第七巻』所収。二頁。

＊8　ルートヴィヒ・クラーゲス/杉浦実訳『リズムの本質』一九七一年四月。西條勉「ウタのあらわれ—和歌起源の詩学(二)—」一九九九年一月、『アジアのなかの和歌の誕生』所収。

＊9　西郷信綱「柿本人麻呂」一九五八年四月、『増補　詩の発生』(一九六四年三月)に収録。一二七頁。

＊10　土居光知「詩形論」一九二二年六月、『文学序説　再訂版』に収録。比較文学の見地から広範囲に展開された土居の韻律論は、『土居光知著作集第四巻　言葉とリズム』に集成されている。

＊11　田辺尚雄『日本音楽史』(一九三二年一月)・高橋龍雄『国語音調論』(一九三二年五月)が日本語四拍子説の嚆矢。これの発展として、別宮貞則『日本語のリズム—四拍子文化論—』(一九七七年十月)・坂野信彦『七五調の謎をとく—日本語リズム原論—』(一九九六年十一月)がある。

＊12　呉哲男「古事記の構想力—日本書紀から古事記へ—」一九八二年一月、後に『古代言語探求』に収録。二五頁。

(補)　賀茂真淵『万葉考』は『賀茂真淵全集第一巻』、同『にひまなび』は『日本歌学大系第七巻』、内山真弓『歌学提要』は日本古典文学大系『近世文学論集』、香川景樹『新学異見』は日本古典文学全集『歌論集』に依った。

九　枕詞からみた人麻呂の詩法

1　はじめに

かつて沢瀉久孝は枕詞からみた人麻呂の独創性について、次の四点——意味不明の枕詞を分かりやすくしたこと、音数の不揃いなものを五音句に揃えて声調を整えたこと、比喩や掛詞で枕詞の機能を多様化し用法を芸術的にしたこと、ある語に複数の枕詞を当てて文脈に相応しい用い方をしたこと等々、を指摘した。[*1] また、はやく、人麻呂を「口誦言語から文字言語への転換をもっとも典型的に横切った詩人」[*2]であると位置付けていた西郷信綱は、後年、詩学の観点から人麻呂歌の枕詞について、再度、検討をくわえた。その結論は、枕詞は口承的言語であること。枕詞は詩歌の韻律単位として機能しており、被枕との間に自由な動的空間があること。人麻呂はその自由領域に文字をもちこみ、オーラルな言語であった枕詞を、文字による創作歌に再生したこと、等々。これらが要点だが、そういった人麻呂の独創によって枕詞は急速に廃れていったことにも、言及がなされている。[*3]

枕詞は芸術化されることで透明になった。しかし、西郷は、枕詞はオーラルな言語としてもともと不透明なものであり、これを芸術的に再生させることは自家撞着であったと指摘する。人麻呂の独創には、ある種の不透明さがつきまとっているというのだ。枕詞を透明にする詩学、そこに含まれる不透明さとは何か。人麻呂は口承言語から文字言語を横切ったといわれてから半世紀がすぎた。しかし、そこには、まだ十分に解明されていない問題があるのではないだろうか。本考察では、そのあたりを探ってみたい。

2　人麻呂歌の枕詞

沢瀉論文では人麻呂作歌と歌集歌を合わせて、枕詞の全使用数を約百四十余種（歌集のもの約三分の一）とし、その半数は人麻呂歌に初出するとされている。本論では歌集歌（略体・非略体）を除いて人麻呂作歌だけを対象にしたい。まず、数値を示すと、作歌において使用される枕詞は九八例、うち五六例が人麻呂歌に初出し、一九例は人麻呂作歌だけに用いられる。

これだけでは人麻呂がどのくらい枕詞に執着したのか、見えてこないので、使用頻度を客観的に捉えてみよう。枕詞のあらわれる五音句でみると、人麻呂作歌六七首（異伝等は除く）の五音句全五一三句において、一五二句で枕詞が使用されている。よって枕詞使用率は30％となる。これを他の歌人と比べてみると、赤人歌では四七首の五音句全一六三句のなかで枕詞を使用する句が三〇句あり、使用率は18％。金村歌は三八首の五音句一七一句中、三三句に用いているので、使用率は19％になる。初期万葉では18％（五音句二六七句中、四七句で使用）、記紀歌謡でも20％（四四八句中九一句）であり、おおむね20％前後が万葉時代の平均的な使用率と思われる。

このように、人麻呂が他の歌人よりも枕詞を頻繁に使用しているという大方の印象は、数字の上からも裏づけることができる。とくに注意したいのは、人麻呂が記紀歌謡よりも枕詞を多く用いていることである。これは、枕詞が口承言語の形式であり、文字が持ち込まれたことで衰微したというような、単線的な図式が成り立ちにくいことを示している。西郷説が通俗化するなかで、人麻呂の独創的な枕詞の用法は文字によって可能になったという見方が定着しているが、それほど単純な問題ではないようだ。いったい、なぜ、人麻呂は枕詞を多用するのだろうか。

人麻呂の枕詞使用を、もうすこし踏み込んで探ってみる。廣岡義隆は万葉集にみられる枕詞（全三九八例）の形式をいくつかに分類したが、[*4] それによると「……の型」（一七二例）、「体言型」（八七例）、「用言型」（八一例）が中心で、この三つで全体の85％を占めている。他は「……を型」（二九例）、「……なす型」（一〇例）などがあり、あとは数例ずつごく特殊な形式がみられるだけである。そこで、人麻呂歌の枕詞を三つの類型にあてはめてみたところ、おもしろい結果がでた。人麻呂歌の割合を万葉集一般と比較して示すと、次のようになる。

	……の型	体言型	用言型
万葉集一般	43％	22％	20％
人麻呂歌	50％	8％	31％

これでみると、人麻呂歌では体言型の割合が目立って少ないことがわかる。対して用言型と「……の型」はかなり多い。体言型が少ないのが、人麻呂歌の特徴とみてよい。そこで、体言型の枕詞がどういうものか見てみると、たとえば「アスカ川↓あすだに見むと」（2一五八）、「トホツ人↓まつらの川に」（5八五七）のように、直接に、あるいは間接に、被枕の音形を導き出すはたらきをするケースが、八七例中六十例にのぼることが確認できる。体言型は、音を導く枕詞といえる。この結果は、人麻呂歌の枕詞では、音でつながるものが少ないことを示している。

このことをもっと全体的なレベルから確認するために、次のような作業をしてみる。まず、枕詞[*5]を語と語の連接関係とみて、その言語的側面を**音**（signifiant）と**像**（signifié）に分ける。そして、被枕との関係を「イモガヒモ→結八川」（7一一五）のように音でつながるもの＝音連接、「ナヨタケノ→とをよるいも」（2二一七）のように像でつながるもの＝像連接、「ツギネフ→山城」（13三三一四）のように不明（後に述べる音＋像としての語、語連接）のものとに類別する。これを基準にしてそれぞれの割合を調べてみると、判断に多少のぶれを含むのは避けられないが、結果は次のようになる。

	音連接	像連接	不明
万葉集一般	36%	45%	19%
人麻呂歌	27%	55%	18%

これを見ると分かるように、万葉歌一般では像連接の割合がやや多い程度であるが、人麻呂歌では、その開きがかなり大きくなっている。像連接の割合が音連接の二倍くらいになるという数値は、万葉歌一般の性格には収まりきらない、人麻呂歌に特有の傾向を示すものと考えざるをえない。人麻呂歌の枕詞に体言型が目立って少ないという事実も、そういった中に位置付けることができるであろう。

どうやら、鍵は〈像〉ということになりそうだ。たとえば、分かりやすいケースが「ソラニミツ→やまとの国」である。ソラニミツは集中、近江荒都歌にたった一例しかない。むろん、ソラミツ（万葉集六例、記紀歌謡五例）という伝統的な成句に手を加えたもので、これなどは、沢瀉のいう意味の明確化と音数整理をあわせた人麻呂の独創性を示す典型例といえる。ソラミツは固有名詞「やまと」にかかると思われるが、ソラニミツであれば空いっぱいに広がっている山の映像によって、普通名詞の「やま」につながる。像による枕詞の、あざやかな再生である。その他「ツマゴモル↓や（屋）／さほ（地名）」「アサシモノ↓け（消）／みけの」「タマキハル↓いのち（命）／うちの」（いずれも、人麻呂／記紀歌謡）といった用法は、つながり方が不明なまま慣習的に用いられていた枕詞が、映像を媒介にして連接の関係で促えかえされたケースといえる。

　このような透明化は、人麻呂歌においてなぜ可能となったのか。これが大きな問題となるが、ひとつ注意されるのは、人麻呂が枕詞の使用にさいして、被枕との結合関係をかなり自由にコントロールしているらしいということである。「サカドリノ↓あさこえまして」「トモシビノ↓あかしおほと」など、人麻呂の新作と思われる枕詞が存在するというのも、考えてみると不思議なことである。それらと、たとえば「サネサシ↓さがむの」（記二四）といった慣習的な枕詞との間には、大きな断絶を想定せざるをえない。というのも、古事記のヤマトタケル物語に見られる「サネサシ↓さがむの」の関係は固定化されていて、そのため、古事記は焼津の話を相模国で語らざるをえなかった。つながり方が不明なだけ、その結合は強固であり、枕と被枕は語として分離できない一体性をなしていたともいえる。

　その一体性が、人麻呂によって何らかのかたちで壊されたのである。だからこそ、自由に新しい枕詞-被枕の関係を創り出すことができたのだ。そのあたりの経緯をどのように捉えればよいのか。

　ここで便宜的に「サネサシ↓さがむの」のように、枕詞-被枕の一体性が音と像を合わせもつ**語**（記号《シーニュ》）としての連接関係によって成り立っていると考えてみる。あるいは、語が音と像に分離される以前の観念に基づいて成り立っているといってもよい。「サネサシ↓さがむ」では音の面でも像の面でも、この連接関係を分離することができず、ただ、語として結合していると受け取るしかないのである。このように考えれば、人麻呂の枕詞使用について、ある程度その内情が見えてくるであろう。なぜなら、人麻呂は語というものを音と像に分離するすべを心得ていたという見通しが立つからである。

この推測はかなり確かだと思う。「ソラミツ→大和」を「ソラニミツ→やま〈山〉」に改変するのは、語を像の面から分析することなしには不可能だからである。このあたりに人麻呂の詩法を解き明かす糸口があるのではないだろうか。

3 定型のシンタックス

いきなり原理的な次元に接近すると、かえって問題の本質からそれる恐れもあるので、もうすこし現象面に注意を向けてみたい。人麻呂の枕詞に関して、現象レベルで重視すべきことがらは、何といっても他の万葉歌人はもとより、記紀歌謡と比較してさえ、使用頻度がきわめて高いことである。

たしかに、人麻呂の枕詞へのこだわりは、異常といってよいほどであった。それがたんにかれの個人的な嗜好によるはずはない。背後に、一歌人の好悪を超えた何か大きな問題が絡んでいるように思われる。人麻呂が枕詞を多用するのは、それだけでみれば西郷説に反することがらである。人麻呂が文字の力によって枕詞を独創的に再生したというのなら、赤人や金村あるいは憶良といった歌人はもっと枕詞を活用してよいはずなのに、かれらはあまり関心を示さなかった。一方で、西郷はもともと口頭言語であった枕詞は、人麻呂による文字化によってその生命を閉じられてしまったとも述べている。

人麻呂の詩法には、枕詞の透明化が逆に枕詞の生命を奪うという矛盾が含まれていたといわれるが、問題は、その矛盾が人麻呂歌の創造性とどのように関わっているかということである。このあたりの問題を、実作に即して探ってみよう。

やすみしし　我が大君　高照らす　日の皇子　神ながら　神さびせすと　太敷かす　都を置きて　隠口の　初瀬の山は　真木立つ　荒き山道を　岩が根　禁樹押しなべ　坂鳥の　朝越えまして　玉限る　夕去り来れば　み雪降る　安騎の大野に　旗すすき　小竹を押しなべ　草枕　旅宿りせす　いにしへ思ひて

あえて安騎野猟遊歌（2四五）を引いたのは、人麻呂歌中、この歌がとくに枕詞を多用するからである。リズム単位となっている〈五音＋七音〉を一行（Line）とすれば、十二行中の九行に枕詞が用いられている。他の三行もやや枕詞的なので、各行の五音句は一様に枕詞ないしは枕詞的ということになる。比較のために、赤人の名作、不尽山歌（3三一七）を並記してみよう。安騎野歌と同規模の九行から成る長歌であるにもかかわらず、こちらには枕詞がひとつもない。人麻呂の模倣を脱して、赤人がもっともオリジナリティーを発揮したこの作品には、はからずもかれの枕詞嫌いが如実にあらわれた格好になっている。

天地の　別れし時ゆ　神さびて　高く貴き　駿河なる　富士の高嶺を　天の原　振り放け見れば　渡る日の　影も隠らひ　照る月の　光も見えず　白雲も　い行きはばかり　時じくぞ　雪は降りける　語り継ぎ　言ひ継ぎ行かむ　富士の高嶺は

枕詞使用をめぐるこのあまりにもくっきりしたコントラストは、何を意味するのであろうか。人麻呂歌に字足らずが二句あるが、両歌はともに端正な定型で詠まれている。おまけに、適度に対句が効いて長さもほぼ同じとあれば、形式的にはまったく同一とみなしてよい。形式の面でとくに区別をつける要素がないようなので、違いはたんに枕詞の多寡だけのようにみえる。ところが、じつはそれはほんの上っ面の現象にすぎないのである。

まず共通項を取り出しておくと、五音句が連語や複合語を成しながらもほぼ一文節であるのに対して、七音句は、両方ともすべてがはっきりとした二文節形式をとっていることである。したがって、意味のかたまりとしては、三つの成分に分けられる。しかも、それぞれの構文的な関係は、おおむね［A↓（B↓C）］のようになっている。念のため構文形式を図示してみる。

さかどりの　あさ　こえまして、　たまかぎる　ゆふ　さりくれば、〜

かむさびて　たかく　たふとき、　するがなる　ふじの　たかねを、〜

このかたちは別の論考[6]で述べたように、日本語律文のシンタックスともいうべきもので、文法的には［提示↓（修飾↓陳述）］の構文になる。もっと細かくみれば［修飾↓陳述］が［提示］の陳述になる入れ子型の関係をなしており、文脈としては［〜ハ↓（〜ガ↓〜ダ）］の意味構造にまとめられる。典型的な例文は［象は↓（鼻が↓長い）］であるが、このばあい係助詞の［ハ］が示す構文上の格は、じっさいには主格でも賓格・捕格・修飾格・同格等々、述部の前にくる成分であれば何でもよい。[7] それが〈提示〉の文法的な意味である。［A↓（B↓C）］は母語を話すものの骨身に染みこんだ形式であって、それがそのまま律文の骨格になっているわけである。

この形式は音数律が成立する以前に、記紀歌謡の段階ですでに確立されていたことが確認できる。音数律よりも、もっと根源的な律文形式といえる。なぜ、これが音数律以前に確立するかといえば、即興で歌を掛け合い、朗詠するようなばあい、母語の話者の骨身に染みこんだシンタックスに則って発語するのがいちばん無理がなく、また、自然だからである。肉声の表現である歌は、母語の基本構文に支えられることによって、言語表現としての秩序を維持する。枕詞の原初形も、じつは、このような母語のシンタックスに保証されることで、はじめて律文に歌い込まれることが可能となったのである。

おしてるや　なにはの　さきよ、　いでたちて　わがくに　みれば（記五三）

おふをよし　しびつく　しびよ（記一一〇）

オシテルヤやオフヲヨシのような独立格は、散文のばあい（散文と比較するのは必ずしも適切でないが）、後の成分と相互に関係をもつことが難しいが、これらの歌ではともに下の成分にかかる表現になっている。それは律文シンタックスそのものの構造であって、個々の表現がそれじしんのはたらきによってシンタックスを形成しているわけではない。シンタックスの方が先に存在し、個々の表現はその型に即して詠歌されるのである。枕詞は、根源的にはこうした律文のシンタックスによって保証された、きわめて韻律的な言語であった。

ここでは枕詞の起源を問題にしているわけではないので、とりあえず、枕詞が定型のシンタックスに則って用いられていることに注意を向けておくことにとどめたい。しかし、枕詞を多用する人麻呂歌も、これの使用をむしろ避ける赤人歌も、その韻律的なシンタックスが同一であることに関しては、先の図示を見ながら確認しておきたいと思う。改めていうと、これが両者の共通項ということになる。人麻呂歌も赤人歌も同じ構文を用いているのであるが、このことじたいは、二人とも同一定型で作歌するわけだから当然のことであるかもしれない。

それでは、枕詞使用の多寡は、定型の問題に何の関わりももたないのであろうか。もしそうだとすれば、人麻呂の枕詞偏重は主としてかれじしんの詩的嗜好の問題ということになる。

4 リズムと像

安騎野猟遊歌において、人麻呂歌は五音句の大半に枕詞を用いた。いったいなぜ、それほど枕詞に固執したのか。形式の面からよく見えてこないのなら、機能の面から探ってみよう。

機能という点から人麻呂歌の枕詞をみたばあい、ほとんどは被枕を修飾するかたちになっている。そのため、枕詞か否かの認定をめぐって議論されるケースが多々あった。安騎野猟遊歌においても「ミユキフル↓あきのほのに」を、たんなる修飾語とみるむきもある。枕詞じたいが修飾的なはたらきをするので、ミユキフルが枕詞か修飾語の区別はむずかしい。修飾語とみる理由として、実景にもとづく表現だからとされることもあるが、はっきりした根拠があるわけではない。

人麻呂が、意図して枕詞を修飾的に用いたことは確かである。しかし、そのため枕詞と修飾語の区別があいまいになることはなかったであろう。かりに枕詞がすっかり修飾機能に専用されたばあいでも、枕詞と修飾語の境目がぼやけるようなことはなかった。これを了解するには、歌がじっさいに誦詠される場に立ち会う必要があるが、むろんそれはかなわない。そこで、文字やテクストではなく、声と生態の次元から歌を捉える視点を設定することで、いわば方法論的に歌われる場に立ち会うことにしたい。声で詠まれる安騎野猟遊歌を、その場に居合わせるように想像し、その歌詠をこころに響かせてみるのである。先に図示した定型のシンタックスも、肉声で詠歌されるためのものであった。

なまみの声で誦詠されるとき、詠み手は生理的な呼吸運動にまかせて、ほぼ一行（五音＋七音＝十二音）ごとに息継ぎをする。そのため、リズム的にも一行単位でゆるやかに完結され、すみやかに呼吸が補充される。[*8] つまり、五音・七音の各行は［A↓（B↓C）］に収まる叙述内容を、行／行／行／行／…と周期的に折り返していく。だから、けっして行↓行↓行↓行↓…のように直線的な進行にはならないのだ。五音句を充塡する枕詞は、機能的にこのリズム構造にぴったり合致するはずである。というのも、枕詞は歌の主意に加わらないので、それは下接する七音句の被枕としか関係をもたず、いかなる点でも、先行する七音句の規制を受けることはないからだ。あるいは、逆に、枕詞のそうした性格が、回帰的リズムをとる律文のシンタックスを生み出すともいえる。

枕詞は万葉歌においても、歌意の本筋にはかかわらないという原則が守られており、人麻呂はむしろ、この性質を意識的に活用している。枕詞を多用する安騎野歌などでは、歌意の本筋はもっぱら七音句が担い、五音句は、歌意の流れが単線化するのを妨害して、表現を一行ごとに分断するようなはたらきをしている。結果として、この長歌の誦詠は生理的に整えられた呼吸のリズムにしたがいながら、枕詞をてこにして、一行ずつ叙述のテンポを折り返すかたちで展開する。

人麻呂の長歌は、のべつ幕なし調と言われるくらい途中に終止形をおかず、文として延々とひと繋がりになっている。しかし、けっして直線的にストレートには進まず、うねるように漸進し、幾重にもイメージが折り重なっていく調子で展開する。動乱調ともディオニソス的ともいわれるこの独特の声調[*9]は、主として枕詞の機能によるのだ。

ヤスミシシ　わがおほきみ」

タカテラス　ひのみこ」
カムナガラ　かむさびせすと」
フトシカス　みやこをおきて」
コモリクノ　はつせのやまは」
マキタツ　あらやまみちを」
イハガネ　さへきおしなべ」
サカドリノ　あさこえまして」
タマカギル　ゆふさりくれば」
ミユキフル　あきのおほのに」
ハダススキ　しのをおしなべ」
クサマクラ　たびやどりせす　いにしへおもひて」

安騎野猟遊歌では、このように枕詞が折り返しの合図のようになっている。原初的な定型でも短句＋長句で成り立つ一行は、リズム上から呼吸運動の規制を被るので、枕詞と否とにかかわらず、五音句が折り返しの指標となる。記紀歌謡の長歌は基本的にこの形式でなりたっている。それが呼吸運動に即応した和歌のもっとも素朴な生態であった。人麻呂は、すでに歌謡の段階で成立していたこの定型の原理を、しっかり認識していた。かれが枕詞を多用するのは、定型の原理を意識的に活用した結果にほかならなかった。

この長歌では枕詞が多用されているために、「…サカドリノ↓あさこえまして↓タマカギル↓ゆふさりくれば……」ように、五・七音の一行が次の一行に直線的ないし単線的につながることはない。そのかわり、右に示したように、あたかも一行ごとに自律する響きで円環的に進行し、いわば無時間的なリズムを作り出している。直線的に進行するのではなく、螺旋的に回帰するリズム、これが枕詞の生み出すリズムである。安騎野歌ほどでないにせよ、全般的に人麻呂歌に枕詞が多く用いられているのは、人麻呂が自作を創造するときに浸っている回帰的なリズム感に原因があるのではないか。そのリズム構造は、記紀歌謡の段階ですでに確立していた和歌定型の、いわば元型であった。

これれに対して、枕詞をひとつも用いない不尽山歌のばあい、赤人が浸っていた定型のリズム感は、もはや回帰性を無くした直線的な時間であった。定型のシンタックスは同じでも、歌われたり詠まれたりする生態が大きく異なっているのである。五音句に枕詞がまったく用いられていないために、行と行の表現は、次に示すように前後に一元的に連続することになる。

……あまのはら↓ふりさけみれば↓わたるひの↓かげもかくらひ↓てるつきの↓ひかりもみえず↓しらくも↓いゆきはばかり……

人麻呂歌のばあいだと、枕詞のはたらきによって、先後に一元的に展開しようとする流れが阻止され、回帰的な誦詠のリズムによって叙述が一行ごとに自律し、リズム単位ごとに表現の出直しがおこなわれる。ところが、赤人歌のばあい、叙述は何のためらいもなく直線的に進行する。リズム上は五・七音を周期的に繰り返していても、表現される世界は一行ごとの自律性が失われた地平で構成される。

不尽山歌では、各行がそれぞれに前後の文脈的な関係に依存しあい、全体としてひとつの有機的なまとまりを作り上げている。しかし、その光景はどこか平板で予定調和的な印象を拭いえない。リズム単位ごとに叙述を刻んで進行する生動感がないのだ。それでいて、この歌が均整のとれた形式を生み出しているのは、文字の力学がはたらいているからである。文字は時空を超えて、ことばを無時間的に存続させる。

赤人が枕詞を避けた理由は、それとしてきちんと考察すべき問題であり、ここではこれ以上の言及はひかえたい。問題は人麻呂のばあいである。人麻呂は、赤人とは反対に枕詞の使用にこだわった歌人であった。しかも、かれは枕詞の機能だとか、それのもたらす効果を熟知しており、その上で意識的に多用したと思われる。枕詞は人麻呂の詩法の根幹にかかわっている。

これまで述べてきたなかで、人麻呂の枕詞について留意すべきことがらとして、はじめに指摘したのは像の問題である。これに加えて、行の自律化ということにも目を向けるべきであろう。このふたつのことがらは、人麻呂の詩法においてはひとつにつながっている。人麻呂が枕詞を多用したのは五・七音からなる行の自律を意識したからであったが、これは、人麻呂の歌が聴衆の前で朗詠されたことと無関係でない。安騎野猟遊歌も、じっさいには声で存在した。

いま、わたしたちは万葉歌を文字ことばで読むが、声と文字では受け取り方に根本的な違いがある。文字ことばが時空を超えるのに対して、声のことばは時空にしばられる。しかも、声は瞬間しか存在しない音である。口から出ることばが物理音であるなら、そのような音声が作り出す世界は、次から次へと消滅と生成を繰り返すだけで、聞き手の心象には一時として定着しないであろう。それを言語的なイメージとして脳裏にしっかり定着させるには、表現をリズム単位ごとに固定させる必要があった。声のことばのばあい、一行が自律しないで次々に展開すると、表現される世界は、聞き手の心象にはっきり固定しないまま進むであろう。印象がぼやけるのである。

そのつど生成消滅する声の歌を、聞き手の脳裏につよく印象づけるには、一行ごとに表現を完結させる技法が必要である。枕詞は、この要求にぴったり応じることができる。なぜなら、枕詞はそもそもの性質として、行と行の直線的なつながりを断ち切るはたらきをするからである。そのばあい、被枕との関係が音よりも像でつながる方が、行の自律に効果的であることはいうまでもない。像は音のように瞬間的に生成消滅するのではなく、いちど生み出されると、しばらくは脳裏に残像をとどめるからである。

像生成のインパクトが強ければ強いほど、リズム単位の自律もゆるぎないものになり、引き続き生み出される映像との関係も、いっそう鮮やかになる。極端にいえば、人麻呂歌においては一行ごとの映像的なインパクトが強いあまり、つぎの映像はこれを壊すことで生まれるといった印象さえ感じられる。歌詠は行と行の交替によって進行する。

5　おわりに

わたしたちは万葉集の歌を黙読する習慣を身につけている。黙読は文字を見ながら行われるが、これでは、枕詞を多用した人麻呂歌のリズムを体感することはできない。

人麻呂の声調を感知するいちばん手っ取り早い方法は、黙読をやめて、暗誦することである。安騎野猟遊歌を、まったく文字を伏せて、声のことばだけで、呼吸をしずめて脳裏の映像に集中しながら、ゆっくりしたテンポでそらんじてみる。騙されたつもりでやってみるといい。その映像的な広がりは、黙読に数倍する。人麻呂歌の秘める言語的な造形力に驚かされるであろう。

人麻呂が、口承言語から文字言語へ横切った詩人であるというのは本当であろうか。この言い方は、人麻呂が文字化という新しい意匠を積極的に受け容れ、新時代に適応した詩人であるかのように誤解されやすい。人麻呂は滔々と押し寄せる文字の時代に棹をさしたわけではなかった。かといって傍観者でもなかった。かれは、文字化の流れに呑みこまれながら、懸命にそれに抵抗したのだ。

枕詞‐被枕の関係は、母語のシンタックスによって保証される連接の様式であり、多くは共同的で無意識的な構造であった。人麻呂はこれを文字の力学に逆らって活用し、それが秘めていた口承言語的なはたらきを意図的にゆがめた。それは声による文字への挑戦にほかならなかった。

声の歌を文字でつくること――この二律背反が人麻呂の詩法のすべてだった。かれは押し寄せる文字の風圧に面と向かって翼を広げ、ことばの世界に高く飛翔した詩人だった。

注

＊1　澤瀉久孝「枕詞を通して見たる人麻呂の独創性」一九三七年一月初出、『萬葉の作品と時代』(一九四一年三月　岩波書店)所収。本稿の澤瀉論はすべてこの論文による。

＊2　西郷信綱「柿本人麻呂」一九五八年初出、『詩の発生』(一九六〇年、未来社)所収。

＊3　西郷信綱「枕詞の詩学」一九八五年二月初出、『古代の声』(一九八五年六月、朝日新聞社)所収。

＊4　廣岡義隆「枕詞の類型」二〇〇三年六月初出、同「萬葉集枕詞一覧」二〇〇一年六月、共に『上代言語動態論』(二〇〇五年十一月、塙書房)所収。

＊5　橋本達雄「万葉集枕詞一覧」、『萬葉集事典』(一九七五年十月、桜楓社)所収。枕詞の基礎的データはこの資料による。

＊6　西條勉「記紀歌謡と定型・続」、『アジアのなかの和歌の誕生』所収。

＊7　三上章『象は鼻が長い』一九六〇年十月、くろしお出版。

＊8　西條勉「定型の原理」、『アジアのなかの和歌の誕生』所収。

＊9　西條勉「人麻呂歌の声調と文体」、『専修国文』第七十九号(二〇〇六年九月)、本書所収、八「人麻呂の声調と文体」。なお、「動乱調」は五味智英『古代和歌』(一九五一年一月)、「ディオニソス的」は斎藤茂吉『柿本人麻呂』(一九三四年十一月　岩波書店)による。

(捕) あとがきにかえて

人麻呂論の行方

本書はここ数年間に発表した柿本人麻呂についての考察を一冊にまとめたものである。構成はほぼ執筆した順番になっている。論点は大きく二つ、人麻呂歌集の表記と人麻呂作歌の異文・本文の問題についてである。

当初、人麻呂論を独立したテーマで考えていたわけではなく、和歌生成論の一環として扱うつもりだった。しかし、このプランはほどなく破綻。当然のことながら、どちらも一つのテーマにくくれるほど軽い問題でないことに気付いたからである。それで、とりあえず和歌誕生の問題については、何とか無理やりけりをつけることにして、人麻呂論の方は、少し時間をかけて取り組むつもりだった。論の行方が、容易につかめなかったからである。はじめから出直しが必要だった。

ところが、それがどうやら難しい状況になってきた。それで不本意ではあるが、これまで書いた拙い論文を寄せ集めることにした。どれもみな未熟な考察である。再考したり、修正しなければならないところが多くある。しかし、いくつか論争に関わる論文もあるために手を加えることがむずかしく、現時点での改訂は、若干の可能な範囲を除いて行わないことにした。そのため、組織だった著述にはほど遠いものになっている。そこで、各論文の意図や執筆時の状況などを、この場を借りて補っておくことにしたい。

まず、決定的に重大だったのは飛鳥池遺跡から木簡が大量に出土したことである。すでに十年ほどが経っており、この間に証明されていることではあるが、古事記と人麻呂歌集の表記問題は、これによって大きな局面を迎えざるをえなかった。今思うと、改めてその重さを感じざるをえない。

発見が報道されたのは、一九九八年（平成十）の三月三日である。わたしは朝刊にくぎ付けになって、しばらく身動きできなかった。トップ記事に「天皇号」木簡発見の見出しが踊り、記事のなかに、天武朝の文書・文字木簡が多く存在することが報じられていたからである。

それまで、七世紀後半までの木簡類は例が少なかった。そのため、日本語の文字記載がどのようにはじめられたか、古事記や人麻呂歌集の表記がどのような位置にあるのか、はっきりした事実に基づく議論が行われにくい状況にあった。古事記の表記は太安万侶によって創案され、日本語の文字化は人麻呂歌集略体歌のような形態からはじめられたというのが多数意見であった。

飛鳥池木簡は、専門家の間に強い衝撃をもたらした。なぜなら、新出木簡は、古事記の表記が安万侶の創案になるという見方を覆し、人麻呂歌集略体歌についても、天武朝説を大きく揺るがすものだったからである。

そのころわたしは、古事記は天武朝に書かれたという趣旨の本を刊行する準備に追われていた。通説に反した非常識な考え方である。新聞報道のあったころは、ちょうどその最終ゲラを出版社に送り終わったころだった。この日の日記には「なんというタイミングなのか。この木簡の後ではとても本にまとめる気にはならなかったろう。まさか出るとは！」と感想が記されている。ぎりぎりのセーフ、まさに、薄氷を踏む思いだった。事実のあとでものを言っても、なんの意味もない。

古事記の表記を調査しているあいだ、ときどき、わたしは人麻呂歌集の表記に注目してきた。そして、あることに気づいていた。どうも、巻九の人麻呂歌集歌が奇妙な書き方をしているようなのである。それは、略体にも非略体にも類別できないように思われた。字音表記をしながら、宣命体が自覚的に行われていないふしが見られるのである。非略体は万葉一般の音訓交用体と同じく、基本的には、宣命体を自覚的に活用する書法である。巻九の人麻呂歌集歌は、一概に非略体には分類できないのである。

じつは、この書き方は古事記と同じである。幸運にもこの事実に気がついたのは、河野六郎の非分析的書法という概念が念頭にあったからだった。付属語を自立語に融合させたまま、ひとかたまりに字音で表記する書き方である。巻九人麻呂歌集の表記に目をとめたのが、わたしの人麻呂歌集表記論のきっかけになった。

古事記に宣命書きがあらわれるのは、ほんの数例である。それも、たまたま偶然に書かれるだけである。わたしは『古事記の文字法』で次のようなことを述べた。このような書き方は、宣命体を自覚する以前にあらわれるもので、ひとたび、合理的な書き方に目覚めてしまえば、そんな変則的な書法は使われなくなる。よって、安万侶の時代には、あえてこれを採用する理由はなかったであろう、と。

おどろくべきことに、飛鳥池木簡のなかにはあきらかに非分析的とみられる書き方が交じっていたのである。天武朝は宣命体の萌芽期だった。やまとことばを漢字で書くために、さまざまな書法が試みられていた。そうした自由さのなかで、宣命書きという合理的な文字法が見いだされたのだ。少なくとも持統朝にはすでに発見されていたであろう。その後この書法は、漢字と仮名を交用する時代になっても踏襲された。今のわたしたちにしても、宣命体の原理をもちいて母国語の文字化を行っているのである。

書くことの詩学

天武朝にあらわれる特殊な文字法を、わたしは仮に「極初期宣命体」と呼んだ。人麻呂歌集の表記は、略体でも非略体でもない、極初期宣命体の書法からはじめられた。これが、本書の第一論文「天武朝の人麻呂歌集歌」の要旨である。極初期宣命体は、万葉歌全体でみても最初の表記形態であった。人麻呂歌集の「庚申年」と明記された七夕歌は、万葉集で確認できる最古の文字歌といってよいのである。

人麻呂歌集の表記は、わたしにとっては古事記と対比するうちに見えてきた、いわば副産物であった。古事記と万葉集巻九人麻呂歌集歌は、天武朝に行われていた貴重な文字資料である。このような角度から略体・非略体の問題を考えてみると、通説にはいろいろ疑問が感じられた。そこで注目したのが旋頭歌の問題である。副産物から「副」が取れたわけである。

人麻呂歌集の旋頭歌については、非略体とされる歌のなかに略体的な面が指摘されていて、ひとつの謎になっていた。第二論文「人麻呂歌集旋頭歌の略体的傾向」は、この疑問を色眼鏡なしに検討したものである。また、いくつかの視点から複眼的に考えたのも、この論で意図したことで、これは、旋頭歌のもつ多面性を利用したのである。その結果、通説とは反対に、非略体→略体という流れを提示することになった。

第三論文「七夕歌の配列と生態」は、この図式を念頭に置いて書き進めた。ただし、表記の問題よりも実際の歌のあり方に焦点を絞っている。「生態」への注目である。これはもともとは生物学の用語であるが、人文科学でもさほど抵抗なく用いられるようになっていた。とはいえ、表記と生態は相容れない語である。しかし、わたしには切り離せない関係になっていた。なぜなら、生態は声にかかわり、表記は文字にかかわるからだ。

歌を書くことの問題は、書かれた歌の訓読にも結びつく。人麻呂歌集の七夕歌は、まだ極初期宣命体の面影が強く、テニヲハの表記が少ない。そのため、一語一音、助詞助動詞の訓み添えによって一首の性格が大きく変わってしまう。それが人麻呂歌集の世界である。人麻呂の詩学は、書くことの詩学だった。

その土台を探ったのが「人麻呂歌集略体歌の固有訓字」である。略体歌に特殊な用字が用いられていることは、江戸時代から指摘があった。しかしそれは難解な用字である。わたしが注目したのは、むしろ平易な字だった。略体表記には、ごく当たり前の文字に、かえって特異性がみられるのである。多くの歌の中から、固有訓字を見つけていくのは手作業に頼るしかない。索引の類は、それが略体表記に固有な文字であるかどうか、検証するときにしか役立たない。リストアップした八十数例は論文を脱稿する直前まで、試行錯誤しながら調べて出した数字である。まだ見落としがあるかと思う。

人麻呂は、歌を文字に書くことでより高い効果を期待した。それは、像と韻律に反映されている。声のことばに、文字で別のイメージが付け加えられると、慣れ親しんでいた歌が生まれ変わる。文字の工夫は、弛緩した韻律を強化するために行われているのである。

もともと声は身体感覚の表出であり、無意識的なものを引きずっていた。それが、人麻呂のばあいは、はっきりと意識的な営みに転換されている。しかし、文学的な営みのすべてが意識的なわけではない。人麻呂においては、むしろ、無意識を意識化することが、より深い無意識を汲み上げることにつながっている。

この問題は、五番目の論文「人麻呂歌集略体歌の「在」表記」とかかわる。ここではかなりデリケートな問題を扱った。人麻呂歌集をめぐる議論の中でも、すこぶる難解な部類といってよいであろう。もっとも、論点はほとんど稲岡・渡瀬論文に出されている。わたしはそれらを検証するなかで、より深く問題の在りかを探ろうとしただけである。

その結果見えてきたのは、表記行為は書き手の無意識を文字化するのではないかということだった。はなはだ実証しにくいことがらである。しかし、この問題の奥に、書く行為の本質が見え隠れしているように思われた。文字ことばの中に、声の構造が再生されるのではないか。書くことの詩学は、声の問題と一体になっている。

改訂説

題詞に柿本人麻呂の名が明記される「作歌」については、異文のことが基本的な問題になる。異文の性格が明らかにならないうちは、解釈上の問題には手がつけられないのだ。異文の如何によって、本文の性格が決まるからである。戦後の人麻呂歌研究をリードしてきた推敲説は、果たして成りたつのかどうか。

わたしは、これを焦眉の問題とみていた。それほど危うい通説なのだ。石橋をたたいて渡るのは、ふつうは慎重なことを言うが、学問の世界では軽率なことの喩えでしかない。たたき壊して作り直すのが研究である。人さまの作った橋は、おいそれと渡ってはならない。若いころT・クーンを愛読したので、わたしはパラダイムという語を肝に銘じていたが、推敲説は、あたかも科学者の盲従する疲労したパラダイムにひとしいように思われた。異を唱える人も、訛伝説という別のパラダイムに依っていた。第六論文「人麻呂作歌の異文系と本文系」は、異文の問題を全面的に洗い直すために取り組んだものである。

わたしは異文と本文の一覧表を作ってしばらくながめていたが、そのうちに妙なことに気づいた。異文から本文への変更に、同じようなパターンがいくつか見られるのである。はじめは大して気にもとめていなかったが、実際に調べてみると、単なる偶然ではなさそうである。なにか、整然とそうなっているように思われた。

成立時期の異なる作品でも、異文から本文への変更は同じ観点から行われているようなのだ。しかも、そのようなパターンがいく通りかみられるとなると、理由はいくつも考えられるわけではない。異文から本文への変更は、ある時期に一度にまとめて行われたのではないか。この信じがたい疑いが、だんだん膨らんでいった。改訂という仮説を提示することになったのは、そのようないきさつからであった。

これは、いわば針小棒大の手法である。この四字熟語はものごとを大袈裟に言う法螺吹きをさすが、わたしはポジティブに評価している。よくないのは、針ほどの根拠もないのに棒大な説をのたまうことである。といって針小を針小のままにするのも学問ではない。事実は、いつも氷山の一角に過ぎないからだ。棒大にしてようやく学の名に値する。異文と本文の異同は微々たることでしかないが、その背後には大きな事象が隠されている。見えないところを見るのが学問である。

改訂と推敲は、語彙としてそれほど違いはない。むしろ類義語である。しかし、歌の生態に即して見れば根本的な相違がある。なぜなら、異文は推敲説では草案、改訂説にたてば完成品になるからだ。作品の位置づけに、雲泥の差が出てくる。

新説はほんとうに有効なのか。それを検証するために試みたのが、第七論文「石見相聞歌群の生態と生成」である。三日間ほど現地をうろつき、レンタカーを乗り回して古道を調べた結果、この作品には、現地の細かい風物がたくみに反映されていることを知った。人麻呂は伝聞や想像だけで、この歌を作っていたわけではない。

それにしても、作品の読みで大切なことは何であろうか。石見相聞歌の研究史を振り返ったとき、わたしはつくづくとその思いを深くする。もちろん、多くの研究者は用例や文脈、語学的で厳密な訓解、時代背景、現地調査等々、いくらも挙げることができるであろう。当該歌の研究は歴史が古く、いつの時代も万葉学の最先端が注がれてきた。にもかかわらず、一三八番の「或本歌」はずっと酷評に晒されてきたのである。駄作とされる理由は、はっきりしている。いつも、先入主の眼鏡を通して見られてきたのである。

曇りのない眼で見るなどといっても至難のわざである。どんなに高度な技量をもってしても、先入主には形無しだ。新たに提示した改訂説だって、色眼鏡の色を変えただけに過ぎない。それがパラダイムの怖さである。だから、説はさほど重要視しない方がいい。それよりも、その見方を可能にした方法が肝心だ。わたしのばあい、それは批判の一語に尽きる。批判とは「なぜ？」と疑うことから始まる。疑問が解決されれば、あとは拘泥しない。仮説は作業を進める上の道具であり、役に立つかどうかだけが問題だからである。

改訂という仮説が役に立つのは、人麻呂歌集と作歌を連絡できることである。また、声と文字をめぐる問題についても、ひとつながりにすることができる。さらに言えば、原万葉の編纂にさいして、本文への改訂が行われたとすれば、編纂論と作品論は一つの大きな環に結合できる。これは人麻呂の創造活動を全体的に展望する視点になるだろう。

文字文学において、推敲はむしろ前提である。けっして異文のところだけが推敲されたわけではない。誤解を恐れずに言えば、書くこと自体が推敲なのである。当然、異文のテクストも推敲の結果できあがるれっきとした作品とみなければならない。

形式と方法

第八論文「人麻呂の声調と文体」と第九論文「枕詞からみた人麻呂の詩法」は、人麻呂作品の形式上の問題に関する考察である。主題や作歌意図といった内容面のことがらに入る前に、それらを表現する形式を押さえるのがねらいだった。

内容と形式の区分けはありふれているが、この二分法は、文学研究にとってはやはり基本である。というのも、この対概念は、表現されたもの（所記（シニフィエ））・表現するもの（能記（シニフィアン））に置き換えることができるからである。伝統的な「内容／形式」は静態的な見方であったが、これを「シニフィエ／シニフィアン」に置き換えると、それまで固定的に見えていた関係はいっぺんに動態化する。単なる形式に過ぎないと思われていたものは、表現を生み出す仕組みとして捉えなおされる。形式は方法なのである。

といっても、ここに載せた二編はどちらも小さな試論であり、本格的な論点をさぐる糸口に過ぎない。声調といい枕詞といい、かつて人麻呂論の花形であった。しかし、今では色褪せたテーマになっている。それを〈書くことの詩学〉の観点から洗い直してみると、どうなるか。

人麻呂のばあい、書くことは声のことばを文字化することであった。人麻呂は、声のことばがまだ十分に生命を保持しているときに、文字と出会ったのである。無文字時代において、声は圧倒的な力をもっていた。それが文字時代になると、声の力はだんだんと失せていき、やがて文字の力が声を凌駕していく。そして、ついには思考や感情そのものが書くことを通して表出されるようになる。

和歌史の初期に登場する人麻呂は、まだ声の力を十分に体現していた。文字は内なる声を屈従させるほどには、その威力を開花させていない。書くことは声の呪力に形を与えることだった。人麻呂の〈書くことの詩学〉は、声のことばを客体化する仕掛けである。人麻呂の声は、この装置を通すことによって、近江荒都歌や阿騎野猟遊歌をはじめとする数々の名作に生まれ変わっていったのである。

人麻呂の方法ということがよく言われるが、方法は装置である。簡単に言えば、声のことばを文字に再生する仕掛けである。人麻呂の方法は、高市皇子挽歌のような長大な韻文を、すこしの破綻もみせずに作り上げたり、いくつもの完璧な短歌をこともなく鋳造する装置だった。人麻呂が造り上げたのは、現代のわたしたちもその中にいるほど、射程範囲が広大な仕掛けであった。人麻呂の方法は、文学言語の根源にかかわっている。

かれの作品には、和歌の誕生をもたらした要因が滔々と流れ込んでいる。日本詩の本質が人麻呂の歌を作り上げているといってもよい。それは、真に〈詩 Poetry〉と呼ぶにふさわしいものであった。

装置としての人麻呂

本書ですっぽり抜けているのは、人麻呂作品の内容に関する考察である。形式面については、曲がりなりにも糸口は示すことができた。しかし、内容面ではそれすらもできていない。

当初の目論見では、形式をつかんだらすぐに内容を俎上に乗せるつもりだった。だから本書は序章である。あえてそうしなかったのは、人麻呂論に関しては、どこまで行っても序章が終わらないように思われたからだ。主題は遼遠な地平線の彼方にある。見えているのは、ほんの一部分にしか過ぎない。

見えている一端で言えば、人麻呂は声を客体化する仕掛けを、多彩にあやつることができた。では、それで何が表現されたのか。どんなばあいでも、表現しようとしたものはおおかた作品に込められている。しかし、とりわけ人麻呂においては作品がすべてである。かれは作品以外に痕跡を残さなかった。わたしたちにとって、これほど僥倖なことはないであろう。なぜなら、わたしたちは作品だけに集注すればよいからである。

研究が享受の一つのあらわれとするなら、人麻呂のばあい、それは伝説にやや近い。人麻呂を研究するのは、人麻呂を伝説化することである。そのような側面が否応なくあらわれてしまうのが、人麻呂研究である。作品の読みに絶対はありえない。あるとすれば、現にそこにそれが存在するという即物性だけであろう。解釈に関しては、すべてが相対の世界であり、唯一の人麻呂といったものは存在しない。ただ、多数の人麻呂がいるだけである。その中からいろんな人麻呂伝説が誕生するのだ。

つまるところ〈柿本人麻呂〉とは、ひとつの装置に付けられた名称である。作品を生み出すのは柿本人麻呂だが、人麻呂は人ではなく、仕掛けである。それを先刻は、声のことばを客体化する方法といったが、これは浅薄な比喩である。もう少し深く考えてみたい。

声のことばは、無文字時代の膨大な遺産を引き継いでおり、その表現は集合的で、無意識的である。そのため、声の意味するものは、個々人の脳裏に潜在的なかたちで存在しており、一人一人の意識の表面には、それとしてあらわれてはいない。ところが文字は、無意識を意識化する。

それまで、声のなかにまどろんでいた集団的な感情は、文字で書かれることによって、個々人の意識を通して覚醒する。文字言語はあくまでも個人的である。したがって、声のことばを客体化することは、無意識的なものを意識的なものに、集団的なものを個人的なものにすることである。

詩人とは何か

人麻呂は人々の無意識を表現した。

たとえば、近江荒都歌が「ももしきの　大宮ところ　見れば寂しも」と詠みおさめられるまで、この感情は人々に未知のものだった。しかし、けっして存在していなかったわけではない。それは、宮廷人のなかに集団的な潜在感情として、あたかも空気のごとく存在した。一人一人の宮廷人は、自分自身のなかにあるそのような感情に気付いていないだけなのである。

人麻呂は、人々がまだだれも気付いていない集団感情を表現した。「楽浪の志賀の唐崎幸くあれど大宮人の舟待ちかねつ」の歌によって、宮廷人たちは、はじめて近江朝に対する深い喪失感に気付いた。すでに宮廷社会に蔓延していたにもかかわらず、だれもそれに気づかなかった。ただ、あまり楽しくない鬱屈した気分として、ばくぜんと感じていただけである。

しかし、人麻呂は人々がぼんやりと感じ取っていたものに、ことばを与えた。するとその瞬間、宮廷人のあいだに見えないかたちで広まっていた気分は、ことばの衣装をまとってはっきりと意識されるようになる。わけのわからない集団的な鬱陶しい気分は、人麻呂によって晴らされた。こうして、宮廷人はようやく時代と自身を発見するのだ。

人麻呂の歌はすべてそのようなものだった。「水激く　滝の宮処は　見れど飽かぬかも」といい、「山川も　依りて仕ふる　神の御世かも」といい、これらは大宮人の意識された地平で成りたっているのではない。大宮人らがすでに知っていて、それに迎合して詠み上げられるのではなかった。

人麻呂の歌は、すべて、大宮人の無意識をよりどころにして成りたっている。人麻呂は人々がまだ気付いていない感情を、かれらの気付きに先駆けて詠み上げたのである。人麻呂はいつも一歩先にいた。詩人は時代に先んじてあらわれるというが、かれこそまさにそうであった。

人麻呂が詩人でありえたのは、もともと、かれが声の表現者だったからである。なぜなら、声のことばは集団的であり、人々の無意識に根を下ろして表現するからだ。しかしながら、かれが声の歌人でありつづけたなら、たとえどんなにすぐれた歌い手であったとしても、無意識に気付く力能はもち合わせなかっただろう。せいぜい民衆からもてはやされる歌謡の名手が関の山である。

人麻呂を覚醒者にしたのは、文字の力である。書くことは無意識的なものを意識化することにほかならない。声を文字に転換する〈柿本人麻呂〉という仕掛けは、言語表現に新たな可能性を与える装置だったのである。

人麻呂の普遍性

万葉集を東アジアから捉えるのは、近ごろでは当たり前になっている。漢字文化圏の中で記紀万葉を考えなければならないという立場であるが、こういった見方はすでに江戸時代からあった。

しかし、日本文学を無文字の口承時代から捉えるためには、文字を軸にした東アジアという視点はあまり意味をもたなくなる。代わりに、中国南部の少数民族やインドの歌謡文学を視界に収めた〈アジアの中で考える〉という視点が有効になってくる。詩歌を元型的に捉えるわけである。ところが、これでは文学的な人麻呂作品などは距離が遠くなり、口承文芸一般から万葉和歌の成立を見通す、やっかいな手続きが必要になってくる。なかなか人麻呂まではたどり着かないであろう。

そこで、手っ取り早く人麻呂作品と向き合うには、これを世界文学の中に投げ込むしかない。わたしたちは世界文学の中で、人麻呂作品あるいは万葉集（ひいては日本文学全体）を捉えるべきではないのか。アジアの中だけで満足しないで、もっと広く、世界の中で捉える視点をもつべきなのである。ピグニー族やアボリジニ人にだって、万葉集のすばらしさは分かってもらえるはずだ。人間（ホモ・サピエンス）は地球上のどこでも、こころの構造は一種類だからである。

もっとも、そのためには共通の言語が必要である。歌人というローカルな基準では理解してもらえない。広く世界の人々から理解のえられそうな基準は、やはり〈詩人Poet〉ではないだろうか。和歌も〈日本詩〉として捉え返すべきである。そうすると、もっと韻文の本質から議論することも可能になるだろうし、今まで見過ごされていた特性も見えてくるのではないか。

わたしは、少なくとも人麻呂と憶良・家持の三人くらいは詩人のカテゴリーで捉えるべきだと思っている。もちろん、この方角からアプローチした先例がないわけではない。たとえば折口信夫・山本健吉・高木市之助・西郷信綱、そして金井清一氏や辰巳正明氏といった名前が思い浮かぶが、分厚い万葉学のなかでは少数派にとどまる。しかし、人麻呂はまぎれもなく詩人だった。かれの文学的な行為は、歌人としてではなく、詩の普遍性から捉える必要がある。なぜなら、日本語の表現能力をほとんど限界にまで押し広げた人麻呂は、ホモ・サピエンスの言語行為そのものの可能性を押し広げるのにも、なんらかの貢献をしていると思われるからだ。

声と文字の問題

人麻呂の詩学を考えるうえでは、声と文字のかかわりがもっとも緊要である。この問題はかつて、久松潜一と武田祐吉によって、日本上代文学史の中心的な課題に位置づけられていた。しかし、一つのパラダイムとして定着すると、問題の本質はいつのまにか忘れ去られていった。

どんな真実でも惰性化すると色あせる。このばあい忘れられたのは、文字化の問題が、一国の文化史上でたった一度しか起こらない、きわめて希有な出来事であるということだった。その後、一回きりの出来事という角度から問題の本質を鋭く抉り出したのは西郷信綱である。この研究の貴重さについては、いまさら言うまでもないが、残念ながら、文学史の一般論にとどまる。

声と文字の問題を、文学作品の形態から実証的に検討したのは稲岡耕二氏であった。わたしが研究らしいことを始めたころ、稲岡氏は和語の文字化という一回的な出来事に真っ正面から立ち向かう研究を展開していた。わたしが古事記の文字表記に目を向けたのも稲岡氏の影響である。漢字で和語を書くことの構造を明らかにすることは、もっとも今日的で、スリリングな問題のように思われた。

文字化の問題について本書で述べていることがらは、ほとんどが稲岡氏によってすでにいわれていることである。氏の学説は、ふつうは人麻呂歌集の略体と非略体に関するもののように受け取られている。しかしわたしは本当の意義は、和語の文字化を一回きりの出来事として位置づけ、これを実証的に分析したところにあると考えている。そもそも、稲岡氏の示した問題意識がなかったなら、人麻呂歌集の議論もあれほど加熱する理由をもたなかったであろう。

人麻呂歌集をめぐる論争は、正統的な古典研究がおもとから実証科学の洗練を受けたまれなケースと言える。阿蘇瑞枝氏が先導した略体・非略体説を渡瀬昌忠氏、橋本達雄氏、森淳司氏、そして稲岡耕二氏らがしのぎを削って論議した光景は、その場に臨みえただけでも幸福であった。この議論がもたらした成果は、訓詁注釈から解釈レベル、そして文学史、文字文化史ないしは社会史など、諸方面にわたって計り知れないものがある。

近頃、人麻呂歌集の議論は冷え込んでいるように思われる。あの白熱した時期の反動であろうか。しかし、むしろ好ましいことである。あの議論の意義を吟味するだけでも相当の年月がかかる。何十年かたってから、きっとふたたび人麻呂歌集の議論が再燃するだろう。それがどのようなものか見当もつかないが、ひょっとしてまた人麻呂歌集の〈声〉をめぐる議論になるかもしれない。そういえば、三百首にも及ぶ一声一声の真実を、わたしたちはまだよく知らないのである。

人麻呂峠を過ぎて

これからも本書に示した方向で微力を惜しまないつもりでいるが、裏方の事情をいえばこれまでのような細かいノート作業は続けにくい状態になっている。ノートに書くことで思考するのがわたしの流儀だったから、これからは専門的なペーパーのスタイルではあまり書けないだろうと思っている。

その分、学問的な制御（?）から脱走した思考どもが、かってに騒ぎ出しているが、遺憾ながら、こういった無政府状態も放任するしかないだろう。どうやら騒動はもう人麻呂を飛び越えて、憶良や家持のあたりまで近づいていているようだ。しかし、それが学的に使いものになるかどうか、今の私には検証のしようもない。たぶん大半はがらくただろう。「勝手ニ遊ンデロ！」である。

記紀万葉の研究を志したとき、眼前に真っ先に飛び込んできたのは人麻呂峠だった。先輩たちは「この山は容易に越えられない」と言って、喘ぎながら登っていった。わたしは道を変えて古事記の峠に向かったが、こちらもそう簡単ではない。

古代文学にはいろんな道がある。わたしの迷い込んだのは、どうやら古事記と万葉集が合流した道のようだった。しかも抜け道であるらしい。気が付いてみれば、越えたはずのない人麻呂峠や古事記峠が、後ろの方に見えている。

わたしは、うまい具合に抜け道を通って人麻呂峠を過ぎた。そして今は、気の向くままにけっこう楽しんで憶良峠や家持峠に向かっている。本書は、抜け道で通過した往路の証文である。しかし、復路がある。本書は復路には役に立たない。そこでひそかに、憶良や家持の峠を無事に踏破し、ふたたび人麻呂峠に帰ってきて、復路の証文を手にしたいと思っている。これがわたしの夢である。

本書の刊行に当たっては、今井肇社長にひとかたならぬご厚情をいただいた。中途半端な材料を持ち込んだにもかかわらず、一冊の体裁を与えてくださった。感謝にたえない。なお編集上の一切合切は、今井静江氏のお仕事による。私の雑駁な作業が人目に触れることになるのも、すべて氏のお陰である。文章表現のチェックと校正は西緑さんにお願いした。

二〇〇九年季春

西條　勉

初出一覧

一　天武朝の人麻呂歌集歌
原題「天武朝の人麻呂歌集歌―略体／非略体の概念を越えて―」一九九九年十月、『文学』岩波書店

二　人麻呂歌集旋頭歌の略体的傾向
原題「人麻呂歌集旋頭歌の略体的傾向―書くことの詩学へ―」二〇〇〇年三月、『國文学論輯』第二十一号

三　人麻呂歌集七夕歌の配列と生態
原題「人麻呂歌集七夕歌の劇的構造―書くことによる創出―」二〇〇〇年一月、戸谷高明編『古代文学の思想と表現』新典社。及び「人麻呂歌集七夕歌の生態」二〇〇〇年六月、橋本達雄編『柿本人麻呂《全》』笠間書院

四　人麻呂歌集略体歌の固有訓字
原題「人麻呂歌集略体歌の固有訓字―書くことの詩学―」二〇〇〇年十月、西宮一民編『上代語と表記』おうふう

五　人麻呂歌集略体歌の「在」表記
原題「人麻呂歌集略体歌の「在」表記―書くことの詩学・続―」二〇〇一年一月、『専修国文』第六八号

六　人麻呂作歌の異文系と本文系
原題「人麻呂作歌の異文系と本文系―歌稿から歌集へ―」二〇〇二年一月、『専修国文』第七十号

七　石見相聞歌群の生態と生成
原題「石見相聞歌群の生態と生成―〈改訂〉の観点から―」二〇〇五年九月、『専修国文』第七七号

八　人麻呂の声調と文体
原題「人麻呂歌の声調と文体」二〇〇六年九月、『専修国文』第七九号

九　枕詞からみた人麻呂の詩法
原題「枕詞からみた人麻呂の詩法」二〇〇八年十二月、近藤信義編『古代文学の修辞』

【著者略歴】
西條勉（さいじょう　つとむ）
1950年（昭和25）北海道別海生まれ
早稲田大学大学院文学研究科単位取得満期退学
専攻　日本古代文学・神話学
現職　専修大学教授　博士（文学）

主要編著
『日本神話事典』（共編、大和書房、1997年）
『古事記の文字法』（笠間書院、1998年）
『万葉ことば事典』（共編、大和書房、2001年）
『古代の読み方』（笠間書院、2003年）
『古事記と王家の系譜学』（笠間書院、2005年）
『アジアのなかの和歌の誕生』（笠間書院、2009年）

柿本人麻呂の詩学

発行日	2009年 5 月 20 日　初版第一刷
著　者	西條 勉
発行人	今井 肇
発行所	翰林書房
	〒101-0051 東京都千代田区神田神保町 1-14
	電　話 (03)3294-0588
	FAX (03)3294-0278
	http://www.kanrin.co.jp
	Eメール● Kanrin@nifty.com
印刷・製本	シ ナ ノ

落丁・乱丁本はお取替えいたします

ISBN978-4-87737-281-1